BLUE BOY

Von Ralph Bruch

Buchbeschreibung:

Der Philatelist und Hobbymaler Erwin Striezel wird in seiner Wohnung erhängt aufgefunden. Zunächst deutet alles auf Selbstmord hin. Doch dann kommen Kommissar Franz Brandauer und seiner Kollegin Beate Neubert Zweifel. Aber wer könnte ein Interesse am Tod des Mannes gehabt haben, der nur einen kleinen Laden betrieben und kaum Kontakte zu seinen Mitmenschen hatte.

Der Kommissar und seine Kollegin gehen der Sache nach und kommen einem perfiden Verbrechen auf die Spur.

Über den Autor:

Selbstporträt
1990

Ralph Bruch, eigentlich Ralph Bruch-Sinnwell, Jahrgang 1954, studierte Informatik, Kunst und Psychologie in Berlin, war Lehrer und Schulleiter an einer Berliner Grundschule und widmet sich seit seiner Pensionierung vorrangig dem Schreiben, der Malerei und der Musik.

Aus der Reihe "Kommissar Brandauer ermittelt" ist "BLUE BOY" Kommissar Brandauers dritter Fall.

Vorher waren bereits die Bände "Schuldig - aus Mangel an Beweisen" und "Frostige Zeiten" bei BoD erschienen.

BLUE BOY

Kommissar Brandauers dritter Fall

Von Ralph Bruch

Bibliografische Information der Deutschen Nationalbibliothek:
Die Deutsche Nationalbibliothek verzeichnet diese Publikation in
der Deutschen Nationalbibliografie; detaillierte bibliografische
Daten sind im Internet über dnb.dnb.de abrufbar.

1. Auflage, Juni 2025
© Ralph Bruch – alle Rechte vorbehalten.

Verlag: BoD · Books on Demand GmbH, Überseering 33,
22297 Hamburg, bod@bod.de
Druck: Libri Plureos GmbH, Friedensallee 273,
22763 Hamburg
ISBN: 978-3-8192-3040-0

Prolog

Carl-Edward Hooff, dessen Vorfahren einst nach Amerika ausgewandert waren, entschloss sich nach dem großen Börsencrash im Oktober 1929 wieder in die Heimat nach Deutschland zurückzukehren.

Nachdem er einige Jahre in Bremerhaven lebte, ließ er sich in Brandenburg nieder, gründete neben einer kleinen Elektrofirma eine Familie und hatte in der Folge einen Sohn, Kurt und eine Tochter, Elvira.

Am 21. Januar 1947 erhielt er folgendes Schreiben aus Übersee:

Alexandria, Jan 14th 1947

Dear Mr. Hooff,
als staatl. anerkannter Nachlassverwalter des Staates Virginia hat man mich damit beauftragt, den Nachlass der am 2. Januar diesen Jahres verstorbenen Jennifer Easton, geb. Hooff zu verwalten.
Ich habe Sie nach gründlicher Recherche als Bruder und einzigen noch lebenden Erben der Verstorbenen ausfindig machen können und möchte Sie bitten, mir binnen vier Wochen, vom heutigen Tage an gerechnet, mitzuteilen, ob Sie gewillt sind, das Erbe anzutreten.
Es handelt sich dabei jedoch lediglich um ein Schmuckkästchen mit div. Familienschmuck sowie einem Karton mit Familienfotos und persönlichen Briefen.

Sincerely yours
Henry Montgomery
state-recognized estate administrator of Virginia, USA

Kapitel 1

Als Pater Engholm an einem Sonntag im März 2025 seinen Hut aufgesetzt und sich den Regenschirm aus dem Ständer neben der Garderobe genommen hatte, war er guter Hoffnung, die heutige Schachpartie gegen seinen alten Schulfreund Erwin Striezel wieder zu gewinnen. Die letzten drei hatte er verloren bzw. wurden nicht zu Ende gespielt.

Die beiden trafen sich seit vielen Jahren, von wenigen Ausnahmen abgesehen, jeden Sonntag. Immer abwechselnd. Mal bei dem einen, mal bei dem anderen. Wobei das Schachspiel für sie eine eher untergeordnete Rolle spielte. Man saß zusammen am Kamin, trank Tee mit Rum und unterhielt sich über Gott und die Welt. Besonders in letzter Zeit gab die weltpolitische Krisenlage genug Anlass dafür.

In den USA war vor Kurzem ein Autokrat an die Macht gekommen, der sich als tickende Zeitbombe entpuppte und in Deutschland hatten jüngst vorgezogene Bundestagswahlen stattgefunden, mit bedenklichem Ausgang. Der Krieg in der Ukraine tobte noch immer und Israel stellte die deutsche Staatsräson jeden Tag aufs Neue mit der gezielten Vernichtung von palästinensischen Zivilisten im Gazastreifen auf eine harte Probe.

Das alles gab ausreichend kontroversen Gesprächsstoff beim Schachspielen. Ab und an beugte sich derjenige, der gerade am Zug war, nach vorn und bewegte eine seiner Figuren. Hatten sie ein spannendes Gesprächsthema gefunden, passierte es nicht selten, dass ihre Partie im Eifer des Wortwechsels in Vergessenheit geriet.

Als der Pater vor die Tür seines Hauses trat, hatte der Regen so weit nachgelassen, dass es sich eigentlich nicht mehr lohnte, den Schirm aufzuspannen. Zumal Erwins Laden nur zwei Straßenzüge weiter lag. Er tat es dennoch. Wenig später stand er vor dem kleinen Eckladen seines Freundes.

Er hatte zu beiden Seiten der Eingangstür ein Schaufenster, in denen verschiedene Münz- und Briefmarkenalben auslagen. Die Aufschrift *Münzen und Briefmarken* auf beiden Fenstern, mit dem Zusatz *An- und Verkauf*, wies Passanten darauf hin, dass der Inhaber mit den ausgestellten Sammlerobjekten handelte.

Im ersten Stock hatte Striezel eine kleine Einliegerwohnung, in die man nur über eine Treppe direkt vom Laden aus gelangte.

Er war wie der Pater Ende siebzig, wobei die meisten ihn deutlich älter schätzten. Das lag zum einen an seiner gebeugten Haltung und der Tatsache, dass er einen Gehstock benutzte, zum anderen an seinem langen weißen Vollbart und der kleinen Nickelbrille, die ihm ein honoriges Aussehen verlieh. Die wenigsten kannten ihn mit vollem Namen, obwohl der auf einem kleinen Messingschild in der oberen Ecke der Eingangstür stand und ihn als Eigentümer des Ladens auswies.

Der Laden, den bereits sein Vater geführt hatte, warf nicht viel ab. Gerade einmal so viel, dass er davon die Miete zahlen konnte. Und selbst dafür reichte es nicht jeden Monat. Denn das Sammeln von Münzen und Briefmarken war schon lange aus der Mode gekommen, sodass er schon seit längerer Zeit deutlich weniger Marken verkaufte, als er ankaufte. Wer heute noch mit Münzen oder Briefmarken handelte, wickelte seine Geschäfte im Internet ab und suchte nicht mehr den kleinen Laden an der Ecke auf.

So war er letztlich darauf angewiesen, in den Konvoluten, die er gelegentlich erwarb, immer wieder auch einmal ein Einzelstück von Wert zu finden, das er auf eine Auktion geben konnte.

Man hätte sich fragen können, warum er den Laden überhaupt noch führte, aber die Alternative hätte so ausgesehen, dass er dann auch seine Wohnung hätte aufgeben müssen, denn Laden und Wohnung bildeten eine Einheit. Für beides gab es nur einen Mietvertrag.

Aber in seinem Alter noch einmal umzuziehen, war für ihn keine Option. Weder hätte er Lust dazu gehabt, noch hätte er eine andere Wohnung für den

Preis gefunden, den er im Augenblick für seine Miete entrichtete.

Außerdem hätte er nicht gewusst, was er dann mit seiner Zeit hätte anfangen sollen. Er hatte sein Leben lang nur mit Münzen und Briefmarken gehandelt. Von der gelegentlichen Partie Schach mit Pater Engholm einmal abgesehen hatte er nur noch ein anderes Hobby – Malen.

Als der Pater vor dem Laden angekommen war, schloss er seinen Schirm und rüttelte ihn noch einmal kräftig, um so viele Regentropfen wie möglich abzuschütteln. Als er dann jedoch mit der Rechten die Klinke hinunterdrückte, um einzutreten, musste er feststellen, dass die Ladentür verschlossen war.

Es war zwar Sonntag, aber dennoch war dies ungewöhnlich, weil Erwin seinem Freund die Tür sonst immer schon rechtzeitig aufgeschlossen hatte. Eine Klingel gab es nicht und das Klopfen hörte er nicht immer, wenn er oben in seiner Wohnung war, weil sein Gehör in letzter Zeit stark nachgelassen hatte.

Der Pater sah auf seine Uhr, um zu prüfen, ob er sich eventuell in der Zeit vertan hatte. Sie zeigte kurz nach vier, also die übliche Zeit, zu der er auch sonst stets kam. Er pochte mit dem Knauf seines Schirms gegen das Glas im oberen Teil der Eingangstür und spähte in den Laden. Nichts tat sich. Erst, als er das zweite Mal klopfen wollte, bemerkte er das Schild, das da hing.

Der Laden bleibt wegen Urlaub
bis auf Weiteres geschlossen.
Erwin Striezel, Eigentümer

Erwin und Urlaub, das passte überhaupt nicht zusammen. Erstens hatte Erwin das Geld dazu überhaupt nicht und dann wäre es das erste Mal gewesen. Erwin war noch nie in seinem Leben im Urlaub gewesen, jedenfalls nicht so lange der Pater ihn kannte. Wenn er tatsächlich einmal die Stadt verlassen hatte, dann, um auf einer Auktion eine seiner Marken anzubieten.

Noch mehr jedoch irritierte den Pater, dass Erwin ihn nicht informiert hatte. Zumal man sich noch am Vortag von Weitem auf dem Wochenmarkt gesehen und einander grüßend die Hand bzw. den Stock gehoben hatte.

Engholm schirmte mit beiden Händen seitlich sein Sichtfeld ab und versuchte, die Stirn eng ans Türfenster gepresst, in den Innenraum des Ladens zu schauen. Alles sah wie immer aus. Auf dem alten Eichenholztresen, der über Eck gebaut war, stand die metallene, runde Klingel, die man nach dem Betreten des Ladens betätigen musste, damit Erwin aus seiner Wohnung herunterkam. Eigentlich sollte eine kleine Glocke über der Eingangstür diese Aufgabe übernehmen, aber die hörte er in letzter Zeit nicht mehr verlässlich.

Daneben lag aufgeschlagen ein Briefmarkenalbum. Darauf eine Lupe und neben dem Album ein mausgraues Cappy. Auf dem anderen Tresenschenkel stand eine alte Registrierkasse.

Erwin war kein Freund von übermäßiger Ordnung. Man konnte in der Regel an den Dingen, die in seiner Wohnung oder auch im Laden herumlagen, Rückschlüsse ziehen, was er zuletzt gemacht hatte. Eben, weil er sie im Anschluss daran einfach liegen gelassen hatte, statt sie wieder wegzuräumen.

Hätte Pater Engholm jetzt zum Beispiel die Möglichkeit gehabt, sich die Marken in dem aufgeschlagenen Album genauer anzusehen, wäre ihm vielleicht aufgefallen, dass viele von ihnen Tiermotive hatten. Er hätte dann daraus schließen können, dass wahrscheinlich Frederik sein letzter Kunde gewesen war.

Frederik, den alle, die ihn kannten, nur Freddy nannten, war ein elfjähriger Junge aus der Nachbarschaft, der zu Striezels treuesten Kunden zählte. Er sammelte seit seinem siebten Lebensjahr Briefmarken und hatte sich im Laufe der Zeit auf Tiermotive spezialisiert. Was soviel hieß, dass er mindestens zwei, drei Mal in der Woche in den Laden kam, um von den Marken, die er von seinem Großvater einmal geerbt hatte, die eine oder andere gegen eine Marke mit einem Tier darauf einzutauschen.

Dann holte Erwin seinen Barhocker für ihn aus der Ecke, auf dem der Junge Platz nahm. Er legte ihm eins seiner zahlreichen Alben mit Marken aus aller

Welt zur Ansicht vor. In ihnen blätterte der Junge dann oft stundenlang mit großer Begeisterung, bis er sich für eine der Marken entschied.

Mit Freddy war, nach Erwins Aussage, allerdings kein Geld zu verdienen. Es war wohl eher ein Großvater-Enkel-Verhältnis, das die beiden hatten. Und Erwin hatte Freude daran, weil er selbst keine Kinder und demzufolge auch keine Enkel hatte.

Was für Marken in dem Album waren, das da auf dem Tresen lag, konnte Engholm wie schon gesagt nicht erkennen, aber der Hocker vor dem Tresen und das Cappy sagten ihm, dass Freddy wohl gestern sein letzter Kunde gewesen war.

Aber was hatte er wohl mit *Blue Boy*, seinem Kater, gemacht? Wer sollte ihn versorgen, während Erwin weg war? Der Pater löste sich von der Türscheibe und ging zu dem linken Schaufenster, wo *Blue Boy* seinen Stammplatz hatte. Hier lag er vom ersten Tag an in der Auslage. Mit seinen leuchtend blauen Augen zog er Passanten mehr an, als alles andere, was dort präsentiert wurde. Doch der Kater war nicht da.

Jeden anderen hätte man in der Situation angerufen, aber Erwin besaß kein Telefon. Das Festnetztelefon hatte er schon vor Jahren gekündigt, weil es ihm zu teuer war, und ein Handy hatte er nie besessen, weil er außer den Pastor niemanden kannte, den er hätte anrufen wollen. Und der wohnte nur zwei Straßen weiter, sodass er auch hätte hingehen können.

Es blieb Engholm also nichts anderes übrig, als abzuwarten. Enttäuscht spannte er seinen Schirm wieder auf und machte sich auf den Weg nach Hause. Die Sache beschäftigte ihn allerdings so, dass er tags darauf, gleich nach dem Frühstück, noch einmal zum Laden ging. Die Tür war noch immer verschlossen.

Blue Boy saß, wie häufig morgens, auf der obersten der beiden Eingangsstufen und wartete darauf, dass ihm Erwin aufmachen würde. Der Kater hatte, seit das Baugerüst vor dem Haus stand, keine Mühe, vom ersten Stock hinunter auf die Straße zu kommen, wenn er nachts auf Trebe ging, nur war er darauf angewiesen, dass Erwin ihn morgens wieder reinließ, weil er nicht auf dem gleichen Weg wieder in die Wohnung kam, wenn Striezel über Nacht die Fenster geschlossen hatte.

Schon seit mehreren Tagen waren Bauarbeiter damit beschäftigt, den Putz des Hauses abzuschlagen. Sie waren mit ihrer Arbeit schon recht weit vorangekommen. Engholm überlegte kurz, ob er den Kater mitnehmen oder ihn sich selbst überlassen sollte. Aber da Erwin offensichtlich davon ausgegangen war, dass der auch ohne ihn klarkommen würde, ließ er von dem Gedanken ab und ging abermals, wenn auch mit gemischten Gefühlen, zurück nach Hause.

Auch zwei Wochen darauf hing das Schild noch immer an der Tür. Den Putz der Fassade hatte man mittlerweile auf ganzer Fläche beseitigt. Er lag in unterschiedlich großen Brocken teils auf den Gerüstbrettern, teils auf dem Bürgersteig zwischen Gerüst und Fassade. Der freigelegte rote Backstein ließ das Gebäude wie ein erlegtes Tier erscheinen, dem man gerade das Fell abgezogen hatte.

Engholm konnte es sich eigentlich sparen, an der Tür zu rütteln. Allein die Tatsache, dass es niemand für nötig gehalten hatte, den Bauschutt, der sich vor dem Eingang angesammelt hatte, zu beseitigen, ließ schon darauf schließen, dass kein Mensch den Laden in letzter Zeit betreten oder verlassen hatte.

Trotzdem drückte er die Klinke hinunter und vergewisserte sich, dass die Tür noch verschlossen war. Da das Baugerüst ihm den Blick in die Fenster der Wohnung im ersten Stock verwehrte, begab er sich auf die andere Straßenseite. Von dort aus glaubte er zu erkennen, dass eines der beiden Fenster nicht richtig verschlossen war, was ihn stutzig machte. Erwin hatte sich zwar angewöhnt, es für den Kater tagsüber einen Spalt weit offen stehen zu lassen, aber er hätte nie für längere Zeit das Haus verlassen, ohne sich zu vergewissern, dass alle Fenster verschlossen waren. Jetzt, wo das Haus eingerüstet war.

Pater Engholm war so beunruhigt, dass er sich entschloss, zur Polizei zu gehen. Einen Moment lang überlegte er, ob er damit bis zum nächsten Tag warten sollte, denn es war Sonntag Abend und er war sich nicht sicher, ob die Wache sonntags überhaupt besetzt war. Aber da sie nur wenige hundert Meter entfernt lag, probierte er sein Glück.

Kapitel 2

Hauptkommissar Franz Brandauer, der an jenem Sonntag frei hatte, war der leitende Kommissar auf dem Polizeirevier von Bad Freienwalde. Er hatte vor drei Jahren seine Stelle in Süddeutschland aufgegeben, einen kleinen Hof etwas außerhalb von Alt-Rosenthal von seinem Vater übernommen und die freigewordene Stelle im Kommissariat des Polizeireviers in Bad Freienwalde angetreten.

Nach anfänglicher Zurückhaltung seiner Kollegen gegenüber *dem Neuen aus dem Westen*, war der 59-jährige Kriminalbeamte inzwischen akzeptiert. Als Hauptkommissar war er der Vorgesetzte von Beate Neubert, seiner talentierten jungen blonden Kollegin. Beide hatten sich schnell auf ein ‚Du' geeinigt und arbeiteten absolut auf Augenhöhe, sodass lediglich der Umstand, dass sie, als Oberkommissarin, ihn zuweilen mit Chef anredete, darauf hinwies, dass sie ihm unterstellt war.

Brandauer hatte gerade den Fernseher eingeschaltet und die Füße hochgelegt. In der Linken hielt er schräg ein Weißbierglas, in der Rechten die passende Flasche dazu. Langsam ließ er das kühle, flüssige Gold ins Glas gleiten und fuhr sich mit der Zungenspitze in freudiger Erwartung über die Oberlippe. Als das Glas dreiviertelvoll war, stoppte er, drehte die Flasche einige Male, um die Hefe, die sich am Boden abgesetzt hatte, aufzunehmen und krönte das Gesamtkunstwerk mit einer üppigen Schaumkrone. Er beobachtete mit Genuss, wie sich die Hefe aus dem Schaum löste und langsam auf den Boden des Glases sank.

Auf diesen Augenblick hatte er sich schon den ganzen Tag gefreut. Er hatte heute mehrere Stunden damit zugebracht, das Scheunentor zu reparieren, das ein Herbststurm im letzten Jahr aus den Angeln gerissen hatte. Bis gestern hatten es die ungemütlichen Außentemperaturen noch nicht zugelassen, derlei Beschäftigungen nachzugehen.

An diesem wunderschönen Frühlingssonntag jedoch erbarmte sich das Wetter. Die Temperatur war zum ersten Mal in diesem Jahr auf 20 Grad angestiegen und die Sonne hatte den ganzen Tag geschienen. Die Umstellung auf die Sommerzeit hatte er, wie jedes Jahr, wieder einmal zuverlässig verpasst und sich am Abend, nach getaner Arbeit gewundert, dass die Tagesschau bereits um neunzehn Uhr ausgestrahlt wurde.

Er hatte die Flasche gerade auf dem Couchtisch abgestellt und das Glas zu einem ersten kräftigen Schluck angesetzt, da klingelte das Telefon. Rolex, sein Langhaarweimaraner, der noch bis eben tiefenentspannt neben ihm auf seiner Decke lag, hob mit dem ersten Klingelsignal den Kopf und versuchte vergeblich, die Ohren zu spitzen.

»Das kann jetzt nicht sein«, fluchte Brandauer leise.

Im Fernseher lief gerade die Tatorttitelmelodie. Seit einer Woche hatte er sich auf die neue Folge aus Münster gefreut. Einen Moment lang überlegte er ernsthaft, ob er es einfach klingeln lassen sollte. Doch er wusste auch, dass dies keine Entscheidung gewesen wäre, die den weiteren Verlauf des Abends in irgendeiner Weise beeinflusst hätte. Als er gerade die Füße vom Tisch nahm, um zum Telefon zu gehen, hörte es auf zu klingeln.

‚Na also, geht doch‘, wollte er schon sagen, da begann das Handy in seiner Hosentasche zu vibrieren. Er sah mit gemischten Gefühlen auf das Display und dann war klar, dass der beschauliche Fernsehabend gelaufen war.

»Beate, du Spielverderber, was gibts? Erzähl mir jetzt bitte nicht, dass du schon wieder irgendwo ne Leiche ausgebuddelt hast.«

»Spielverderberin, wenn ich bitten darf! Immer schön korrekt bleiben, Chef. Ich musste sie nicht ausbuddeln. Sie hängt vor mir.«

»Och nee, ne! Warum schlägt das Verbrechen hier bei uns eigentlich immer Sonntagabend zu? Kannst du mir das mal verraten?«

»Wahrscheinlich sind die meisten Verbrecher berufstätig und haben für ihr Laster nur am Wochenende Zeit.«

»Dann musst du jetzt konsequenterweise aber auch Verbrecher*innen sagen, Beate.«

»Kann mich nicht erinnern, wann wir die letzte Frau verhaftet haben«, überlegte die Neubert. »Sieht übrigens eher nach Selbstmord aus, Franz. Der Briefmarkenhändler aus der Wriezener Straße hat sich in seiner Wohnung erhängt.«

»Der den Eckladen hatte?«

»Genau der.«

»Wer hat ihn gefunden?«

»Gefunden haben wir ihn. Aber ein Freund von ihm hat uns einen Tipp gegeben.«

»Ist Brenner schon vor Ort?«

Brenner war der Rechtsmediziner, der immer dann dazu geholt wurde, wenn eine Fremdeinwirkung noch nicht zweifelsfrei ausgeschlossen war.

»Der steht neben mir. Ist schon seit einer guten Stunde mit dem Erhängten beschäftigt. Er untersucht gerade eine fette Fliegenlarve.«

»Igitt, das klingt nicht gut.« Schaudernd wandte er sich von dem inneren Bild ab, das er sich von der Szene gemacht hatte.

»Das klingt nicht nur nicht gut, das riecht auch nicht gut«, setzte die Kommissarin noch eins drauf.

»Wie lange hängt der da schon?«

»Brenner meint, ungefähr seit vierzehn Tagen.«

»Oh Gott, dann nehme ich mir, Sensibelchen wie ich bin, mal lieber eine Maske mit. Ich mach mich auf den Weg. Gib mir ne halbe Stunde.«

Brandauer verdrängte für einen Augenblick jeden Gedanken an die Leiche, nahm einen großen Schluck aus seinem Weißbierglas, wischte sich mit dem Hemdsärmel den Schaum von der Oberlippe und stellte das Glas mit dem Ausdruck größten Bedauerns zurück auf den Couchtisch.

‚Schade drum‘, dachte er. Dann stieß er einen kurzen Pfiff aus, griff sich seinen Trenchcoat und die Leine und verließ mit Rolex das Haus. Er öffnete seinem Vierbeiner die hintere Wagentür seines alten Landrovers. Rolex machte einen Satz auf die Rückbank und drehte sich auf der Suche nach der bequemsten Position drei Mal um die eigene Achse, bis er feststellte, dass seine Optionen begrenzt waren. Dann legte er sich gerade noch rechtzeitig lang hin, denn Brandauer hatte bereits den Rückwärtsgang eingelegt, um schwungvoll zurückzusetzen.

Von Alt-Rosenthal bis nach Bad Freienwalde brauchte der Kommissar eine gute halbe Stunde. Er nahm Rolex oft mit zu seinen Einsätzen, weil er als von ihm selbst ausgebildeter Mantrailer und Spürhund manchmal dabei zum Einsatz kam. Auch wenn im Augenblick nichts darauf hindeutete, dass er im aktuellen Fall gebraucht würde.

Als er am Einsatzort ankam, zeigte die Uhr in seinem Wagen kurz vor acht. Es sollten wieder Wochen ins Land gehen, bis er sich bequemen wird, sie auf die Sommerzeit umzustellen. Das Baugerüst und die Tatsache, dass es an keinem der Fenster

Gardinen gab, vermittelten auf den ersten Blick den Eindruck, als würde hier niemand mehr wohnen.

Vor dem Eckladen stand bereits der Leichenwagen des ortsansässigen Bestatters, hinter dem er seinen Landrover parkte. Ein Blick ins Wageninnere verriet, dass die beiden Mitarbeiter des Bestattungsunternehmens im Wagen darauf warteten, den Leichnam entgegennehmen zu können. Der eine von ihnen war mit seinem Handy beschäftigt, der andere widmete sich auf der Rätselseite seiner Zeitung einem Sudoku.

Durch den Baustaub hatten die Schaufenster des Eckladens, die schon seit Langem aussahen, als seien sie aus Milchglas, auch ihre letzte Transparenz eingebüßt, weshalb man die Auslagen von draußen nur noch schemenhaft erkennen konnte.

Brandauer kannte den Laden und seinen Besitzer, weil er vor etwa zwei Jahren schon einmal hier war, um ihm die Briefmarkensammlung seines Vaters zu überlassen. Die hatte er nach dem Einzug in einer Kommode im Wohnzimmer gefunden und wollte sie damals loswerden.

Die Ladentür stand weit geöffnet und wurde von Polizeimeister Detlef Hansen bewacht. Der junge Kollege war mittlerweile seit drei Jahren im Revier. Ein blonder Schlaks der ganz besonderen Art, der den Kommissar mit seiner tollpatschigen Art manchmal zur Weißglut trieb, aber als Undercoveragent oft zu großer Form auflief.

Der Bauschutt knirschte unter seinen Schuhen, als Brandauer der Eingangstür näher kam. Niemand hatte den abgeschlagenen Putz vor dem Eingangsbereich entfernt. Er hatte die Tür noch nicht erreicht, da hatte er bereits den süßlichen Verwesungsgeruch in der Nase.

»Hallo Hansen. Ist Brömel auch hier?«

»Guten Abend Herr Kommissar. Der Polizeihauptmeister hat heute frei. Die anderen sind oben.«

»Und wer sind die anderen?«

»Die Kollegin Neubert und Rechtsmediziner Brenner.«

Der junge Kollege machte einen Schritt zur Seite und wies Brandauer mit der rechten Hand den Weg. In der Linken hielt Hansen zwischen Daumen und Zeigefinger eine Schutzhaube und ein Paar Überzieher für den Kommissar bereit. Bevor er den Laden betrat, hielt er inne und sagte:

»Ist die Maskerade überhaupt nötig, Hansen? Ich denke, es ist Selbstmord?«

»Der Gerichtsmediziner ist sich noch nicht sicher, deshalb hat er mich gebeten, Ihnen die Schutzhaube und die Überzieher für Ihre Schuhe zu übergeben.«

»Hmm«, brummte er nur, zog sich missmutig die Haube über den Kopf und streifte sich die Überzieher über seine Sneaker. Dann griff er in seine Manteltasche und holte ein Paar Latexhandschuhe hervor, die er sich anzog.

Wann das letzte Mal jemand in dem Laden sauber gemacht hatte, war nur schwer zu sagen. Es war alles etwas schmuddelig. Die dunklen Holzregale an der Wand hatten im Laufe der Jahrzehnte eine sympathische Patina entwickelt. Und der Schmutz, den die Kundschaft von draußen über die Jahre hinweg mit hineinbrachte, hatte sich mit der Zeit so in die Dielen eingetreten, dass er wohl nur schwer wieder zu entfernen gewesen wäre.

Obwohl die Tür bereits eine Zeit lang offenstand, war der Leichengeruch noch sehr präsent und wurde mit jedem weiteren Schritt so dominant, dass er bei Brandauer einen Würgereiz auslöste, noch bevor er die Treppe erreicht hatte, die zur Wohnung führte. Er machte wieder drei Schritte zurück, hielt sich ein Taschentuch vor die Nase und rief nach seiner Kollegin.

»Beate?«

»Chef?«

»Könnt ihr da oben nicht mal die Fenster aufreißen? Das ist ja ne Zumutung!«

»Die sind schon auf, Chef.«

Man hörte einige Schritte. Dann sah man die Neubert die Treppe hinunterschreiten, als würde sie einem Lavendelfeld entsteigen.

»Wie erträgst du das, Beate? Ist ja unfassbar!«

»Ach, ich rede mir einfach ein, dass ich vor einem Pizzaofen stehe«, antwortete sie lächelnd.

Brandauer hob abwehrend den Arm.

»Noch so ne Bemerkung und ich esse nie wieder Pizza.«

Er hatte sich inzwischen wieder seiner Überzieher entledigt, war nach draußen gegangen und hatte sein

Taschentuch wieder eingesteckt. Die Kollegin war ihm gefolgt.

»Erzähl mir, was ich wissen muss«, bat er sie und steckte sich eine Zigarette an.

»Wir erhielten gegen 18 Uhr 30 Besuch von einem Pater Engholm, der uns erzählte, dass er seinen Freund Erwin Striezel seit vierzehn Tagen vermissen würde.«

»Und warum ist ihm das ausgerechnet heute, an einem Sonntag eingefallen?«, wollte der Kommissar wissen.

»Die treffen sich immer sonntags. Ein Schild an der Ladentür hatte zwar darauf hingewiesen, dass er im Urlaub sei, aber das bezweifelte er inzwischen.«

»Warum zweifelte er daran?«

»Weil Striezel gar nicht das Geld dazu hatte, um Urlaub zu machen, sagte er.«

»Wie seid ihr reingekommen in den Laden?«

»Hansen ist über das Baugerüst durch eines der Fenster im ersten Stock. Das war einen Spalt weit offen. Er hat sofort den Leichengeruch wahrgenommen und mich alarmiert.«

Hansen hatte mitbekommen, wie die Neubert von seiner heroischen Tat berichtete und kam hinzu. Als er merkte, dass man über ihn sprach, übernahm er mit stolzgeschwellter Brust:

»Ich hab die Luft angehalten und bin da rein. Als ich das Fenster weit öffnete, kamen mir ein paar Krähen entgegen. Dann bin ich an dem Erhängten vorbei, die Treppe runter und hab von innen die Tür geöffnet. Der Schlüssel steckte Gott sei Dank.«

Während Hansen berichtete, hatte sich eine schwarzgrau gescheckte Katze von hinten angeschlichen und strich dem Kommissar um die Beine.

»Gehört die etwa auch hierher?«, wollte er wissen. Die Tatsache, dass er gegen Katzen allergisch war, veranlasste ihn dazu, ihr mit dem Fuß dezent deutlich zu machen, dass sie nicht willkommen war. Woraufhin sie von seinem Hosenbein absah, im Laden verschwand und es sich im Schaufenster gemütlich machte.

Da die Neubert wusste, was die Allergie bei ihrem Chef auszulösen imstande war, entschied sie sich, das Tier wieder vor die Tür zu setzten und die Tür zu schließen.

»Kann man von Selbstmord ausgehen, Beate?«

»Es deutet alles darauf hin. Aber ich denke, du solltest dir das lieber selbst ansehen.«

»Okay«, kam es wenig überzeugend. Brandauer sah seine Kollegin fragend an. »Was hilft denn eher? Der Gedanke an Pizza Salami oder an Pizza Funghi?«

Sie zuckte mit den Schultern.

»Ich denke, Pizza Asia, also eher süßsauer.«

»Na lecker. Dann kann man ja nur hoffen, dass die Chinesen niemals auf die Idee kommen werden, Pizza zu machen.«

Brandauer schnippte die Kippe in den Rinnstein, nahm die Maske, die er noch aus Coronazeiten hatte, aus der Innentasche seines Trenchcoats, setzte sie auf, streifte erneut seine Überzieher über und ging langsam zurück in den Laden und die Treppe hoch. Schon von unten konnte er den Erhängten sehen. Brenner war gerade dabei, seine Sachen zusammenzusuchen. Offensichtlich hatte er seine Untersuchungen vor Ort vorerst abgeschlossen.

Der Anblick des Erhängten war nichts für zarte Gemüter. Der bärtige Alte hing so schlaff wie ein nasses Handtuch in seinen fleckigen Kleidern. Er trug eine ausgeleierte dunkelgraue Jogginghose, eine grüne Strickjacke und Hausschuhe. Der eine Schlappen hing ihm am Fuß, der andere war heruntergefallen. Wahrscheinlich bei dem Versuch, den Stuhl umzuwerfen, auf dem er vorher gestanden hatte.

Aus allen Körperöffnungen war das bereits verflüssigte Körperinnere ausgetreten und hatte sich am Boden auf dem Teppich ausgebreitet. Fliegenlarven und Maden suhlten sich in der stinkenden, braunen Brühe.

Ein Blick in das Gesicht des Toten, oder besser gesagt in das, was davon noch übrig geblieben war, zeigte, dass sich bereits Aasfresser an ihm vergangen hatten. Aus den leeren Augenhöhlen krochen zahllose Fliegen, schwirrten einen Moment umher und verschwanden wieder in Mund oder Nase.

»Hallo Franz«, begrüßte ihn Brenner. »Kein erbaulicher Anblick, was?«

»Servus Klaus. Tja, als Weihnachtsmann ist er nur noch zweite Wahl, würde ich sagen.«

»Kanntest du ihn?«

»Hatte ein Mal Kontakt mit ihm. Ist aber schon zwei Jahre her. Was kannst du mir schon sagen?«

»Auf den ersten Blick deutet alles auf Selbstmord hin. Die Strangmarke verläuft klassisch, von knapp unterhalb des Unterkiefers nach hinten oben ansteigend. Die blasse Gesichtsfarbe und das Fehlen der Kongestion sowie die Petechien im Bereich der Augenlider lassen den Schluss zu, dass der Tod durch Erhängen eintrat. Genaueres kann ich dir natürlich erst nach der Obduktion sagen.«

»Kannst du das auch so sagen, dass ich es verstehe?«

»Petechien sind kleine, punktförmige Blutungen, die entstehen, wenn Blut aus den feinsten Kapillaren austritt. Sie sind ein typisches Indiz für Strangulation und würden zum Beispiel nicht entstehen, wenn das Opfer erst post mortem erhängt wurde. Auf Deutsch gesagt: Er lebte noch, als er sich die Schlinge um den Hals legte. Ob er das selber tat oder jemand ihm dabei behilflich war, darfst *du* rauskriegen, Franz.«

»Verstehe. Weißt du schon, wie lange der hier hängt?«

»Der Größe der Fliegenlarven nach würde ich bei den äußeren Verhältnissen auf etwa 13 bis 14 Tage tippen. Auch da kann ich dir erst Genaueres sagen, wenn ich die Larven einer gründlicheren Untersuchung unterzogen habe.«

»Fotos hast du gemacht?«

»Klar.«

»Nur von der Leiche oder auch vom Tatort.«

»Nee, ich hab mich auf die Leiche beschränkt.«

»Dann kannst du ihn von mir aus mitnehmen. Ich geh runter und sage den Kollegen Bescheid.«

Brandauer hatte sich so leidlich an den Gestank gewöhnt, war aber dennoch dankbar, wieder an die frische Luft zu kommen. Er ging zum Leichenwagen, wo die beiden Mitarbeiter des Bestattungsinstitutes immer noch warteten, und klopfte an das Seitenfenster. Der Fahrer schaltete die Zündung ein und ließ leise surrend das Fenster ein Stück herunter.

Brandauer beugte sich so weit vor, dass die beiden ihn sehen konnten und sagte:

»Der Gute kommt erst noch zu Brenner auf den Tisch. Wir müssen sicherstellen, dass es sich hier tatsächlich um Selbstmord handelt.«

»Geht klar, Herr Kommissar. Können wir ihn schon haben?«

»Fragen Sie am besten Brenner. Aber ich denke, er ist gleich fertig. Nicht vergessen, Schutzkleidung anzulegen.«

Brandauer richtete sich wieder auf, stupste sich eine weitere Zigarette aus der Schachtel, um den Leichengeruch aus seiner Nase zu bekommen, und steckte sie sich in den Mundwinkel. Selten hatte er die ersten Züge einer Zigarette so genossen wie jetzt.

Die Kollegen vom Bestattungsunternehmen stiegen aus dem Wagen, öffneten die Hecktüren und zogen einen Zinksarg aus dem Wageninneren, mit dem sie sich auf den Weg zum Erhängten machten.

An seine Kollegin gerichtet, sagte der Kommissar: »Wenn sowieso alles auf Selbstmord hindeutet, denke ich, dass es reicht, wenn die Spusi hier morgen früh ihre Arbeit macht. Wir müssen ja nicht allen Kollegen ihren Sonntag Abend versauen. Allerdings sollten wir die Fenster oben über Nacht geöffnet lassen, damit der Gestank abziehen kann. Oder was meinst du?«

»Aber dann kann man über das Gerüst in die Wohnung einsteigen, Franz«, stellte die Kollegin fest.

»Ich kann mir nicht vorstellen, dass da einer im Augenblick freiwillig reingeht, Beate. Außerdem konnte man das in den letzten beiden Wochen auch. Ich würde das für heute Nacht riskieren.«

Brandauer machte einen Schritt auf die Straße und sah sich die Konstruktion des Gerüstes genauer an.

»Hansen kann ja von unserem Absperrband was am Fenster anbringen. Gleich morgen früh müsste das Gerüst allerdings so weit zurückgebaut werden, dass man nicht von außen in die Wohnung einsteigen kann, solange wir hier ermitteln. Wenn ich das richtig sehe, sollte das möglich sein.«

Der Kommissar hatte sich mit dieser Bemerkung bereits dem Kollegen Hansen zugedreht und nahm ihn sich zur Seite.

»Hansen, gleich morgen früh kümmern Sie sich bitte darum. Ich habe gesehen, dass auf der anderen Seite am Gerüst ein Werbeschild mit der Telefonnummer der Firma hängt, die das Gerüst gestellt hat.«

»Geht klar, Chef.«

Die Hacken knallten nicht mehr so laut wie noch vor zwei Jahren, aber so ganz hatte er sich das Salutieren noch nicht abgewöhnen können.

»Sie bleiben bitte hier, bis alle raus sind, schließen den Laden ab und bringen ein Siegel an, bevor Sie Feierabend machen.«

»Das Absperrband muss ich aber erst aus dem Revier holen, Herr Kommissar.«

»Dann tun Sie das bitte jetzt. Wir bleiben noch so lange hier.«

Er salutierte erneut und machte sich auf den Weg.

»Und was machen wir als Nächstes, Chef?«, wollte die Neubert wissen.

»Feierabend! Wir warten erst mal die Obduktion ab und machen hier erst morgen weiter, wenn sich der Gestank ein bisschen verzogen hat. Auf die paar Stunden kommt es jetzt auch nicht mehr an. Vielleicht geht ja der Kelch auch an uns vorüber, wenn Brenner jede Fremdeinwirkung ausschließen kann.«

Nach wenigen Minuten war Hansen wieder zurück vom Revier. Er schwang sich auf das Gerüst, stieg die Leiter hoch bis zur ersten Etage und verklebte großzügig von außen beide weit geöffneten Fenster. Die gelb-schwarzen Bänder trugen die Aufschrift ›Crime Scene – do not cross.‹

Hansen hatte die Bänder in einer amerikanischen Krimiserie gesehen und sie sofort im Internet bestellt. Er fand sie cooler als die rot-weißen Flatterbänder mit der profanen Aufschrift ›Polizeiabsperrung‹.

Brandauer hatte sich schon zu seinem Wagen begeben und wollte gerade einsteigen, da fiel ihm noch etwas ein.

»Apropos Kelch – weißt du, wo der Pfaffe wohnt, der euch informiert hatte, Beate?«

»Pater Engholm? Der wohnt nur ein paar Straßen weiter. Wriezener 87, gegenüber vom Bestattungsinstitut.«

»Wie passend.« Brandauer sah auf seine Armbanduhr. Auch die zeigte noch immer die Winterzeit an. »Meinst du, man kann da jetzt noch vorbei fahren? Ich würde ihm gern noch ein paar Fragen stellen.«

»Ich glaub schon. Aber lass uns zu Fuß gehen, Franz, das sind nur zweihundert Meter.«

Brandauer öffnete die hintere Tür seines Landrovers und ließ Rolex aussteigen. Er befestigte die Leine an seinem Halsband und dann machte man sich auf den Weg. Es war nichts los im Ort um diese Uhrzeit. Bis auf zwei freiwillige Wahlhelfer, die damit beschäftigt waren, jetzt, einen Monat nach den Bundestagswahlen, die letzten Wahlplakate ihrer Partei von den Laternen zu entfernen, begegneten sie keinem Menschen.

Der kurze Weg zur Wohnung des Paters dauerte mit Rolex allerdings dreimal so lange, weil der ständig und überall seine Duftmarke setzen musste. Auch einer von Brandauers Asservatenbeuteln kam noch zum Einsatz.

Kapitel 3

Der Pater hatte eine gemütliche, kleine Wohnung im ersten Stock. Das kleinere der beiden Zimmer, die zur Straße raus lagen, war mit einem ovalen Tisch, vier Stühlen und einem englischen Sideboard als Esszimmer eingerichtet. Das kaum größere Zimmer dahinter hatte einen Erker und einen kleinen offenen Kamin, der mit einem steinernen Sims eingefasst war. Ein schmiedeeisernes Kaminbesteck und ein zur Hälfte gefüllter Flechtkorb mit Brennholz sowie Aschereste ließen vermuten, dass er sogar hin und wieder benutzt wurde. Gegenüber vom Kamin standen ein alter Chesterfield-Zweisitzer aus rotbraunem Leder, davor ein niedriger Couchtisch und ein betagter englischer Ohrensessel.

Vom Fenster aus hatte man einen Blick auf das Bestattungsunternehmen, das auf der anderen Straßenseite lag.

Der Pater, ein älterer Herr von kleiner Gestalt, mit Strickjacke, hatte sie trotz der späten Zeit freundlich empfangen und hereingebeten. Er war vorangegangen, hatte sie durch das Esszimmer zum nur spärlich beleuchteten Wohnraum geleitet und mit ausgestrecktem Arm auf das Sofa gewiesen, auf dem der Kommissar und seine Kollegin Platz genommen hatten.

Rolex hatte sich stilvoll vor den Kamin gelegt, als wüsste er genau um die optische Wirkung, und döste.

»Darf ich Ihnen vielleicht einen Tee anbieten?«, fragte Engholm seine Gäste.

Während Brandauer das Angebot ausschlug, nahm die Kommissarin es gern an. Schon im Gehen begriffen, hielt er noch einmal inne und drehte sich um:

»Ich habe aber nur Earl Grey.«

»Das ist okay, danke.«

Der Pater nickte kurz und verschwand in der Küche.

Brandauer sah seine Kollegin fragend an und raunte ihr zu:

»Macht er den Tee jetzt selbst oder sagt er seinem Butler Bescheid?«

Die Neubert quittierte seine Bemerkung lächelnd mit einem freundschaftlichen Seitenhieb. Beide überbrückten die Zeit, indem sie ihre Blicke durch den Raum schweifen ließen. Der Pater schien ein Fan von Raymond Chandler zu sein. Das Bücherregal neben dem Kamin wies sowohl dessen Kriminalromane als auch eine Vielzahl seiner Kurzgeschichten auf. Allesamt im Original, wie es auf den ersten Blick schien.

Auf dem niedrigen Couchtisch vor ihnen stand ein Schachbrett. Die zahlreichen Figuren, die zu beiden Seiten des Brettes standen, sowie der Umstand, dass keiner der Könige mattgesetzt war, deuteten darauf hin, dass das Spiel in der Endphase abgebrochen wurde.

Wenig später hörte man die Pfeife eines Teekessels und kurz darauf war der Pater wieder zurück. Er schob das Schachbrett etwas beiseite und stellte ein kleines silbernes Tablett, auf dem zwei Tassen mit Tee standen, ab.

»Was kann ich für Sie tun?«, eröffnete er selbst das Gespräch, nahm eine der Tassen, stellte sie vor seinen weiblichen Gast und nahm in seinem alten Ledersessel Platz.

»Wir würden gern etwas mehr über den Menschen Erwin Striezel erfahren«, erwiderte Brandauer, während seine Kollegin zur Teetasse griff, sie in beide Hände nahm und vorsichtig pustend an die Lippen führte. »Wie würden Sie ihn beschreiben, Pater?«

»Gute Frage.« Der Pater rieb sich die Hände, die er ineinander gelegt hatte, und überlegte einen Moment. »In jedem Fall liebenswürdig ... friedfertig ... vielleicht etwas fahrig und anachronistisch, würde ich sagen. Für ihn schien die Zeit irgendwann stehen geblieben zu sein. Er hatte kein Handy, keinen Computer. Gerade einmal einen uralten Fernseher. Und selbst den benutzte er nur sehr selten. Eigentlich immer nur, wenn es mal einen alten deutschen Spielfilm gab. Gut möglich sogar, dass er nie in seinem Leben mit einem Flugzeug geflogen war.«

Jetzt griff auch er zu seiner Tasse, hielt sie aber mit beiden Händen fest, ohne zu trinken.

»Hatte er Hobbys?«

»Er malte. Malen war für ihn alles. Er malte sein ganzes Leben lang.«

Jetzt, wo Engholm das sagte, erinnerte sich Brandauer daran, in der Wohnung von Striezel eine Staffelei gesehen zu haben und Bilder, die hinter ihr an der Wand gelehnt hatten.

»Das hier ist auch von ihm.«

Der Pater wies auf das Bild, das hinter ihm über dem Kamin hing. Es zeigte eine Gruppe von Zirkusartisten, die vor ihren Wohnwagen standen oder saßen und sich gegenseitig ausgelassen schminkten.

»Wie lange waren Sie mit ihm befreundet?«

»Lange, sehr lange. Wir gingen schon zusammen zur Schule.«

»Haben Sie irgendeine Idee, warum er sich das Leben genommen haben könnte?«, wollte Brandauer wissen.

Der Pater nahm vorsichtig schlürfend einen ersten, kleinen Schluck und stellte die Tasse wieder ab.

»Sehen Sie, Herr Kommissar, genau darüber denke ich schon den ganzen Abend nach. Ich habe wirklich keine Ahnung.«

»Hatte er Ihnen gegenüber eventuell geäußert, dass er irgendwelche Sorgen hatte? Könnte er vielleicht schwer krank gewesen sein?«

»Schwer krank, mein Gott«, überlegte er. »Ab wann ist man in unserem Alter schwer krank? Man hat ja ständig irgendein Zipperlein. Er hatte Bluthochdruck, ja, und Morbus Bechterew. Ging also immer sehr krumm.« Der Pater zog die Schultern ein und versuchte die Haltung zu imitieren. »Er klagte hin und wieder über seine Gelenke, hatte schwere Arthrose in den Fingern. Konnte kaum noch den Pinsel halten. Aber vielleicht sollten sie da besser seinen Hausarzt fragen.«

»Wissen Sie, bei welchem Arzt er war?«, schaltete sich die Kommissarin in das Gespräch ein.

»Bei dem Gleichen, bei dem ich bin – Dr. Albrecht.« Er deutete mit der Hand zum Fenster und fügte hinzu: »Ein Stück weit links die Straße runter.«

»Hatte er vielleicht Geldsorgen?«, fragte Brandauer.

»Die hatte er schon seit Jahrzehnten« winkte Engholm ab. »Der Laden warf nicht mehr genug ab, wissen Sie. Das Internet hat alles kaputtgemacht. Es kam ja kaum noch jemand in seinen Laden.«

»Und wovon lebte er dann?«, wollte die Neubert wissen.

»Hin und wieder boten ihm Leute ganze Sammlungen für wenig Geld an, die sie geerbt oder auf dem Dachboden gefunden hatten. Die kaufte er für wenig Geld auf, in der Hoffnung, das eine oder andere seltene Stück darunter zu finden, das er auf eine Auktion geben oder anderweitig verkaufen konnte.

Immer, wenn er eine neue Sammlung erstanden hatte, war er sofort in Goldgräberstimmung, saß nächtelang da, sah sich mit UV-Lampe und Lupe die Wasserzeichen der Marken an und las in seinen Büchern nach.«

»Hatte er denn hin und wieder ein glückliches Händchen?«

»Ich denke schon. Erwin kannte sich aus. Jedenfalls sagte er immer, wenn es finanziell eng wurde, dass er jetzt wohl wieder mal in seine Schatzkiste greifen muss. Ich hatte das immer so verstanden, dass er sich von einer seiner wertvolleren Marken trennen musste.«

Der Pater schüttelte bedächtig den Kopf. »Gerade in letzter Zeit war er eigentlich ausgesprochen gut gelaunt.«

»Wie machte sich das bemerkbar?«, wollte Brandauer genauer wissen.

»Tja, wie soll ich sagen? Wann immer man ihn ansah, strahlte er. Als wäre er frisch verliebt oder wie jemand, der gerade im Lotto gewonnen hatte, aber es gern für sich behalten möchte.«

»Sie spielten regelmäßig mit ihm Schach? Ist das richtig?«, wechselte der Kommissar das Thema.

»Ja, jeden Sonntag. Er war ein ganz passabler Spieler, hatte sogar die letzten drei Male gewonnen. Aber oft unterhielten wir uns nur und vergaßen darüber, unsere Figuren zu setzen.«

»So, wie bei dieser Partie hier?« Der Kommissar zeigte auf das Brett, das vor ihm stand.

»Ja, das war unsere letzte Partie. Auch die hatten wir nicht zu Ende gespielt.«

»Ich nehme an, Sie hatten Schwarz?«

Engholm schmunzelte: »Woher wissen Sie?«

»Nun, ich war davon ausgegangen, dass Ihr Freund Striezel dort gesessen hatte, wo ich gerade sitze.«

»Das ist in der Tat richtig.«

Beide waren inzwischen immer näher an das Brett herangerückt und hatten sich nach vorn gebeugt.

»Wie ich sehe, waren Sie am Zug, Pater.«

»Ich kann mich nicht mehr erinnern. Woraus schließen Sie das, Herr Kommissar?«

»Nun, einer Ihrer Offiziere ist bedroht. Wäre Striezel am Zug gewesen, hätten Sie aufgeben können.«

»Sie haben recht. Ich erinnere mich wieder.«

»Sie hätten gewonnen, glaube ich.«

»Ach ja? Meinen Sie?«

»Springer e5 hätte Ihr Freund nicht parieren können, wie ich das sehe.«

Engholm kraulte sich nachdenklich das Kinn und sah den Kommissar prüfend an. Dann setzte er den Springer wie vorgeschlagen.

»Sie meinen wegen der Gabel?«

»Die Springergabel ist ein netter Nebeneffekt, aber ich würde den Turm gar nicht schlagen, sondern mit dem Läufer weiter Druck machen. Sehen Sie, wenn Striezel den König hierhin gezogen hätte ...«

Beide waren so in die Stellung eingetaucht, dass sie das Räuspern der Kommissarin beim ersten Mal überhörten.

»Ähem! Entschuldigung Chef, aber ich habe leider mein Strickzeug nicht dabei, sonst könnte ich mich jetzt wunderbar beschäftigen.«

Brandauer schreckte auf und entschuldigte sich.

»Sorry, Beate, du hast natürlich recht. Wo waren wir gerade stehengeblieben? ... Ach ja, Sie sagten, Sie unterhielten sich.«

»Worüber unterhielten Sie sich so, wenn ich fragen darf?«, versuchte die Neubert die beiden wieder in die richtige Spur zu bringen.

»Über Krankheiten natürlich«, lachte Engholm. »Nee, ja, das natürlich auch«, winkte er ab. »Ach, über alles Mögliche. Politik, Fußball, über das, was man so in der Zeitung liest. Es gibt ja im Augenblick genug, worüber man sich trefflich den Kopf zerbrechen kann. Na ja, was einem so durch den Kopf geht, halt.«

»Fällt Ihnen irgendjemand ein, der von dem Tod Ihres Freundes profitieren könnte?«, fragte Brandauer. Engholm runzelte die Stirn und wich ein Stück zurück.

»Das klingt jetzt aber eher so, als hielten Sie einen Mord für möglich, Herr Kommissar.«

»Wir wissen es ehrlich gesagt noch nicht. Im Augenblick suchen wir noch nach einer Erklärung für einen Selbstmord und ermitteln noch in alle Richtungen.«

Engholm dachte angestrengt nach.

»Wer von seinem Tod profitieren würde, hatten Sie gefragt? ... Ich würde sagen, sein Vermieter!«

»Können Sie das näher erklären, Pater?«

»Das ist leicht erklärt. Sehen Sie, Erwin hatte einen uralten Mietvertrag. Der wohnte ja schon seit zig Jahren, ach was sage ich ...«, der Pater machte eine wegwerfende Handbewegung, »... seit Jahrzehnten in seiner Wohnung!«

»Gab es denn da Streitigkeiten zwischen ihm und seinem Vermieter?«, hakte die Kommissarin nach.

»In letzter Zeit wieder häufiger, wobei ich es eher Meinungsverschiedenheiten nennen möchte. Sie haben ja vielleicht das Baugerüst bemerkt. Der Eigentümer hat eine Kernsanierung vor, verbunden mit allen möglichen Modernisierungsmaßnahmen. Jetzt, nachdem die vorletzte Mieterin gestorben war. Er beabsichtigt wahrscheinlich, das Haus danach zu verkaufen, und würde natürlich deutlich mehr kriegen, wenn es vollständig leer steht.

Man hatte Erwin eine Stange Geld geboten, wenn er auszieht, aber er weigerte sich beharrlich. Auch die Modernisierungsmaßnahmen wollte er bei sich in der Wohnung nicht dulden. Alle anderen Mieter des Hauses hatte der Eigentümer schon erfolgreich rausgeekelt, aber Erwin blieb standhaft. Den hätte er da nie rausgekriegt.«

»Interessant«, stellte Brandauer fest. »Wissen Sie, wem das Haus gehört?«

»Keine Ahnung, einem Berliner Zahnarzt, glaube ich.«

»Wissen Sie, ob Herr Striezel noch Verwandte hatte«, interessierte sich die Neubert.

»Mir sind keine bekannt, jedenfalls hatte er nie welche erwähnt. Kinder hatte er meines Wissens nicht und verheiratet war er auch nie.«

»Dann wissen Sie wahrscheinlich auch nicht, wer den Nachlass bekommen soll.«

»Auch das kann ich Ihnen leider nicht sagen«, entgegnete der Pater.

»Und die Katze? Sie tauchte vorhin auf und wollte rein. Ich nehme an, es war seine.«

»Die Katze ist ein Kater! Er heißt *Blue Boy*. Tja, keine Ahnung. Er hat ihn von der alten Dame, die kürzlich gestorben ist, übernommen. Den wird man wohl ins Tierheim geben müssen.«

»Können Sie ihn nicht nehmen?« Die Kommissarin sah ihn flehend an.

»Nun, da hab ich noch nicht drüber nachgedacht, muss ich gestehen.«

Der Pater hob nachdenklich die Augenbrauen und kratzte sich verlegen an der Stirn.

»Na dann geben Sie sich mal einen Ruck, Pater«, sagte sie lächelnd. »Ich glaube, *Blue Boy* würde bei Ihnen glücklich sein.«

»Ich bin mir da nicht so sicher. Der Kater war immer viel unterwegs, auch bei der alten Dame schon. Sie hatte die Wohnung im Erdgeschoss. Da konnte der Kater jederzeit raus und rein, wissen Sie.

Auch bei Erwin fand er sich eigentlich immer nur zum Schlafen ein. Hier bei mir würde er nie rauskommen. Seinen Namen hat er übrigens erst seit Kurzem.«

Die Neubert stutzte.

»Und wie hieß er vorher?«

»Die alte Dame hatte ihm keinen Namen gegeben. Sie rief ihn immer nur *Kater*!«

Brandauer hatte noch andere Fragen, die er loswerden wollte, aber die Neubert, die ein absoluter Katzennarr war, ließ nicht locker.

»Und was hatte ihn veranlasst, ihm diesen ungewöhnlichen Namen zu geben?«, fragte sie eher beiläufig.

»Keine Ahnung. Plötzlich hieß es nur noch *›Blue Boy hier, Blue Boy da‹*. Auf einmal redete er den ganzen Tag nur noch von seinem Kater. Als gäbe es nichts anderes auf der Welt.«

Brandauer wurde allmählich ungeduldig.

»Da habt ihr ja einiges mit ihm gemein«, preschte er dazwischen. »Wenn ihr euch noch länger über Katzen unterhalten wollt, würde ich mir gern dein Strickzeug ausborgen, Beate.«

»Okay, okay. Ich hör ja schon auf«, winkte die Neubert lachend ab. Der Kommissar wandte sich noch einmal an den Pater und sagte:

»Ich denke allerdings im Gegensatz zu euch, dass es tatsächlich noch anderes auf der Welt gibt. Zum Beispiel würde mich interessieren, ob Erwin Striezel noch andere Kontakte hatte.«

»Nicht wirklich. Er verließ nur selten das Haus. Eigentlich nur zum Einkaufen. Früher war er viel mit dem Rad unterwegs, aber das ging seit einiger Zeit nicht mehr.«

»Okay, das wär's vorerst, denke ich.«

Brandauer sah seine Kollegin auffordernd an und erhob sich. Man bedankte sich bei Engholm dafür, dass er sich so spät am Abend noch die Zeit genommen hatte, und verabschiedete sich. Auf dem Weg zurück zum Laden ventilierten sie noch einmal, was sie eben erfahren hatten, wobei der Kommissar es sich nicht verkneifen konnte, sich noch einmal darüber zu mokieren, dass seine Kollegin sich mehr für den Kater als für den Toten zu interessieren schien.

Gleichzeitig dachte er darüber nach, wo ihm der Name des Katers erst kürzlich untergekommen war, kam aber nicht darauf. Letztendlich jedoch war das, was Engholm über das Mietverhältnis sagte, für ihn spannender.

»Wenn Brenner rauskriegen sollte, dass da Fremdverschulden im Spiel war, sollten wir uns den Eigentümer mal näher ansehen, Beate.«

»Auf alle Fälle. Und dem Hausarzt sollten wir einen Besuch abstatten, Chef.«

Inzwischen waren sie wieder am Laden angekommen. Die Eingangstür war bereits versiegelt, was darauf schließen ließ, dass alle abgerückt waren. Brandauer hatte die Arme in die Hüften gestemmt und sah verständnislos von der gegenüberliegenden Feuerwache aus zu den Fenstern hoch, die zu dem Zimmer gehörten, in dem man den Toten gefunden hatte. Sie waren nur angekippt.

»Was soll das denn jetzt? Da klebt er die Fenster großflächig mit seinem schicken Flatterband ab und macht sie nicht richtig auf?«

Der Kommissar hätte sich gewünscht, dass man sie richtig weit geöffnet hätte, aber vielleicht hätte dies doch irgendwelche Einbrecher angelockt, musste er sich eingestehen.

Beide stiegen in ihr Auto und fuhren nach Hause. Es war spät geworden. Noch ein letzter kurzer Gang mit dem Hund, eigentlich nur, um noch eine Zigarette zu rauchen, dann kippte Brandauer noch sein halb volles, abgestandenes Bierglas ins Waschbecken und ging zu Bett.

Kapitel 4

Als er am nächsten Tag auf dem Weg ins Büro war und aus der Wriezener Straße in die Adolf-Bräutigam-Straße zum Revier einbiegen wollte, sah er schon von weitem Arbeiter am Baugerüst hantieren. Sie waren dabei, die Gerüstteile zu entfernen, von denen aus man leicht in die Wohnung des Toten hätte einsteigen können. Hansen hatte die Gerüstfirma offensichtlich bereits informiert.

Auf der Gerüstseite, die zur Wriezener Straße hin zeigte, begann man bereits mit der Erneuerung der Fensterbleche. Einer der Arbeiter, der unten stand, hatte gerade einen alten Zinkeimer mit Werkzeug bestückt und war dabei, ihn über einen Seilzug zu seinem Kollegen hochzuziehen, der ihn auf der obersten Plattform des Gerüstes in Empfang nehmen sollte.

Brandauer bog in die Adolf-Bräutigam-Straße ein, parkte seinen Landrover wie üblich auf dem Hof des Polizeireviers und ging zunächst zu Brömel. Rolex folgte ihm auf Schritt und Tritt, auch ohne Leine.

»Servus, Jochen. Hast du's schon gehört?«

»Hansen hats mir schon erzählt.«

Polizeihauptmeister Brömel hatte gerade einen dicken Aktenordner aus dem Schrank geholt, warf ihn schwungvoll auf seinen Schreibtisch und ließ seine

120 Kilogramm bedächtig in seinen Bürostuhl niedergleiten.

»War ja wohl Selbstmord«, bemerkte er nur und kraulte sich dabei genüsslich den dunklen Vollbart.

»Hat Brenner noch was dazu gesagt?«

»Frag Beate, sie hat mit ihm gesprochen. Ich habs auch nur von ihr.«

Brandauer blickte zu Hansen, der noch immer mit dem viel zu kleinen Schreibtisch klarkommen musste, den man ihm bei Diensteintritt in die Ecke gestellt hatte, und bedankte sich bei ihm dafür, dass er sofort bei der Gerüstfirma angerufen hatte.

»Keine Ursache, Herr Kommissar.«

»Sind Sie so nett und geben mir noch den Ladenschlüssel, Hansen.«

»Aber klar doch, Herr Kommissar.«

Brandauer nahm den Schlüssel entgegen, verabschiedete sich und ging nach oben.

»Morgeeen!«

Die Neubert hatte beim Blumengießen durch das Fenster gesehen, wie Brandauer auf die Hofeinfahrt fuhr und ihm, so wie sie es oft tat, bereits seinen Morgenkaffee vorbereitet.

»Kaffee, Chef?«

»Unbedingt.«

Er hängte seinen Trenchcoat an den Haken, entknotete seinen Schal, nahm die Zeitung, die er zuvor am Kiosk gekauft hatte, aus seiner Manteltasche und ließ sich in seinen Stuhl fallen.

»Was hat Brenner gesagt?«, wollte er von seiner Kollegin wissen.

»Auf alle Fälle war er so freundlich, mich zu begrüßen, Franz.«

Mit einem gespielt strafenden Blick baute sie sich, seine Kaffeetasse in der einen Hand und die andere in die Hüfte gestemmt, vor ihm auf.

»Oh, guten Morgen Frau Oberkommissarin.« Brandauer hob beschwichtigend beide Arme. »Ich war etwas abwesend. Ich bitte um Vergebung.«

»Na, geht doch!«, sie stellte seine Tasse vor ihm ab und machte auf dem Hacken kehrt. Lächelnd ging sie zu ihrem Schreibtisch, warf ihren eng geflochtenen blonden Zopf schwungvoll nach hinten und setzte sich ebenfalls.

»Hat er noch mehr als ‚guten Morgen‘ gesagt, Beate?«

»Hat er. Aufgrund dessen, dass der Tod bereits vor 14 Tagen eingetreten ist, sprich, die Leiche durch Aasfraß und Verwesung bereits stark zersetzt war, ließen sich bestimmte Untersuchungen leider nicht mehr durchführen, sagte er.«

»Und das heißt was?«, hakte Brandauer nach.

»Er konnte keine eindeutigen Anzeichen für ein Fremdeinwirken finden. Die Strangmarke und die Petechien im Bereich der Augenlider beweisen aber eindeutig, dass der Tod durch Erhängen eintrat. Er war also noch recht vital, als er sich dazu entschloss, sich einen neuen Halsschmuck zuzulegen.«

‚Hatte sie die ‚Petechien‘ jetzt auf die Schnelle gegoogelt‘, fragte er sich, ließ die Frage aber unausgesprochen im Raum stehen und fragte stattdessen:

»Hat er uns seinen Bericht schon gefaxt?«

»Er hat sich in seine Zeitmaschine gesetzt und ihn sogar per E-Mail geschickt.«

»Donnerwetter. Ich glaube, daran muss ich mich erst noch gewöhnen.«

»Hab ihn schon in den Ordner Striezel gepackt.«

»Was ist mit der Spusi? Haben die auch schon ihren Bericht geschickt?«

»Bis jetzt noch nicht. Ich weiß noch nicht mal, ob die überhaupt schon in der Wohnung waren.«

»Dann lass uns mal reingucken, was Brenner noch geschrieben hat.«

Brandauer fuhr seinen Rechner hoch und las sich den Bericht des Rechtsmediziners gründlich durch.

In ihm bestätigte er noch einmal, dass der Tod vor 13 bis 15 Tagen, also zwischen dem 14. und 16. März eintrat. Zur Auffindungssituation hatte er die Höhe des Befestigungspunktes des Strangwerkzeuges über dem Untergrund festgehalten, die Länge des Stranges zwischen Hals und Befestigungspunkt und den Fußabstand zum Untergrund bei freier Suspension. Auch die Stuhlhöhe hatte er vermerkt. Alle Werte in Relation gesetzt, zeigten, dass von einem Erhängen ohne Fremdhilfe ausgegangen werden konnte. Äußere Verletzungen waren nicht vorhanden. Auf den ersten Blick wirkten die Daten sehr plausibel. Alles sprach für Selbstmord.

Er überflog die ganzen medizinischen Einzelheiten auf der Suche nach dem Fazit, in dem Brenner noch einmal zusammenfasste, dass der Tod durch Erhängen eintrat und davon ausgegangen werden kann, dass keine Fremdhandlung mit im Spiel war.

»Hmm«, überlegte Brandauer, »dann sind wir ja offensichtlich raus aus der Nummer, Beate, und können uns wieder unserer Lieblingsbeschäftigung widmen und unsere Altfälle weiter digitalisieren.«

»Ich bin ganz scharf drauf, Chef.«

Brandauer erhob sich schwerfällig und schleppte sich lustlos zu dem Aktenwagen, den Hansen ihnen erst letzte Woche ins Büro geschoben hatte.

Auf ihm stapelten sich etwa vierzig fette Ordner. Alles Fälle aus der Zeit, als Brandauer noch in Süddeutschland ermittelte und hier im Osten jedes Schriftstück noch ausgedruckt und abgeheftet wurde.

Er schnappte sich einen der Ordner und nahm ihn mit zurück an seinen Arbeitsplatz. Als er eine Weile auf den Aktendeckel und dann zu seiner Kollegin, die noch völlig antriebslos vor ihrem Monitor saß, gestarrt hatte, sagte er:

»Das ist doch kacke, Beate. Für den Mist sind wir doch mit A12 total überbezahlt. Warum können die für den Schwachsinn nicht irgendwelche Verwaltungsfuzzis einstellen?«

»Ich würde auch viel lieber Verbrecher jagen, Chef. Das kannst du mir glauben.«

Brandauer sah seine Kollegin noch eine ganze Weile fragend an, dann sagte er lächelnd:

»Könnte es nicht sein, dass Brenner irgendwas übersehen hat? Vielleicht sollten wir doch noch mal hinfahren und uns die Sache genauer ansehen. Schließlich wissen wir ja immer noch nicht, warum er sich das Leben genommen hat.«

»Das ist ne super Idee, Chef! Aber lass uns laufen, das ist doch nur die Straße runter.«

»Wenns sein muss auch laufen, Beate, Hauptsache weg hier!«

Es schien, als hätten beide eine Kokslinie genommen, so energiegeladen wirkten sie auf einmal. Er griff seinen Trenchcoat und die Leine und schnalzte kurz, woraufhin Rolex aufsprang. Sie schnappte sich ihre Lederjacke und drei Sekunden später waren sie weg. Das wahre Leben hatte sie wieder!

»Aber vielleicht sollten wir erst mal den Hausarzt aufsuchen, Beate«, schlug er vor. »Dann kann der Verwesungsgestank inzwischen noch ein bisschen abziehen.«

Brandauer machte den Vorschlag mit dem Hintergedanken, dass die Praxis ja noch einige hundert Meter hinter dem Beerdigungsinstitut lag, sodass es sich nun doch lohnte, den Wagen zu nehmen.

Das Wartezimmer war schon früh am Morgen gut frequentiert. Brandauer zeigte der Sprechstundenhilfe seinen Dienstausweis und bat darum, sie nicht unnötig lange warten zu lassen. Dennoch wurden sie gebeten, zunächst Platz zu nehmen.

Nach etwa fünf Minuten öffnete sich die Tür zum Sprechzimmer und eine ältere Dame kam heraus und steuerte auf den Tresen zu, um sich ein Rezept ausstellen zu lassen. Die Sprechstundenhilfe stand von ihrem Stuhl auf und gab den beiden Kommissaren einen Wink, den sie so deuteten, dass sie nun empfangen wurden.

Als Sie in das Sprechzimmer eintraten, saß der Doktor hinter seinem Schreibtisch und gab gerade die Daten seiner letzten Patientin in seinen PC ein. Er war ein Mann mittleren Alters, der schon früh sein Haupthaar verloren hatte. In seiner weißen Hose und dem weißen T-Shirt erinnerte er ein wenig an Meister Proper. Ohne vom Bildschirm aufzusehen sagte er:

»Was kann ich für Sie tun, Herr äh ...?«

»Hauptkommissar Brandauer. Das ist meine Kollegin, Oberkommissarin Neubert.«

Beide nahmen auf den Stühlen Platz, die gegenüber des Schreibtisches standen und warteten darauf, dass Dr. Albrecht seine Dateneingabe beenden würde. Dann eröffnete Brandauer das Gespräch.

»Wir untersuchen die Todesursache eines Ihrer Patienten – Erwin Striezel. Wir haben ihn gestern in seiner Wohnung erhängt aufgefunden und suchen nach einer Erklärung, warum er sich das Leben genommen haben könnte.«

Brandauer machte eine Sprechpause, sah seine Kollegin an und wartete auf eine Reaktion seines Gegenübers. Die aber blieb zunächst aus. Nach einer Weile sagte Dr. Albrecht:

»Herr Kommissar, Ihnen wird nicht entgangen sein, dass ich mich gerade darum bemüht habe, mein Entsetzen bezüglich Ihrer Mitteilung zu unterdrücken. Die ärztliche Schweigepflicht gestattet mir ja nicht einmal, Ihnen zu bestätigen, dass er mein Patient war, geschweige denn, Ihnen weitere Auskünfte, zum Beispiel über den Gesundheitszustand vor seinem Ableben zu geben.«

»Sie schicken uns jetzt aber bitte nicht wieder nach Hause und lassen uns erst mal einen richterlichen Beschluss anfordern, Herr Doktor. Das können wir uns doch hoffentlich sparen.«

Der Doktor lehnte sich in seinem Stuhl zurück, verschränkte die Arme und überlegte, wie er sich dazu verhalten sollte. Dann sagte er:

»Sie wissen schon, dass die ärztliche Schweigepflicht über den Tod hinaus ihre Berechtigung hat, Herr Kommissar.«

»Das schon, aber ich glaube, wir können davon ausgehen, dass Erwin Striezel die Offenlegung seiner Daten gebilligt hätte. Schließlich geht es ja darum, die Umstände seines Todes zu ergründen. Das dürfte auch in seinem Interesse sein, denke ich.«

Der Doktor dachte eine Weile darüber nach, ob er die Argumentation zulassen könnte, dann sagte er:

»Vermutlich haben Sie recht, Herr Kommissar.«

Dr. Albrecht drehte sich seinem Rechner zu und gab Striezels Namen in die Maske ein. Dann drückte er die Entertaste, erhob sich und sagte:

»Sie entschuldigen mich bitte für einen Augenblick. Ich muss mir mal die Nase pudern.«

Dann verließ er das Sprechzimmer und schloss die Tür hinter sich. Brandauer und die Neubert sahen sich einen Moment irritiert an, dann sprangen beide zeitgleich auf und gingen auf die andere Seite des Schreibtisches, um das zu studieren, was der Monitor ihnen preisgab. Nachdem sie erfahren hatten, was sie wissen wollten, nahmen sie schnell wieder Platz.

Als sich die Tür kurz darauf wieder öffnete, schien es dem Doktor, als bewunderten beide gerade die moderne Deckenbeleuchtung des Sprechzimmers.

»Wir respektieren natürlich Ihre Bedenken, Herr Doktor und möchten Sie auf gar keinen Fall in Schwierigkeiten bringen. Von daher werden wir erst einmal versuchen, ohne Ihre Unterstützung voranzukommen.«

Beide standen auf, bedankten sich freundlich lächelnd und verließen die Praxis.

Auf der Straße sagte die Neubert zu Brandauer:

»Findest du, dass Krebs im Anfangsstadium ein hinreichendes Motiv ist, sich das Leben zu nehmen, Franz?«

»Auf eine solche Nachricht reagiert wahrscheinlich jeder Mensch anders, Beate. Immerhin hatte er eine Chemotherapie vehement abgelehnt.«

Sie stiegen in Brandauers Wagen, wendeten und fuhren zu Striezels Laden. Die Gerüstbauer waren bereits wieder weg. Man hätte schon Artist sein müssen, wenn man jetzt noch über das Gerüst in die

Fenster hätte einsteigen wollen. Ganz abgesehen davon, dass sie ja zurzeit nur angekippt waren.

Brandauer durchtrennte das Siegel an der Ladentür, griff in seine Manteltasche, fingerte nach dem Schlüssel und schloss auf. Als er die Tür öffnete, ertönte das ‚*Palim Palim*‘ des kleinen Glockenspiels, das oberhalb der Tür angebracht war. Brandauer kam sofort der Leichengeruch wieder entgegen, wenn auch längst nicht mehr so heftig wie gestern. An seine Kollegin gerichtet fragte er:

»Meinst du, wir brauchen die Überzieher noch mal?«

»Besser wär‘s, Chef. Noch ist die Sache nicht in trockenen Tüchern.«

Während sich seine Kollegin entsprechend vorbereitete, sagte er:

»Auf die blöde Haube verzichte ich heute. Steht mir sowieso nicht, das Ding.«

Die Neubert hingegen hatte, korrekt wie sie war, ihre Haube bereits aufgesetzt und ihren langen Zopf darunter versteckt. Brandauer musste ihr zugestehen, dass der Kopfschmuck bei ihr eine wesentlich attraktivere Wirkung hatte als bei ihm.

»Würde es dir was ausmachen, schon mal vorzugehen und die Fenster weit zu öffnen. Dann können wir hier noch mal ordentlich Durchzug machen.«

Während er draußen blieb und sich eine Zigarette ansteckte, um einen anderen Geruch in die Nase zu kriegen, kam sie seinem Wunsch lächelnd nach. Es schien ihr überhaupt nichts auszumachen, sich dem

Gestank erneut auszusetzen. Aber vielleicht war sie auch einfach härter im Nehmen.

Brandauer setzte sich auf den Sims des Schaufensters, während er seine Zigarette genoss. Seine Kollegin war direkt oben in der Wohnung geblieben und sah sich die Zimmerdecke genauer an.

Sie wurde von drei Deckenbalken gestützt. Am hinteren Balken, etwas seitlich, über dem Tisch, hing eine schmiedeeiserne Deckenlampe. Von dem mittleren Balken baumelte das Seil, an dem sich Striezel erhängt hatte. Die leichte, konstante Brise, die jetzt durch die weit geöffneten Fenster durch die Wohnung und den Laden blies, ließ das Seil leicht hin und her schwingen.

Darunter, etwas abseits, lag umgekippt der Stuhl, auf dem Striezel gestanden haben musste, als er sich erhängte. Direkt unter dem Seil gaben sich noch immer zahlreiche Maden und Larven auf dem Teppich ein Stelldichein.

Weiter hinten im Raum, in der Nähe des Fensters, standen besagter Tisch und ein zweiter Stuhl von der gleichen Bauart wie der andere. In der rechten hinteren Zimmerecke sah man einen durchgesessenen Stoffsessel mit dicken Armlehnen stehen, aus denen bereits die Holzwolle quoll.

Hinter dem Sessel standen zahlreiche Leinwände, teils gerahmt, teils ungerahmt aufgereiht an die Wand gelehnt. Daneben eine hölzerne Staffelei, auf der ein Bild stand, an dem Striezel offensichtlich zuletzt gearbeitet hatte.

Es zeigte die Rückenansicht eines blassen Jungen von schmächtiger Statur, der einen bunten, prall aufgeblasenen Wasserball unter den Arm geklemmt hielt und am Strand stehend aufs Meer hinaus blickte.

Striezel hatte dem Jungen eine blaue Badehose angezogen, in die er erst noch hineinwachsen musste. Ein geschickter Kniff, weil er nun über ihren Faltenwurf den nicht unerheblichen Wind sichtbar machen konnte, der am Ufer entlang wehte. Der Knabe stand mit den Füßen in der schäumenden Gischt, die mit den Wellen an den Strand gespült wurde und sich dort in Form von Flocken ablagerte. Ein kleines rotes Fähnchen an einem leicht gebogenen Fahnenmast sollte vor dem Baden warnen.

Der Junge trug eine Schirmmütze. Es war nicht ganz klar, ob sie ihn vor der Sonne schützen sollte. Die Art und Weise, wie er sie trug, sprach eher dafür, dass sie Teil seiner Persönlichkeit war. Etwa in der Art, wie Brandauer ohne seinen Schal nicht denkbar war.

Obwohl inhaltlich sehr stark reduziert – denn mehr war nicht zu sehen – drückte das Bild doch wesentlich mehr aus. Unterstützt durch die kaum merkliche, leicht geduckte Körperhaltung des Jungen und dessen leicht gesenktes Haupt bekam das Bild eine gewisse Tristesse, die in einem starken Kontrast zu den leuchtenden Farben stand, die dem Betrachter eigentlich einen herrlichen, warmen Sommertag vermittelten.

Denn was nutzte die ganze Herrlichkeit, wenn man nicht mit dem Ball ins Wasser gehen konnte, weil Wind und Wellen ihn sofort auf nimmer Wiedersehen wegtragen würden. Man fühlte als Betrachter mit dem traurigen Jungen.

Neben der Staffelei standen und lagen zahllose Farbflaschen, Tuben und Paletten. Pinsel in allen denkbaren Größen und Formen warteten in Blechdosen aufbewahrt darauf, benutzt zu werden und das Bild zu vollenden. Doch werden sie nun nicht mehr zum Einsatz kommen.

Zwischen Sessel und Staffelei stehend, sorgte eine alte Messinglampe für ein gemütliches Licht, wenn Striezel sich hierhin zum Lesen zurückzog oder malte.

Eine wacklige Eichenkommode, die an der rechten Wand stand, diente als Untergestell für einen der letzten Röhrenfernseher, die es in Deutschland wahrscheinlich noch gab. Neben dem alten Fernseher stand ein Schachbrett mit Figuren, die so standen, als hätte man mitten in einer Partie einfach aufgehört zu spielen. Das war alles.

Hier wohnte ganz offensichtlich jemand, der entweder dicht an der Armutsgrenze lebte oder mit sich und der Welt so im Reinen war, dass er nichts weiter zum Glücklichsein brauchte.

Als Brandauer aufgeraucht hatte, hatte sich der Gestank schon etwas verflüchtigt, sodass er es auch ohne Maske schaffte, den Laden zu betreten. Er blieb noch einen Augenblick unten und sah sich dort um.

Der Laden hätte ursprünglich auch eine Apotheke sein können. Die dunklen Holzregale rechts und links von der Treppe, hatten im unteren Bereich unterschiedlich große Schubladen. Im oberen Teil standen dicht an dicht Alben mit Marken und Münzen neben Literatur für Philatelisten und Numismatiker.

Auf dem rechtwinklig gefertigten Tresen standen eine alte Registrierkasse mit einer Kurbel an der rechten Seite und eine runde eiserne Klingel, die man über einen Druckknopf zum Schellen bringen konnte. Und noch immer lag neben dem mausgrauen Cappy das Briefmarkenalbum offen da, auf dem eine Lupe lag, was darauf verwies, dass sich hier zuletzt anscheinend jemand für den Inhalt des Albums interessiert hatte.

Brandauer nahm ein Paar Latexhandschuhe aus seiner Manteltasche und zog sie sich über. Als er die Kurbel der Ladenkasse betätigte, sprang das Münzfach klingelnd auf. Das Geräusch, das die Klingel der aufspringenden Kasse verursachte, erinnerte ihn an seine Kindheit. Wenn seine Mutter ihn zum Krämerladen auf der anderen Straßenseite schickte, um für sie etwas zu besorgen.

Das Münzfach enthielt Kleingeld im Wert von etwa zwanzig Euro. Er schob es wieder zu und wandt sich der anderen Tresenseite zu. Er drückte mit der flachen Hand ein, zwei Mal auf die runde Klingel, die neben dem Briefmarkenalbum stand. Auch der helle Glockenton erinnerte ihn an früher, doch konnte er ihn nicht mit etwas Konkretem verbinden. Es änderte sich auch nichts daran, als er noch einmal auf den Knopf drückte.

Der Kommissar nahm sich das Album und sah es sich etwas genauer an. Ein Zettel im seitlichen Einschubfenster wies darauf hin, dass es sich um indische Briefmarken handelte.

Die aufgeschlagene Seite zeigte Marken, auf denen verschiedene Wildtiere in deren Lebensraum abgebildet waren. Wirklich schöne Stiche, musste er feststellen. Er bekam langsam ein Gefühl dafür, warum Menschen so etwas sammelten.

Brandauer löste sich von dem Album und drehte sich zur Regalwand um. Er zog die eine oder andere Schublade auf. Die meisten von ihnen waren unterteilt in kleinere Fächer und enthielten Münzen aus aller Herren Länder. Ohne, dass er den Wert der Münzen auch nur annähernd hätte abschätzen können, hatte er spontan das Gefühl, dass es dem, der eventuell für den Tod von Erwin Striezel verantwortlich war, nicht um dessen Münzen oder Briefmarken ging, sonst hätte er sich hier wohl bedient. Und eines war auch klar, wenn immer es doch Mord war, hatte der Mörder alles vermieden, Hinweise auf eine räuberische Absicht zu hinterlassen, sondern war eher darum bemüht, es wie Selbstmord aussehen zu lassen.

Gerade wollte er sich eine der Münzen etwas genauer ansehen, da hörte er seine Kollegin von oben rufen:

»Chef, kommst du mal?«

Brandauer legte die Münze wieder dahin zurück, wo er sie gefunden hatte, schob die Lade wieder zu und stieg die Stufen zur Einliegerwohnung hinauf. Er erinnerte sich an das Bild von gestern, wo schon nach der ersten Stufe der Kopf des Erhängten deutlich vor seinem Gesicht erschienen war. Heute hing nur noch mahnend das Seil dort und bewegte sich seicht im Windzug, der ihm den Kadavergestank entgegenblies.

Als er auf der zweiten Stufe stehend nach rechts blickte, sah er dort Striezels Jacke an einem Haken hängen. Gestern war sie ihm nicht aufgefallen, oder besser gesagt, hatte er sich nicht für sie interessiert. Heute, wo es darum ging, sicherzustellen, ob es sich um Selbstmord handelte oder nicht, fand sie sein Interesse.

Er fasste in die Taschen der Jacke, um ihren Inhalt zu überprüfen, bevor er weiterging. Neben einigen Salmiakpastillen, einem alten Lottoschein und benutzten Papiertaschentüchern fand er in der linken Brusttasche Striezels Brieftasche.

Sie beinhaltete seinen Personalausweis, eine Scheckkarte, seinen Rentenausweis, die Krankenkassenkarte und etwa fünfunddreißig Euro. Für den Kommissar ein weiteres Indiz dafür, dass Striezel wahrscheinlich nicht Opfer eines Einbruchs mit räuberischer Absicht wurde. Brandauer steckte die Brieftasche wieder zurück an ihren Platz und stieg die Stufen weiter empor.

Seine Kollegin stand direkt neben dem umgekippten Stuhl, unweit der Stelle, wo sich auf dem Teppich dessen neue Bewohner tummelten.

»Wenn wir hier noch länger zu tun haben, sollten wir die vielleicht beseitigen, oder?«, schlug sie mit einem Fingerzeig in Richtung der Maden vor.

»Allein die Vorstellung davon lässt mich schaudern, Beate.«

»Wenn Striezel hier irgendwo Handfeger und Müllschippe hat, mach ich's sofort«, sagte sie couragiert und entschwand durch die Tür links von der Kommode, die zu den anderen Räumen der Wohnung führte.

»Ich fürchte, du wirst eher einen Spachtel benötigen«, rief er ihr nach.

Hinter der Tür, durch die sie entschwand, lag ein kleiner Flur. Von dort aus führte eine Tür zur Toilette, eine zur Küche und eine weitere zu seinem Schlafzimmer, das wie auch Küche und Toilette nach hinten raus lag. Grafitspuren auf den Türklinken zeugten davon, dass die Spusi bereits ihrer Arbeit nachgegangen war. Alle Räume waren, wie schon der vordere Raum, eher spärlich und funktional eingerichtet.

Aus einem der Räume drang ein klapperndes Geräusch ins Wohnzimmer. Wenig später kam die Neubert mit einer metallenen Müllschippe zurück und nahm mit ihrer Hilfe und etwas Druck auf die vordere Kante des Kehrblechs so viel wie möglich von der klebrigen, larvendurchsetzten Masse, mit der sich der Teppich vollgesogen hatte, auf. Der einen oder anderen Made half sie mit den Fingern beim Ortswechsel und dann entschwand sie wieder durch die Tür, durch die sie gekommen war. Kurz darauf hörte man, wie die Toilettenspülung ging.

Brandauer sah beschämt zu der Stelle auf dem Teppich, wo sich eben noch die Maden tummelten, und musste sich eingestehen, dass die Idee seiner Kollegin ganz hervorragend war. So war die Sache wenigstens optisch erträglicher geworden. Inzwischen hatte das Bild auf der Staffelei sein Interesse geweckt. Auch er konnte sich seiner Anziehungskraft nur schwer entziehen, doch gab es im Augenblick Wichtigeres.

Deshalb löste er sich irgendwann und ging zu dem alten Holztisch, der in der Nähe des Fensters stand. Er sah sich das, was sich auf seiner Oberfläche abspielte, in Ruhe an.

Ein Stullenbrett, auf dem Reste eines angebissenen Käsebrötchens lagen. Eine angebrochene Packung Butter auf einer aufgeschlagenen Fernsehzeitung, die mittlerweile fettdurchtränkt war. Neben einer Pillenbox ein Stück Käse auf Wachspapier, dessen goldgelbe Oberfläche aufgebrochen war und verkrustete Risse aufzeigte. Ein Glas, das knapp zur Hälfte mit abgestandenem Bier gefüllt war sowie eine leere Bierflasche. Das alles zeugte davon, dass hier jemand sein Abendbrot nicht vernünftig aufgegessen hatte.

Es vermittelte den Eindruck, dass Erwin Striezel nur kurz aufgestanden war und jeden Augenblick wieder zurückkommen würde.

In dem mittlerweile vertrockneten Rest Brötchen hatten offensichtlich Vögel, vermutlich Krähen herumgepickt und die Brocken flächendeckend auf dem Tisch verteilt.

»Sieh dir das Gemetzel hier mal an, Beate«, rief Brandauer seiner Kollegin zu, die er noch immer auf der Toilette wähnte. Doch die war schon wieder zurück und hatte inzwischen die Bilder, die an der Wand lehnten, flüchtig durchgeblättert. Nun stand sie vor dem Bild auf der Staffelei.

»Was sagst du dazu, Beate?«

»Großartig! Hast du gesehen, wie traurig der Junge guckt, Chef. Und das, obwohl man ihn nur von hinten sieht? Das muss man erst mal hinkriegen.«

»Lös dich mal von dem Bild, komm lieber her und sag mir, was du hier siehst!«

Schweren Herzens ließ sie den traurigen Jungen allein am Strand zurück und wandte sich dem Tisch zu.

»Wenn ich dem Bild hier einen Namen geben müsste, würde ich es ‚Stillleben mit Krümeln‘ nennen.«

»Du sollst ihm aber keinen Namen geben, sondern mir sagen, was du hier siehst.«

»Ich denke, wir stehen hier vor Striezels letztem Abendmahl, an dem – wenn auch verspätet – auch noch andere Gäste teilgenommen haben.«

»Du meinst, der hat sich zu guter Letzt noch einmal so'n richtig schönes Käsebrötchen gegönnt?«

Brandauer sah seine Kollegin ungläubig an.

»Na ja, Henkersmahlzeit halt.«

Die Kommissarin quittierte seinen Blick mit dem gleichen skeptischen Gesichtsausdruck.

»Käsebrötchen, Beate, Käsebrötchen! Das ist doch keine Henkersmahlzeit. Da ruft man den nächsten Feinkostladen oder im KaDeWe an und lässt noch mal ordentlich auffahren!«

»Du vergisst, dass wir nicht in Berlin sind und er nicht einmal Telefon hatte, Franz. Außerdem war Wochenende.«

Spätestens jetzt war er sich sicher, dass das alles nicht ernst gemeint war, was seine Kollegin da gerade von sich gegeben hatte.

»Im Ernst, Beate, ich hoffe, wir sind uns darin einig, dass dieses Stillleben, wie du es so trefflich nanntest, einer Henkersmahlzeit mehr als unwürdig ist. Kein Mensch macht sich noch eben ein Käsebrötchen, wenn er vorhat, sich gleich umzubringen – frei nach dem Motto: ,Mit nem Brötchen im Magen lässt sich der Tod besser ertragen'.«

»Da ist was dran, Chef.«

»Außerdem finde ich, sieht das aus, als wäre Striezel hier bei seinem Abendbrot durch irgendetwas gestört worden, ist aufgestanden, aber dann nicht mehr zurückgekommen. Vermutlich, weil er ganz spontan auf die tolle Idee gekommen war, sich ein bisschen zu erhängen.«

»Stimmt, sieht irgendwie merkwürdig aus. Aber Brenner hatte ja in seinem Obduktionsbericht vermerkt, dass Striezel unmittelbar vor seinem Tod ein Brötchen mit Käse gegessen hatte.«

»Was sagt Ihnen das hier noch, Frau Oberkommissarin?«

Ihr Chef hatte seine Hände tief in seinen Manteltaschen vergraben und sah sie schräg von der Seite an. Sie kam sich vor, wie in einer mündlichen Prüfung. Eine Weile grübelte sie, dann zeigte sie mit bedeutungsschwangerer Miene auf das vertrocknete Stück Käse:

»Könnte sein, dass das Emmentaler ist.«

Brandauer riss den Mund auf, verdrehte die Augen und warf fassungslos den Kopf in den Nacken.

»Mensch, Beate! Ernsthaft jetzt mal, wenn ich bitten darf!«

»Ich weiß nicht, worauf du hinaus willst, Chef.«

Er nahm eine Hand aus der Tasche und zeigte auf die Illustrierte.

»Sieh dir mal die Fernsehzeitung an.«

Die Neubert wollte sie gerade hochnehmen, vermutlich, um sie durchzublättern, da packte er noch rechtzeitig ihren Arm.

»Nicht anfassen!«

»Ich denke, ich soll sie mir ansehen?«

»Aber so, wie sie da liegt, Mensch.«

Die Kommissarin tat ihm den Gefallen. Nach einer Weile des Nachdenkens sah sie ihn unsicher an und sagte:

»Okay, sie ist aufgeschlagen.«

Brandauer signalisierte ihr, dass er etwas anderes erwartet hatte. Sie konzentrierte sich noch einmal auf die Illustrierte und sah sich die Hinweise auf die einzelnen Sendungen genauer an. Dann zog sie plötzlich die Augenbrauen hoch.

»Aah, jetzt weiß ich, worauf du hinaus willst. Die Seite zeigt das Abendprogramm vom Samstag, den 15. März. Das könnte bedeuten, dass er sich an dem Abend umgebracht hat.«

»Du sagst es.«

Brandauer löste sich vom Tisch, öffnete die Tür zu den anderen Räumen der Wohnung, warf einen Blick ins Bad und stand kurz darauf in der kleinen Küche. Die Neubert war ihm gefolgt und quetschte sich vorsichtig an ihm vorbei.

»Darf ich mal, Chef?«

Brandauer trat einen Schritt zur Seite. Die Kommissarin öffnete den Kühlschrank und beide sahen sich mit dem Anblick konfrontiert, den sie erwartet hatten. Der Kühlschrank war noch gut gefüllt, mit teils angebrochenen und teils verschlossenen Lebensmitteln. Im oberen Fach blähte sich ein Joghurtbecher auf und stand kurz vor der Explosion. In einer kleinen Schale befand sich klein geschnittenes Obst, das mit einer pelzigen Schicht überzogen war. Im Gemüsefach lagen verschrumpelte Möhren, die eher an Schwarzwurzeln erinnerten, mit welkem Grün, eine vertrocknete Sellerieknolle und zwei Stangen Lauch, die ihre Form verloren hatten und nur noch eine schlabbrige Masse darstellten.

Die Neubert sah zu Brandauer hoch, der es vorzog, alles aus einer gewissen Entfernung zu registrieren.

»Ich vermute mal, dass er sich das Gemüse am Samstag auf dem Wochenmarkt geholt hatte, Chef ...«

»... um sich noch am gleichen Abend umzubringen?«, gab er zu bedenken.

»Ich glaube, im alten Ägypten hat man den Pharaonen auch Lebensmittel mit in die Grabkammer gelegt, damit sie im Jenseits nicht Hunger litten.«

»Ach so, na ja dann ...«

Man ging noch einmal zurück zu der Stelle, wo der Tote hing.

»Wenn Striezel sich selbst umgebracht hat, muss er doch auch die Seilkonstruktion selbst angebracht haben, oder?«

Brandauer sah nach oben und zeigte auf den Haken, an dem das Seil hing.

»Was sagst du denn zu dem Haken, Beate? Ob der wohl vorher schon drin war?«

Auch die Kommissarin kam etwas näher und sah sich den Haken genauer an.

»Ich finde den eine Nummer zu groß geraten. Als wäre er extra dafür eingeschraubt worden, sich daran aufzuhängen.«

»Immerhin hängt er genau in der Mitte. Könnte also sein, dass die Lampe da mal dranhing, weil der Tisch früher vielleicht mal in der Mitte des Raums stand. Immerhin kommt das Stromkabel hier in der Mitte aus der Decke.«

»Sollte er ihn aber extra eingeschraubt haben, um sich daran aufzuhängen, würde das eher auf eine geplante Tat hindeuten und nicht auf einen spontanen Entschluss, findest du nicht?«

»Jedenfalls finde ich, dass das Sujet reichlich Fragen aufwirft, insbesondere die Tatsache, dass wir noch kein zwingendes Motiv für den Suizid haben, Beate.«

»Und wenn nun der Haken doch schon vorher drinnen war?«

»Wir werden den Pater fragen. Der war ja öfters hier. Der Haken müsste ihm in jedem Fall aufgefallen sein. Das ist alles sehr irritierend, Beate. Einerseits wirkt es akribisch geplant, andererseits wie ein spontaner Entschluss.«

Brandauer sah sich den Haken und das Seil noch eine Weile an, dann stellte er den Stuhl auf, stieg auf seine Sitzfläche und nahm das Seil vom Haken. Er ließ es ein paar Mal langsam durch die Finger gleiten und sagte:

»Das Seil ist in jedem Fall nicht neu. Es wurde vorher schon benutzt. Und nicht nur das, ich würde sogar so weit gehen, zu sagen, dass es ausrangiert wurde. Es hat jede Spannkraft verloren. Es macht auch einen ziemlich verdreckten Eindruck und wurde vermutlich nur für diesen letzten Zweck erst vor Kurzen von einem längeren Stück abgeschnitten. Das eine Ende ist fachmännisch versiegelt, damit es sich nicht aufdröseln kann, das andere Ende nicht.«

Brandauer prüfte das ausgefranste Seilende mit den Fingerspitzen.

»Das ist jedenfalls kein Seil, wie man es im Haushalt verwenden würde. Es würde mich stark wundern, wenn wir den Rest des Seiles hier irgendwo in der Wohnung finden würden. Auch das sollte die Spusi noch mal überprüfen.«

Brandauer hatte das Seil, auf dem Stuhl stehend, wieder an den Haken gehängt und dabei festgestellt, dass er sich dazu mit seinen ein Meter zweiundachtzig nicht strecken musste, doch hatte er Striezel deutlich kleiner in Erinnerung. Er war inzwischen wieder von dem Stuhl runtergestiegen und sah seine Kollegin von oben bis unten an.

»Wie groß bist du, Beate?«

»Eins sechsundsiebzig, warum?«

»Steig mal auf den Stuhl. Ich will sehen, ob du mit ausgestrecktem Arm annähernd bis an den Balken reichen kannst.«

Sie gelangte so eben mit ihren Fingerspitzen an den Balken.

Brandauer ging noch einmal die Treppe ein Stück hinunter und griff in die Innentasche von Striezels Jacke. Er nahm dessen Personalausweis aus der Brieftasche und suchte nach der Angabe für die Körpergröße: 176 cm.

Damit war er genauso groß wie die Neubert, was erst einmal darauf hindeutete, dass hier niemand Hilfestellung geleistet haben musste.

»Okay, Brenner hatte recht. Der Stuhl hätte Striezel so gerade ausgereicht, um den Haken einzuschrauben und auch, um das Seil einzuhängen.«

»Und wenn nicht, hätte er ja auch den Tisch benutzt haben können«, überlegte die Neubert. Beide sahen hinüber zu dem rechteckigen, dunklen Eichentisch, an dem sie vorhin standen.

»Das hat er definitiv nicht, Beate. Das hieße ja, dass er erst die Seilkonstruktion hier installiert hat, und dann den Tisch für sein Abendessen wieder zurückgeschoben hat. Wenn sich Menschen einmal dazu entschlossen haben, sich umzubringen, kann ihnen das gar nicht schnell genug gehen. Da setzt sich niemand noch einmal hin und schmiert sich ein Brötchen.

Außerdem vermute ich, wenn wir den Tisch jetzt ein Stück verrutschen würden, könnte man an den tiefen Abdrücken im Teppich sehen, dass der seit Jahren nicht bewegt wurde. «

Brandauer schätzte noch einmal mit geübtem Blick den Abstand von der Schlinge zur Sitzfläche des Stuhls.

»Meinst du nicht auch, dass die Schlinge selbst ein Stück zu hoch hängt. Versuche doch bitte mal, sie dir um den Hals zu legen, Beate.«

Die Neubert sah ihren Kollegen leicht irritiert an.

»Sonst noch was, Chef?«

»Du sollst dich ja nicht gleich aufhängen, mein Gott«, erwiderte er ungeduldig. »Ich will ja nur sehen, ob du überhaupt in der Lage bist, den Kopf in die Schlinge zu legen.«

Sie richtete den Stuhl unter dem Seil aus, stellte sich darauf und hielt das Kinn vor die Schlinge.

»Das ist aber total eklig, Chef.«

»Nun hab dich nicht so.«

»So etwa?«

»Stecke deinen Kopf mal richtig rein, Beate.«

»Muss das wirklich sein?«

Eher widerwillig legte sie Ihren Kopf in die Schlinge, was ihr ohne Weiteres gelang. Brandauer spielte einen Moment lang mit dem Gedanken, sie an den Beinen zu halten, nahm die Hände aber im letzten Augenblick wieder zurück und steckte sie vorsichtshalber in die Manteltaschen. Das schien ihm in der gegenwärtigen Situation die angemessenere Sicherheitsstellung für beide zu sein.

»Hatte der Pater nicht was von Morbus Bechterew gesagt, Beate? Dann hatte er doch vermutlich einen Buckel und konnte nicht mehr aufrecht stehen, oder?«

»Er ging am Stock, sagte er, glaube ich.«

»Dafür war das Seil dann aber doch vielleicht zu kurz. Offensichtlich hatte auch Brenner sich durch die Angabe im Personalausweis täuschen lassen.«

»Okay, Beate, ich denke, damit ist der Fall für mich klar.«

»Inwiefern?«

»Die alten Akten müssen wohl noch etwas warten«, grinste er vergnüglich. Sie schloss sich seinem Grinsen an und rieb sich, in freudiger Erwartung dessen, was sie in den nächsten Tagen erwarten würde, die Hände.

»Vergiss nicht, den Kopf aus der Schlinge zu nehmen, bevor du vom Stuhl steigst, Beate, sonst gerate ich hier noch in Erklärungsnot.«

Es war Brandauers Art, ihr seine Zuneigung zu zeigen. Was er tatsächlich für sie empfand, würde er ihr wohl nie sagen.

»Mein Gott, du bist ja richtig besorgt um mich, Chef.«

Brandauer hätte nicht übel Lust gehabt, noch länger mit seiner reizenden Kollegin zu schäkern, doch begnügte er sich damit, ihr seine Hand zu reichen. Als sie seine Hand ergriff und vom Stuhl stieg, kam ihm das vor, als würde er sie zum ersten Mal berühren. Den spontanen Gedanken, ihre Hand nicht wieder herzugeben, verwarf er schneller, als er ihn denken konnte. Sofort war er wieder bei der Sache und holte zu einem längeren Fazit aus:

»Das ganze Szenario entspricht doch weder einem spontanen Entschluss noch einem geplanten Abschied.«

Und dann zählte er an den Fingern auf: »Das angebissene Käsebrötchen, die aufgeschlagene Fernsehzeitung, das Fehlen eines erkennbaren Motivs und eines Abschiedsbriefes, die Fröhlichkeit der letzten Tage, das alles deutet doch nicht darauf hin, dass hier jemand freiwillig aus dem Leben geschieden ist, oder?«.

Die Neubert reagierte nicht sofort, weil auch sie ganz offensichtlich gedanklich noch mit ihren Gefühlen beschäftigt war. Brandauer kam schließlich zu dem Entschluss:

»Hier hat jemand ein bisschen nachgeholfen! Frau Oberkommissarin, ich glaube, wir haben einen Mord aufzuklären und sollten uns doch die Details noch etwas genauer ansehen.«

»Hast du schon eine erste Vorstellung davon, wie es sich abgespielt haben könnte, Franz?«

»Die habe ich zwar, aber die Frage kommt mir einen Tick zu früh. Ich will mir erst noch mal das Seil genauer ansehen.«

Brandauer stellte sich erneut auf den Stuhl, klinkte das Seil noch einmal aus und sah es sich genauer an. Es war ein gedrehtes Arbeitsseil aus Polypropylen von etwa sechzehn Millimeter Stärke. Brandauer kannte sich mit Seilen aus. Er hatte in jungen Jahren einmal einen Segelschein gemacht und noch bis vor fünf Jahren eine eigene Jolle.

Der Knoten, der die Schlinge bildete, war frei beweglich, damit sich die Schlinge zuziehen konnte.

Er ließ das Seil langsam durch die Finger gleiten und sagte:

»Ein Seil in der Stärke braucht kein Mensch im Alltag. Es sei denn, er ist zum Beispiel Segler. Auch der Knoten am oberen Ende des Seils erinnert mich an meinen Segelkurs, den ich vor vierzig Jahren mal am Chiemsee gemacht habe. Das ist in jedem Fall ein Palstek.«

Die Neubert nickte mehrmals beeindruckt. Er reichte seiner Kollegin das Seil, verwies mit dem Zeigefinger auf den anderen Knoten und erklärte weiter:

»Der zweite ist ein klassischer Galgenknoten. Er wurde jedoch so akkurat angefertigt, dass es eher zu einem Menschen passt, der alles, was er tut, gründlich und genau macht, und nicht in das Bild eines Menschen, wie ihn uns der Pater beschrieben hatte, der starke Arthrose in den Fingern hatte, und eher fahrig war.«

Auch das war für ihn ein weiteres Indiz dafür, dass das hier kein Selbstmord war.

»Brenner hatte darauf hingewiesen, dass Striezel unmittelbar vor seinem Tod das Käsebrötchen, dessen Reste da hinten noch liegen, verzehrt hatte. Es war noch nicht verdaut. Ich würde davon ausgehen, dass sein Mörder ihn beim Abendbrot überrascht hatte. Ich denke, es wird höchste Zeit, dass die Spusi hier noch einmal aufschlägt. Das hier ist ein Tatort, Beate!«

Brandauer informierte über sein Handy die Kollegen, die den Tatort vor dem neuen Hintergrund noch einmal gründlich untersuchen sollten. Dann verließen sie die Wohnung und machten sich auf den Weg zurück ins Revier. Während er den Wagen nahm, zog die Neubert es vor, zu Fuß zu gehen.

Kapitel 5

Als beide wieder hinter ihren Schreibtischen saßen, sagte Brandauer zu seiner Kollegin:

»Lass uns mal zusammensammeln, was wir bisher wissen, Beate. Fang du mal an.«

Beide lehnten sich in ihren Stühlen zurück, verschränkten die Arme und legten fast synchron ihre Füße auf die Schreibtischplatte. Plötzlich nahm sie ihre Füße wieder runter, sprang auf und sagte:

»Warte, Franz, ich mache mir erst noch schnell einen Tee. Dann kann ich besser denken.«

Sie ging zur Küchenzeile, setzte heißes Wasser auf und tat einen neuen Teebeutel in ihre Tasse. Während der Wasserkocher seine Arbeit verrichtete, begann sie zu erzählen:

»Okay ... Striezel und der Pater sehen sich am Samstag beim Einkaufen auf dem Wochenmarkt und grüßen sich von Weitem ...«

Brandauer hob den rechten Zeigefinger und übernahm:

»... Sie hielten es nicht für nötig, aufeinander zuzugehen, da man sich ohnehin den Tag darauf zum Schachspielen verabredet hatte ...«

Jetzt meldete sich die Neubert wieder zu Wort:

»... Also ging Striezel zu dem Zeitpunkt nicht davon aus, dass er den nächsten Tag nicht erleben wird ...«

»... sonst hätte es sich ja auch erübrigt, für die nächsten Tage einzukaufen.«

»Sehr richtig!«

»Sonntag gegen 16 Uhr jedenfalls stand der Pater vor der verschlossenen Tür«, fuhr Brandauer fort. »Da war Striezel bereits tot, was sich auch mit Brenners Berechnungen deckt.«

»Der Mord wird aller Wahrscheinlichkeit nach Samstag Abend passiert sein«, übernahm die Neubert wieder. »Was übrigens auch dem Zustand seiner Pillenbox entspricht. Ich war so frei, sie zu öffnen. Für den Sonntag waren beide Fächer noch voll. Die Pillen für die anderen Wochentage hatte er bereits genommen. Sowohl die für morgens als auch die für abends.«

»Auch das spricht übrigens für Mord, Beate. Ich nehme nicht eben noch meine Blutdruckpillen, um einem Herzinfarkt vorzubeugen, nur um mich anschließend umzubringen.«

Die Kommissarin gab ihm lachend recht.

»Weißt du, was ich mich die ganze Zeit frage, Beate?«

»Woher sollte ich das wissen?«

»Seit wann das Gerüst vor dem Haus eigentlich steht. Ich fahre da zwar jeden Morgen auf dem Weg zum Revier dran vorbei, aber meinst du, ich kann mich daran erinnern, wann die das Ding da hingestellt haben?«

Sie nahm das Telefon zur Hand und wählte eine interne Nummer.

»Wen hast du vor anzurufen?«

»Hansen.«

»Warum das?«

»Weil der die Nummer von der Gerüstfirma hat.«

»Dann bitte ihn gleich mal, runterzukommen.« Brandauer machte ein bedeutungsvolles Gesicht und hob den Zeigefinger: »Spezialauftrag!«

Inzwischen war am anderen Ende der Leitung jemand ans Telefon gegangen.

»Hallo Jochen, Beate hier. Sag mal, ist der Kollege Hansen im Büro? Könntest du ihn mir mal geben?«

Es dauerte einen Moment, dann übernahm Hansen das Telefonat.

»Hallo Hansen, sind Sie so nett und geben mir bitte mal die Nummer von der Gerüstfirma?«

Die Kommissarin nahm einen Stift zur Hand und notierte die Nummer, die ihr Hansen durchgab.

»Dankeee! Und sagen Sie, würde es Ihnen eventuell etwas ausmachen, wenn Sie einen Spezialauftrag für den Herrn Kommissar übernehmen würden? ... Suuuper, vielen Dank!«

Sie legte wieder auf und wählte die Nummer, die sie eben von Hansen erhalten hatte. Kurz darauf hatte sie den Geschäftsführer der Gerüstbaufirma am Apparat und wenig später die Antwort auf Brandauers

Frage: Das Gerüst stand seit dem 3. März, stand also bereits zwei Wochen vor der Tat.

Der Kommissar hatte ihr Tun mit fassungsloser Miene beobachtet und sagte, nachdem sie aufgelegt hatte:

»Warum bist du so wahnsinnig pragmatisch, Beate. Ich sitze hier seit zwanzig Minuten und frage mich, wie lange das Gerüst schon steht und du rufst einfach eine Nummer an und hast nach zehn Sekunden die Antwort.«

»Tja, so sind Frauen eben.«

»Meine Mutter hätte, glaube ich gesagt, du bist patent. Bei der waren immer alle klugen Frauen patent.«

Doch, wenn er glaubte, ihr damit ein Kompliment zu machen, lag er falsch.

»*Patent* ist ungefähr so beschissen wie *nett* oder *adrett*, finde ich. Ich glaub sogar, das ist sexistisch. Patent sind immer nur Frauen.«

Sie warf mit energischer Miene ihren Zopf zurück und fuhr mit ihrer Abmahnung fort:

»Das Wort hatte man bestimmt nur für den Fall erfunden, dass eine Frau mal was Intelligentes sagt oder macht. Weil der Begriff ‚*intelligent*‘ aber schon für die Männer vergeben war, brauchte man ein Äquivalent.«

»So hab ich das noch gar nicht gesehen«, gestand Brandauer kleinlaut.

»Na, siehste mal.« Die Neubert verschränkte die Arme und sah ihn offen an. »Und was machst du jetzt mit der Info?«

»Ich benutze das Wort nie wieder!«

»Ich meinte jetzt eigentlich eher die Information über das Baugerüst, Chef«, erwiderte sie lächelnd.

»Ach so, ja.« Brandauer versuchte, sich wieder zu sammeln und auf den Fall zu fokussieren.

»Es wäre demnach also möglich gewesen, dass der Mörder durch das geöffnete Fenster kam und ging. Darauf wollte ich hinaus. Schließlich steckte ja der Schlüssel der abgeschlossenen Ladentür von innen.«

»Ich denke auch, dass wir davon ausgehen können. Und was soll das für ein Spezialauftrag werden, Franz?«

»Wenn ich mich recht erinnere, hatte Striezel eine der Sendungen in der Fernsehzeitung mit einem Kuli markiert. Vielleicht war er ja gerade beim Fernsehen, als der Mörder durch das Fenster bei ihm einstieg. Der Hansen soll uns mal die Fernsehzeitung holen. Vielleicht können wir ja das Zeitfenster für den Mord noch genauer einengen.«

Die Kommissarin hatte gerade das Telefon in seine Basisstation zurückgestellt, da ging die Tür auf und ein Herr mit Hut in einem dunklen, schäbigen Mantel mit hochgeschlagenem Kragen trat ein. Erst, als er seine Sonnenbrille abnahm, erkannten sie, dass es Hansen war.

Brandauer und die Neubert sahen sich verwundert an und mussten schmunzeln. Das war er, ihr Kollege

Hansen, wie er leibt und lebt. Seine Enttäuschung war nicht zu übersehen, als er realisierte, dass der Spezialauftrag sich darin erschöpfte, eine Fernsehzeitung zu holen. Brandauer versuchte deshalb, dem Auftrag noch eine bedeutsame Komponente zu geben, um Hansen wieder etwas aufzumuntern.

»Und jetzt kommt das Wichtigste, Hansen. Nehmen Sie einen spitzen Gegenstand, Ihren Schlüssel oder so, und schalten Sie den Fernseher ein, indem Sie vorsichtig auf den Einschaltknopf am Gerät drücken. Ich konnte da keine Fernbedienung entdecken. Bitte so, dass Sie keine Fingerabdrücke hinterlassen und keine eventuell vorhandenen Fingerabdrücke beschädigen, verstehen Sie? Das ist ganz wichtig!«

»Klar, Herr Kommissar. Verstehe. Sie wollen wissen, welcher Sender zuletzt eingeschaltet war, und halten es für möglich, dass der Mörder den Fernseher ausgeschaltet hat.«

»Hervorragend mitgedacht, Hansen, genau darum geht es ... Ach, und noch eins, Hansen – bevor Sie gehen, öffnen Sie bitte eines der Fenster einen Spalt, damit die Katze rein und raus kann.«

»Ich glaube nicht, dass der Katze das helfen würde, Herr Kommissar, so weit wie das Gerüst im Augenblick zurückgebaut wurde.«

»Da haben Sie natürlich recht, Hansen. Daran hatte ich nicht gedacht.«

Brandauer reckte den Daumen seiner linken Hand in die Höhe und bot Hansen seine Rechte zum Einschlagen an. Das jedoch ging gehörig in die Hose, weil Hansen daneben langte. Dann schlug er die Hacken zusammen und entschwand. Zwei Sekunden später ging die Tür noch einmal auf.

»Brauche ich nicht den Schlüssel?«

»Nee, Hansen, brauchen Sie nicht. Die Männer von der KTU sind noch vor Ort.«

Als Hansen draußen war, drehte sich Brandauer zu seiner Kollegin um und sagte:

»Irgendwie mag ich den Burschen. Er überrascht mich immer wieder damit, dass er mitdenkt.«

Die Neubert versuchte, da anzuknüpfen, wo man stehengeblieben war.

»Nehmen wir mal an, dass er den Fernseher anhatte und dabei war, sein Abendbrot einzunehmen. Der Pater hatte erwähnt, dass Erwin schwerhörig war. Er wird den Fernseher also relativ laut gestellt haben. Eine Türklingel hatte er nicht. Ein Klopfen an der Tür hätte er also wahrscheinlich nicht gehört.«

»Auch das spricht eher dafür, dass der Mörder durch das Fenster eingestiegen ist«, übernahm Brandauer wieder. »Und Striezel hätte es wahrscheinlich nicht sofort gemerkt, weil er – jedenfalls so wie der Stuhl stand – mit dem Rücken zum Fenster saß und in die Röhre guckte.«

Der Kommissar griff zum Telefon und rief noch einmal die Kollegen der KTU an, um ihnen zu sagen, dass sie auch auf den Tasten des Fernsehers nach Fingerabdrücken suchen sollten.

»Und wie gings dann weiter, Franz? Der Mörder fragt unseren Erwin, hätten Sie was dagegen, wenn ich Sie ein bisschen aufhänge, oder wie?«

»Und damit kommen wir zu der alles entscheidenden Frage.«

Wie vorher einstudiert sagten beide im Chor.

„Welches Motiv könnte jemand gehabt haben, ihn umzubringen?"

Man ging die gängigen Optionen im Geiste durch, ohne dass jemand etwas sagte.

»Denk mal laut, Beate.«

»*Eifersucht*?«

»Och, nee Beate, wirklich«, Brandauer verzog schmerzverzerrt das Gesicht, »zwing mich jetzt bitte nicht, mir einen alten Mann mit Morbus Bechterew beim Liebesspiel mit wem auch immer vorzustellen.«

»Ich mein ja nur«, spielte sie die Entrüstete. »*Du* hast doch gesagt, ich soll laut denken. Wie wär es denn mit *Rache*?«

»Wer sollte sich an Striezel rächen wollen? Der hatte doch nie das Haus verlassen.«

»Vielleicht der Gemüsehändler vom Wochenmarkt ...«, überlegte sie mit gekonnt dramatischem Gesichtsausdruck, »... weil er vielleicht seine mehligen Kartoffeln verschmäht hatte.«

»Wahrscheinlich, Beate, wahrscheinlich.«

»Vielleicht aus *Neid*?«

»Da fiele mir nur Freddy ein, der vielleicht neidisch auf seine Briefmarken gewesen sein könnte.«

»Dann bliebe ja nur noch *Habgier*.«

»Der war doch arm wie eine Kirchenmaus, nach Aussage des Paters.«

»Vielleicht aber auch nicht. Wäre nicht das erste Mal, dass jemand sein Leben lang den Bedürftigen spielt und unter seinem Bett die Socken voll Gold gehortet hat.«

»Falls ich es noch nicht gesagt habe, sage ich's jetzt noch mal. Raubmord können wir, denke ich, ausschließen. Der Laden sah nicht so aus, als hätte jemand darin rumgewühlt. Die Schubfächer sind voller Münzen und selbst das Geld in der Registrierkasse, an die jeder rankonnte, war noch da. Auch seine Brieftasche befand sich noch in seiner Jackentasche.«

»Dann sollten wir uns vielleicht als Nächstes um den Hausbesitzer kümmern, Chef.«

Die Neubert griff zum Telefon und wählte gezielt eine Nummer. Brandauer runzelte die Stirn.

»Wen rufst du jetzt wieder an?«, wollte er wissen.

»Die Firma, die das Baugerüst aufgestellt hat.«

»Und warum die?«

»Die werden ihren Auftrag ja wohl von dem Eigentümer erhalten haben, oder?«

Brandauers Gesichtszüge entspannten sich wieder.

»Sehr patent, Frau Oberkommissarin, sehr patent«, bemerkte er anerkennend.

»Intelligent, Chef! Nicht patent.«

Sie hob selbstbewusst den Kopf an, griff sich einen Stift und einen Notizzettel und wenig später hatte sie Namen, Adresse und Telefonnummer des Eigentümers.

»Es ist ein Dr. Werner Timmermann, Zahnarzt aus Berlin-Köpenick. Wohnung und Praxis hat er am Müggelseedamm 230a.«

»Wollte Gott, die Verdächtigen würden mal in unserer Gegend wohnen. Ständig ist man auf Achse«, beklagte sich Brandauer.

»Sei doch froh, dass unsere schöne Umgebung verbrecherfrei ist, Franz.«

»So kann man das natürlich auch sehen«, musste er ihr beipflichten, »aber noch lieber wäre mir, sie würden auch ihre Verbrechen woanders begehen.«

Nach einem kurzen, prägnanten Klopfen ging die Tür auf und Hansen hatte wieder seinen Auftritt. Er salutierte und schlug krachend die Hacken zusammen:

»Spezialauftrag ausgeführt, Herr Hauptkommissar.«

»Rühren, Gefreiter Hansen, rühren!«, erwiderte Brandauer. Der ambitionierte Polizeimeister reichte ihm die Fernsehzeitung und sagte:

»Die Kollegen von der KTU wollten mich erst nicht reinlassen, aber als ich ihnen dann sagte, dass es sich um einen Spezialauftrag von Ihnen handeln würde, haben sie es zugelassen. Zuletzt wurde übrigens eine Sendung im *SWR* geguckt.«

Brandauer schlug die Fernsehzeitung auf, blätterte zu besagtem Samstag und suchte nach der Sendung, die Striezel markiert hatte.

»Na bitte, er hatte einen Film um 20 Uhr 15 im *SWR* markiert. Ein alter deutsch-österreichischer Spielfilm von 1958. Das könnte ein Hinweis darauf sein, dass der Mörder zwischen 20 Uhr und 22 Uhr kam.«

»Wieso? Er hätte doch den Fernseher schon vorher angemacht haben können«, gab die Neubert zu bedenken.

»Der Pater hatte gesagt, dass Striezel eigentlich nur fernsah, wenn es mal einen alten deutschen Spielfilm gab. Also wird er den Fernseher am Samstag vermutlich nicht vor 20 Uhr 15 eingeschaltet haben, sagen wir 20 Uhr, falls er noch die Nachrichten sehen wollte. Wenn wir Glück haben, wurde er am Samstag beim Fernsehen von seinem Mörder überrascht. Und wenn wir noch mehr Glück haben, hat der auch den Fernseher ausgeschaltet, um uns seinen Fingerabdruck auf der Ausschalttaste zu hinterlassen.«

Kapitel 6

Am darauffolgenden Tag machten sie sich bei herrlichem Frühlingswetter gleich morgens auf den Weg nach Berlin. Sie hatten Rolex mitgenommen, damit der Hund mal wieder an die frische Luft kommt. Ihren Besuch bei Dr. Timmermann hatten sie nicht vorher angekündigt, weil Brandauer dessen erste Reaktion wichtig war, wenn sie sich ihm vorstellten.

Über die Landstraße 35 hatten sie ihr Ziel nach einer Stunde erreicht. Die Praxis lag im Erdgeschoss und hatte mit Blick auf den Müggelsee eine exklusive Lage. Seine Wohnräume befanden sich direkt darüber.

Der Kommissar gab der jungen Sprechstundenhilfe im Vorzimmer seinen Dienstausweis und bat um Audienz beim Herrn Doktor. Sie sah sich seinen Ausweis genau an und sagte:

»Da müssten Sie sich bitte etwas gedulden. Wir sind eine Bestellpraxis. Heute ist viel los und die Herrschaften, die im Wartezimmer sitzen, haben allesamt einen Termin.«

Der Kommissar nahm seinen Ausweis wieder entgegen und erwiderte:

»Ich glaube nicht, dass wir die Geduld haben, und schlage vor, dass Sie uns sofort einen Hinweis geben, wenn der jetzige Patient raus ist. Andernfalls würden wir jetzt gleich die laufende Behandlung beenden. Ich weiß allerdings nicht, ob dem Herrn Doktor das recht wäre.«

Die Sprechstundenhilfe sah ihn konsterniert an und schob verunsichert ihre Brille mit dem Zeigefinger den Nasenrücken hoch.

»Wie Sie meinen«, reagierte sie etwas blasiert. »Dann nehmen Sie bitte nebenan Platz.«

»Wir stehen lieber, danke.«

Brandauer nahm die Hände auf den Rücken, drehte sich um und sah sich die Fotos an, die an der Wand hingen. Die Kommissarin war um atmosphärische Wiedergutmachung bemüht und erkundigte sich freundlich, seit wann es die Praxis gibt und ob sie vielleicht einen Flyer mit den Öffnungszeiten haben könnte.

Während sie interessiert in ihrer Lektüre las, studierte der Kommissar Einzelheiten auf den im Empfangsbereich aushängenden Fotos. Sie waren allesamt aufwendig gerahmt und mit edlen Passepartouts versehen.

Ein Seitenblick in den Flyer, den die Neubert in den Fingern hielt, wo auf der Innenseite ein Porträt eines lächelnden Herrn mittleren Alters in weißem Kittel prangte, verriet ihm, dass auch die gut aussehende, braun gebrannte männliche Person auf den Fotos diese Person darstellte: Dr. Timmermann, mal beim Golfspiel, mal an einer Harley stehend mit Helm unterm Arm und mal beim Segeln. Der personifizierte Erfolg – beeindruckend und abstoßend zugleich.

Nach etwa fünf Minuten ging die Tür zum Behandlungsraum auf. Der Doktor entließ sein letztes Opfer mit den Worten:

»Die Narkose wird noch eine Weile anhalten. In zwei, drei Stunden können Sie dann wieder was essen. Lassen Sie sich bitte noch einen neuen Termin geben, Herr Stadtrat ...«, Timmermann reichte ihm lächelnd die Hand, » ... und grüßen Sie Ihre Gattin von mir.«

Der Stadtrat schüttelte die ihm angebotene Hand und verabschiedete sich mit etwas gänzlich Unverständlichem, weil die örtliche Betäubung wohl mehr noch nicht zuließ. Kaum war er gegangen, sprang die Sprechstundenhilfe auf, um Timmermann die ungebetenen Gäste anzukündigen. Doch Brandauer war schneller und stellte sich zwischen sie und den Arzt.

Er hielt auch ihm seinen Ausweis vor die Nase und sagte, während er schon mal in den Behandlungsraum vorging:

»Guten Tag, Herr Doktor. Ich bin Hauptkommissar Brandauer ...«, und mit einem Verweis auf seine Begleiterin, »... und das ist meine Kollegin, Oberkommissarin Neubert. Wir wollen Sie nicht lange behelligen. Wir haben nur ein, zwei Fragen.«

Mittlerweile waren alle drei im Behandlungszimmer angekommen und Timmermann hatte die Tür hinter ihnen geschlossen. Er wies auf die beiden Stühle, die vor seinem Schreibtisch standen, und nahm selbst auf der anderen Seite des Schreibtisches Platz.

Brandauer hatte sich die ganze Zeit nicht von seinem nervös und überrascht wirkenden Gegenüber gelöst und suchte in seinem Blick nach Hinweisen, die ihn eventuell verdächtig erscheinen ließen. Eins hatte er sofort bemerkt: Die Fotos schmeichelten ihm ungemein. Offensichtlich waren sie schon älteren Datums.

»Worum gehts? Hat mein Sohn wieder irgendwelchen Unfug angestellt?«

»Das kann ich Ihnen leider nicht sagen, Herr Doktor. Wir wollen's nicht hoffen.«

»Warum sind Sie dann hier, wenn ich fragen darf.«

»Sie dürfen. Wir kommen aus Bad Freienwalde. Was sagt Ihnen das?«

Timmermann zuckte mit den Schultern.

»Was sollte mir das sagen? Ist mein Haus abgebrannt?«

»Das nicht, aber Ihr letzter Mieter wurde in seiner Wohnung erhängt aufgefunden.«

»Ist das jetzt ein Aprilscherz?«

»Wohl kaum.«

Brandauer sah ihn sich genau an. Der Doktor sah abwechselnd zu ihm und zu seiner Kollegin, zeigte aber ansonsten keinerlei auffällige Reaktion. Im Gegenteil, er lehnte sich betroffen in seinem Stuhl zurück.

»Ach du Schande. Na das ist ja ein Ding. Aber das ist ja nett, dass Sie deshalb extra herkommen, um mir das zu sagen ...«

Beide Kommissare ließen den Satz eine Weile so stehen und deshalb schloss er die Frage an:

»... oder hat es irgendeinen anderen Grund, dass Sie hier sind?«

Timmermann sah unsicher zwischen der Neubert und ihrem Chef hin und her und richtete sich langsam wieder auf. Und da die beiden Besucher immer noch nichts sagten, argwöhnte er:

»Ach jetzt verstehe ich! Sie fragen sich, ob ich damit eventuell etwas zu tun habe, weil ich vom Tod des Alten profitiere?«

»Haben Sie?«, fragte Brandauer.

»Hatten Sie nicht gesagt, er hätte sich erhängt?«

»Nein, ich sagte, man hätte ihn erhängt aufgefunden. Das ist ein feiner Unterschied.«

»Und jetzt wollen Sie von mir wissen, ob ich ihn da hingehängt habe, oder wie?«

»Wir würden gern wissen, was Sie am 15. März gemacht haben.«

Timmermann schnaufte und fuhr sich mit der Hand durch die blondierten Haare.

»Mein Gott. Ich hätte nie gedacht, dass mir mal jemand eine solche Frage stellen würde. Ich hab ja schon Mühe, mich zu erinnern, was ich vorgestern gemacht habe.«

Er blätterte in seinem Tischkalender zurück, bis er in besagter Woche angekommen war.

»Das war ein Samstag«, konstatierte er zutreffend.

»Richtig!«

Timmermann sah Brandauer lange fragend an. Dann zuckte er mit den Schultern.

»Tut mir leid! Kann ich Ihnen nicht aus dem Stegreif sagen, Herr Kommissar. Da müsste ich länger drüber nachdenken.«

»Dann tun Sie das bitte und geben Sie uns Bescheid. Am besten noch heute.«

Brandauer reichte ihm seine Karte und stand auf. Auch die Neubert erhob sich. Man verabschiedete sich und beide verließen die Praxis.

Draußen angekommen stupste sich der Kommissar eine Zigarette aus der Schachtel und steckte sie sich in den Mundwinkel. Dann sah er seine Kollegin an.

»Und? Was sagt dir dein Gefühl?«

»Der hat nichts damit zu tun, Chef.«

»Und wenn doch, hätte er für die Vorstellung eben einen Oscar verdient.«

Brandauer steckte sich die Zigarette an, öffnete die hintere Tür seines Landrovers und ließ seinen Vierbeiner raus. Er legte ihm die Leine an und wandte sich nach rechts.

»Lass uns mal zum Wasser runtergehen, Beate. Wenn wir schon mal hier sind. Außerdem braucht der Hund ein bisschen Bewegung.«

Zwischen den Häusern führte ein schmaler Kiesweg, der von japanischen Zierkirschen gesäumt wurde, die gerade in voller Blüte standen, direkt zum Ufer des Müggelsees. Sie genossen den imposanten Anblick der Blütenpracht schweigend. Nur der knirschende Kies unter ihren Füßen und der Gesang einer

Amsel störte die andächtige Stille. Auf halber Strecke gesellte sich das Plätschern des Wassers dazu, das, verursacht von den Wellen eines Ausflugsdampfers, in rhythmischen Abständen gegen die Uferwand schlug.

Am See angekommen, gingen sie noch ein Stück die Promenade entlang, bis sie an eine Bank kamen. Sie nutzten die Gelegenheit, dass ein älterer Herr, der dort bis eben gesessen hatte, gerade den Platz freimachte, und setzten sich.

Beide genossen den Blick hinaus auf den See, wo die Sonnenstrahlen vom Wasser, das sich wieder beruhigt hatte, reflektiert wurden, während sich Rolex mitten auf den Weg hockte und sie entspannt ansah. Keiner von ihnen hatte das Bedürfnis, die Ruhe mit irgendeiner profanen Bemerkung zum Fall zu stören – bis Brandauer plötzlich sagte:

»Was an seiner Reaktion hat dich am meisten überzeugt?«

»Dass er kein Alibi hat.«

»Stimmt. Der Mörder hätte als Erstes dafür gesorgt, dass ihm irgendwer bezeugen könnte, dass er dies oder das an jenem Tag gemacht hat.«

»Trotzdem sollte ihm besser noch einfallen, wo er zur fraglichen Zeit war, meinst du nicht?«

»Unbedingt. Aber er wird schon anrufen, da bin ich mir sicher.«

Sie saßen noch eine Weile schweigend da und beobachteten einen Schwimmer, der in beträchtlichem Abstand zum Ufer einen orangefarbenen ovalen Behälter hinter sich herzog. Vielleicht, um besser gesehen zu werden, vielleicht aber auch, weil er seine Wertsachen darin aufbewahrte.

Brandauer war der erste, der mit dem Untätigsein nicht länger klarkam. Er war wieder aufgestanden und hatte den Hund an seine Seite genommen.

»Komm, Beate, wir fahren wieder.«

»Warum, Chef. Ist doch schön hier.« Sie hatte auf der Bank sitzend ihre Beine überschlagen, die Arme nach beiden Seiten ausgestreckt und hielt das Gesicht tiefenentspannt in die Sonne.

»Kann ich leider nicht zulassen. Du holst dir sonst noch nen Burn-out.«

Sie fuhren zurück nach Bad Freienwalde und landeten eine gute Stunde später bei Mario, ihrem Lieblingsitaliener. Zum ersten Mal konnte man draußen sitzen in diesem Jahr.

Während der Hund eine große Schüssel mit Wasser ausschleckte, die Neubert in ihrem Salat stocherte und Brandauer, der ja eigentlich nie wieder Pizza essen wollte, nun doch wieder rückfällig geworden war und eine Peperoni auf ihre Schärfe hin prüfte, überlegten sie, wie es weiter gehen sollte.

»Es steht und fällt alles mit der Frage nach dem Motiv, Beate. Wenn uns kein vernünftiger Grund einfällt, warum jemand diesen ehrwürdigen alten Herrn hatte umbringen müssen, kommen wir nicht weiter.«

»Was hatte der Pater doch gleich gesagt?«, versuchte sich die Kommissarin zu erinnern, während sie kläglich an dem Versuch scheiterte, eine Olive mit der Gabel aufzuspießen:

»*Erwin strahlte in letzter Zeit wie jemand, der frisch verliebt ist oder gerade im Lotto gewonnen hat, aber es gern für sich behalten möchte*'. Vielleicht sollten wir nach Hinweisen suchen, worüber er sich so freute«, schlug die Neubert vor. Inzwischen hatte sie auch das Problem mit der Olive gelöst. Sie nahm einfach die Finger zur Hilfe.

»Vielleicht ist ja an dem Lottogewinn was dran«, scherzte Brandauer. »Er hat die Million abgeholt und zu Hause im Tresor versteckt und irgendjemand hatte es spitzgekriegt.«

»Womit wir wieder bei Habgier wären.«

»Nee, das hätten wir, denke ich, in der Zeitung gelesen. Und selbst wenn es hier um Diebstahl gehen sollte, das wäre doch noch kein Grund, ihn umzubringen.«

»Vielleicht hatte Striezel seinen Mörder erkannt?«

»Möglich ... aber nee, der ist ja in der Absicht gekommen, ihn umzubringen.«

»Wie willst du das wissen, Chef?«

»Ich kann mir nicht vorstellen, dass er das Seil zufällig in der Hosentasche hatte.«

»Das ist wohl wahr. Aber wenn er ihn mit Vorsatz umgebracht hat, fällt Diebstahl als Motiv wieder weg, oder?«

»Nicht unbedingt, Beate. Vielleicht geht es hier nicht um so etwas Profanes wie Geld.«

»Worum sonst, Chef? Schmuck? Juwelen?«

»Ich denke eher an Münzen oder Briefmarken. In jedem Fall was Seltenes, vielleicht sogar Einmaliges. Das würde einen Sinn ergeben. Dann musste er den Alten nämlich mundtot machen, damit er den Diebstahl nicht zur Anzeige bringen konnte. Sonst hätte der Mörder sein Diebesgut nicht wieder abstoßen können.«

»Verstehe.«

»Vielleicht ist der Gedanke mit dem Tresor gar nicht so schlecht. Müsste so ein Münz- und Briefmarkensammler für seine wertvollen Stücke nicht eine Möglichkeit haben, sie wegzuschließen?«

»Hast recht, Chef. Da sollten wir noch mal nachforschen.«

Die Neubert war durch das Gespräch nicht nennenswert mit ihrem Salat vorangekommen. Brandauer hingegen hatte gerade den letzten Bissen seiner Pizza im Mund und signalisierte Mario, dass er bereit für seinen Espresso sei.

»Los, schalte mal einen Gang rauf, Beate. Das mit dem Safe lässt mir keine Ruhe. Lass uns noch mal zu dem Laden fahren.«

»Hetz mich nicht!«

Kaum war der Espresso da, stürzte Brandauer ihn runter und begann, mit den Fingerkuppen auf der Tischplatte zu trommeln.

»Okay, okay, ich mach ja schon.«

Jetzt sah auch die Kommissarin zu, dass sie fertig wurde. Ihr Chef hatte schon überschlagen, was zu zahlen war, und dreißig Euro unter seine Espresso-tasse geschoben.

Auf dem Weg zum Laden überlegten sie gemeinsam, wo sie nach dem Tresor suchen sollten. Vor dem Laden konnten sie diesmal nicht parken, weil Baufahrzeuge den Platz für sich in Anspruch genommen hatten. Zwei Arbeiter waren dabei, den abgeklopften Putz auf die Ladefläche eines Pritschenwagens zu verfrachten, und hatten den Bereich hinter ihrem Fahrzeug großflächig mit Leitkegeln abgesperrt. Also fuhren sie gleich weiter bis zum Revier und gingen den kurzen Weg zurück zum Laden zu Fuß.

Als sie vor dem Gerüst standen, hörten sie durch die geöffneten Fenster, dass in den Räumen im ersten Stock mit schwerem Gerät gearbeitet wurde. Offensichtlich war man dabei, Wände einzureißen.

»Ich glaube, das guck ich mir mal an«, sagte der Kommissar und verschwand in der Eingangstür, die zu den anderen Wohnungen im Haus führte. Die Wohnungstüren, die zu den Wohnungen im ersten Stock führten, standen offen. Brandauer interessierte sich in erster Linie für die Wohnung, die neben Striezels Wohnung lag. Von hier kam der Lärm, der bis auf die Straße zu hören war.

Zwei Männer waren gerade dabei, mit einem Presslufthammer eine Wand einzureißen. Durch den ohrenbetäubenden Lärm, den sie verursachten, sowie die Tatsache, dass sie einen Gehörschutz trugen, merkten sie nicht, dass sie Besuch bekommen hatten, sondern arbeiteten einfach weiter.

Auf einem Tapeziertisch waren Bauskizzen zu sehen, die mit einem metallenen Lineal beschwert waren, damit sie sich nicht wieder zusammenrollen konnten. An der Wand lehnte die Papprolle, in der man die Pläne hergebracht hatte. Brandauer trat näher an den Tisch heran und studierte die Skizzen eine Weile. Er fühlte das Papier zwischen Daumen und Zeigefinger und hob kurz das Lineal an.

Das Papier machte keinen druckfrischen Eindruck und sperrte sich auch nicht mehr dagegen, ausgebreitet dazuliegen. Offensichtlich lagen die Zeichnungen nicht erst seit heute da. Er hatte genug gesehen und verschwand so unauffällig, wie er gekommen war.

Seine Kollegin war unten geblieben und wartete bereits vor dem Laden auf ihn. Er schloss auf und stieß mit einer einladenden Geste die Tür für sie auf.

‚Palim Palim'. Kollege Hallervorden ließ grüßen. Sofort stieg Brandauer wieder der süßliche Verwesungsgeruch in die Nase. Es war in der Tat erstaunlich. Die Leiche war nun bereits seit drei Tagen nicht mehr in der Wohnung und es stank noch immer zum Gotterbarmen.

Als die Neubert sah, wie sich ihr Chef spontan die Hand vor die Nase hielt, sagte sie:

»Steck dir einfach eine Kippe an. Das soll helfen.«
»Im Ernst?«

»Nicht umsonst haben die Anatomen vor hundert Jahren alle bei der Arbeit gequarzt. Außerdem glaube ich nicht, dass Striezel was dagegen haben wird.«

Nachdem beide eingetreten waren, folgte er ihrem Ratschlag und stupste sich eine Zigarette aus der Schachtel. Es war schon wieder die letzte. Während er nach seinem Feuerzeug suchte, sagte er zu ihr:

»Den Timmermann sollten wir weiterhin im Auge behalten, Beate. Ich habe da eben Baupläne eingesehen, aus denen deutlich hervorgeht, dass er große Veränderungen mit den Wohnungen geplant hat. Unter anderem eine Zusammenführung von Räumen mit denen, die zurzeit noch zu Striezels Wohnung gehören. Ich kann mir nicht vorstellen, dass diese Pläne mal so eben über Nacht entstanden sind.«

»Das ist in der Tat auffällig«, musste auch seine Kollegin eingestehen. »Ich sehe oben nach dem Safe«, schlug sie vor. »Du kannst ja im Laden suchen.«

»So machen wir's.«

Mit einem schnellen Rundumblick vergewisserte sich der Kommissar, dass der Kater nicht in der Nähe war, und zündete sich die Zigarette an. Sollte sich der Tresor im Laden befinden, dachte sich Brandauer, dann käme eigentlich nur der Bereich, wo die Alben und Bücher standen, infrage. Er nahm sein Smartphone zur Hand und fotografierte die komplette Regalwand, um sie gegebenenfalls wieder in den Zustand zurückversetzen zu können, wie er sie vorgefunden hatte.

Dann zog er sich Handschuhe an, um keine Trugspuren zu verursachen, und begann die Alben nacheinander aus dem Regal zu nehmen und auf dem Tresen auszubreiten. Er war sich nicht sicher, ob er es sich einbildete, aber der Zigarettenrauch zeigte eine gewisse Wirkung.

Nachdem er so an die zwanzig Alben entfernt hatte, geriet er plötzlich an eine Reihe von fünf gleichartigen Büchern, die sich nicht bewegen ließen. Bis er schließlich bemerkte, dass es sich um Attrappen handelte.

Die Rücken der fünf Bücher bildeten eine Einheit, die zusammen eine Tür ergaben, die sich mit einem kleinen Hebel öffnen ließ. Dahinter war der Tresor versteckt. Nicht sehr groß. Gerade einmal so groß, dass ein Tragerl für sechs Flaschen Weißbier darin Platz gehabt hätte. Er besaß ein Elektronikschloss, das mit einer bestimmten Ziffernkombination geöffnet werden konnte.

»Ich hab ihn, Beate!«

»Supi! Ich komme.«

Nur wenige Sekunden später stand sie neben ihrem Chef.

Brandauer griff zum Handy, machte eine Aufnahme vom Tresor und schickte das Foto Schiller.

Michael Schiller war der Spezialist für technische Fragen auf dem Revier, mit Schwerpunkt auf Datensicherung von PC und Smartphone. Er hatte sein Arbeitszimmer im gleichen Haus.

Dann wählte der Kommissar seine Nummer.

»Hallo Micha, ich habe dir gerade ein Foto von einem Tresor geschickt. Guckst du bitte mal, ob dir das Fabrikat was sagt.«

Der Kommissar wartete einen Augenblick. Dann bedankte er sich und legte auf. Anschließend bat er noch einmal die Kollegen von der Spurensicherung, sofort vorbeizukommen, um auch hier Fingerabdrücke zu sichern.

Es dauerte keine fünf Minuten, bis sie vor Ort waren. Nach weiteren fünf Minuten hatten sie ein Ergebnis.

»Wir haben am Tresor keine Fingerabdrücke finden können, nur einige Baumwollfasern. Offensichtlich wurde die Tür gründlich mit einem Baumwolltuch abgewischt.«

»Auch das wäre ja ein weiteres Indiz für ein Gewaltverbrechen, sonst würde man ja wenigsten Striezels Fingerabdrücke gefunden haben«, stellte die Neubert zutreffend fest.

»Dass der Täter die Oberfläche abwischte, macht mir immerhin Hoffnung, dass er keine Handschuhe getragen hat und vielleicht woanders versehentlich seine Visitenkarte hinterlassen hat.«

In jedem Fall war dem Kommissar nun klar, dass er seine Einschätzung revidieren musste. Offensichtlich hatten sie es doch mit Raubmord zu tun. Der oder die Täter wollten es nur nach Selbstmord aussehen lassen und hatten deshalb vermutlich außer dem Tresorinhalt nichts angerührt.

Von Schiller hatte er erfahren, dass der Tresor einfacher Bauart war und mit einem vierstelligen Code zu öffnen sei. Brandauer machte sich sofort an die Arbeit.

Bei vierstelligen Ziffercodes, die man nur gelegentlich benutzt, verwenden neunzig Prozent der Menschen ihnen bekannte Daten, weil sie befürchten, jede zufällige Kombination von Ziffern wieder zu vergessen. Im Allgemeinen muss das eigene Geburtsdatum dafür herhalten, wahlweise das der Ehefrau oder Kinder. Striezel hatte weder das eine noch das andere.

Brandauer nahm den Ausweis aus Striezels Brieftasche und probierte es mit dem Geburtsdatum. Aber weder 1-4-0-6 für den 14. Juni noch 1-9-4-6 für sein Geburtsjahr führten zu dem erhofften Ergebnis. Auch Null-Acht-Fünfzehn und die gängigen Ziffernreihen 1-2-3-4 oder einfach 0-0-0-0 führten nicht zum Ziel.

‚Was hast du dir da ausgedacht, Striezel?‘, sinnierte er. Er ging zur Registrierkasse, betätigte die Kurbel und öffnete die Lade für das Bargeld. Er entnahm ihr die Fächer für das Kleingeld und sah darunter nach. Die Lade enthielt ein Sammelsurium von Zetteln: Rechnungen, Einkaufsbons, Visitenkarten, Notizen aber nichts wies eine verdächtige vierstellige Zahlenkombination auf.

Brandauer sah sich im Laden nach irgendwelchen Zahlen um, ohne etwas entdecken zu können. Dann sah er sich den Tresor selbst noch einmal genau an. Die Bücher links vom Tresor hatte er alle bereits entfernt. Jetzt nahm er auch die auf der rechten Seite weg, in der Hoffnung, dass Striezel den Code dort an der Seitenwand des Tresors notiert hatte. Aber dem war nicht so.

Allmählich war er mit seinem Latein am Ende. Er überlegte noch einmal, nahm einen letzten Zug von seiner Zigarette, öffnete die Ladentür einen Spalt weit und schnipste die Kippe auf den Bürgersteig. Dann drehte er sich zu seiner Kollegin um und fragte sie:

»Sag mal, Beate, hast du die Nummer von dem Pater eventuell?«

»Klar hab ich die.«

»Könntest du ihn bitte mal anrufen.«

Sie zückte ihr Handy, wählte die Nummer, stellte auf *laut* und reichte das Telefon ihrem Chef. Nach dem dritten Klingeln nahm Engholm ab.

»Hallo Pater, hier Hauptkommissar Brandauer, entschuldigen Sie die Störung. Ich habe eine etwas ausgefallene Bitte. Wären Sie eventuell so nett, mir Ihr Geburtsdatum zu verraten?«

»Wäre ich eine Frau, müsste ich mich jetzt empören«, lachte er.

»Ich denke, dann hätte ich Sie auch nicht gefragt, Pater.«

»Ich weiß zwar nicht, was Sie damit vorhaben, Kommissar, aber ich wüsste auch nicht, warum ich es

Ihnen vorenthalten sollte. Es ist der 29. Februar 1947.«

»Mein Gott, da haben Sie ja nur alle vier Jahre Geburtstag, Sie Ärmster.«

»Tja, mein Lieber«, lachte er. »Aber dafür altert man auch nicht so schnell.«

»Haben Sie vielen Dank, Pater. Und nichts für ungut!«

Brandauer gab der Neubert ihr Handy zurück und sagte:

»Das ist die letzte Chance, Beate. Wenn das wieder nichts wird, muss der Onkel Doktor bohren.«

Der Kommissar gab die Kombination 2-9-0-2 am Tresor ein und ein kurzes klackendes Geräusch signalisierte, dass sich die Tür jetzt öffnen lässt.

Von einigen handgeschriebenen alten Briefen abgesehen, die mit einer dünnen Kordel zu einem kleinen Bündel verschnürt worden waren, lagen da diverse Münzen, teils lose, teils eingeschweißt in Kunststoff und ein kleines Briefmarkenalbum. Den Porträts der Abgebildeten nach mit Marken aus der Zeit der Weimarer Republik, wie Brandauer vermutete.

Er nahm die Briefe, ließ sie vorsichtig wie ein Daumenkino durch die Finger gleiten und fragte sich, was die in einem Tresor zu suchen hatten. Sie trugen nicht einmal Marken. Währenddessen sah sich die Neubert die Münzen und Briefmarken näher an.

»Hier scheint keiner dran gewesen zu sein, Chef. Verstehe ich nicht. Und wieso war dann die Tür des Tresors abgewischt?«

»Ich glaube eher, da will uns jemand reinlegen, Beate.«

»Wie meinst du das?«

»Mach mal Fotos von den Sachen. Ich wette mit dir, dass du den Krempel im Internet für unter hundert Euro kriegst. Ich sage dir, der Mörder hat alles Wertvolle mitgehen lassen und durch beliebigen Plunder ersetzt, damit es für uns so aussieht, als wäre niemand am Safe dran gewesen.«

Brandauer legte die Briefe wieder zurück und ging noch einmal hoch in die Wohnung, wo noch immer die Männer der KTU tätig waren. Er informierte sie, dass der Tresor jetzt offen ist und die Sachen gegebenenfalls noch auf Spuren untersucht werden können.

Der Kollege, der bis eben noch im Wohnzimmer beschäftigt war, ging direkt mit ihm runter und nahm sich dem Inhalt des Safes an.

Der andere war im Bad und in der Küche damit beschäftigt, Fingerabdrücke zu nehmen. Weil die beiden noch eine Weile damit beschäftigt waren, übergab Brandauer ihnen die Ladenschlüssel. Dann gab er seiner Kollegin ein Zeichen zum Gehen.

»Den Code muss der Mörder vorher von Striezel erpresst haben. Der Alte hat ihn ja schließlich nicht selbst geöffnet, sonst hätte er ja hinterher nicht alle Spuren beseitigen müssen.«

»Vor allem aber schien der Dieb gewusst zu haben, dass hier was zu holen war. Und zwar in einer Größenordnung, dass es sich lohnte, dafür einen Mord zu begehen. Dann werden es wahrscheinlich eher Goldmünzen als Briefmarken gewesen sein.«

»Sag das nicht. Ich glaube, es gibt sogar Marken, für die manch einer morden würde.«

»Ehrlich?«

Der Kommissar sah seine Kollegin verstört an und schlug sich mit der flachen Seite seiner Hand gegen die Stirn.

»Doch, Beate, doch. Genau das war es womöglich – eine Briefmarke.«

Während sie den Kopf zurücknahm und eine skeptische Grimasse schnitt, fixierte er sie und lächelte nur.

»Die ganze Zeit schon bin ich am überlegen, wo mir der Name des Katers kürzlich untergekommen ist.«

»*Blue Boy*?«

»Genau. Jetzt weiß ich es wieder. Vor einigen Wochen hab ich einen Fernsehbericht gesehen. Da ging es um eine alte Briefmarke, die auf einer Auktion eine Million gebracht hatte. Sie klebte auf einem Liebesbrief und hatte von den Sammlern den Spitznamen ,*Blue Boy*‘ erhalten. An mehr kann ich mich allerdings nicht erinnern, weil ich nicht aufmerksam zugehört hatte. Aber es war wohl von einem Millionenerlös die Rede.

Das kann doch unmöglich Zufall sein, dass uns dieser Name jetzt ständig begegnet, Beate.«

»Weißt du noch, was das für ein Bericht war?«

»Oh Gott, nee. Das ist schon zu lange her.«

»Wir können ja nachher mal gucken, was wir im Internet darüber finden«, schlug die Neubert vor.

»Lass uns als Nächstes im Internet nach den Marken und Münzen aus dem Safe googeln, Beate. Weißt du eigentlich, wo der Kater im Moment steckt?«

»Keine Ahnung. Vielleicht hat sich ja der Pater seiner erbarmt.«

Im Büro angekommen, kümmerte sich die Kommissarin als Erstes um einen frischen Kaffee für ihren Chef und setzte für sich selbst Teewasser auf. Brandauer hatte sich die Fernsehzeitung geschnappt, die Hansen aus der Wohnung geholt hatte. Sie ging vom 7. bis zum 21. März. Gut möglich, dass er in dieser Zeit den Beitrag gesehen hatte. Er blätterte die Zeitschrift Seite für Seite durch, aber es fiel ihm nicht mehr ein, wann und wo. Also legte er sie wieder beiseite.

»Überlege doch einfach mal, wann du überhaupt in letzter Zeit ferngesehen hast«, schlug die Neubert vor, während sie das kochende Wasser in ihre Tasse goss.

»Oh Gott, ich glaube, mich dürfte auch keiner nach meinem Alibi fragen. Ich kann mich doch tatsächlich nicht daran erinnern. Ich schätze mal Sonntag, den Tatort. Aber das kann ich auch nur deshalb sagen, weil ich den immer gucke.«

»Und dabei stimmt es noch nicht mal, Chef.«

»Wieso nicht?«

»Du wolltest ihn gucken, aber dann hatte ich dich angerufen und zu unserem Mordopfer gerufen.«

»Stimmt! Außerdem ist es schon länger her. Sagte der Pater nicht, Striezel hätte seinem Kater schon vor einigen Wochen diesen Namen gegeben?«

»Er sagte, glaube ich, *vor Kurzem*«, was immer er damit meinte, versuchte die Neubert sich zu erinnern. »Warum ist das wichtig?«

»Mich würde interessieren, ob er ihm den Namen schon gegeben hatte, bevor dieser Beitrag im Fernsehen lief, oder erst danach.«

»Dann sollten wir ihn vielleicht fragen. Soll ich ihn noch mal anrufen?«

»Nee, lass uns lieber hinfahren. Ich hab noch ein paar andere Fragen.«

Eine Stunde später saßen sie wieder an gleicher Stelle wie Sonntagabend. Auf ihre Frage, ob er sich noch daran erinnern könne, wann sein Freund Erwin das erste Mal den Namen Blue Boy für seinen Kater benutzt hatte, musste er nicht lange überlegen.

»Es muss Anfang März gewesen sein. Wir hatten noch nachträglich auf meinen Geburtstag angestoßen.«

»Hatten Sie ihn darauf angesprochen wie er auf den Namen kam?«, wollte die Neubert wissen.

»Er sagte, glaube ich, der Junge hätte ihm wegen seiner leuchtend blauen Augen den Namen gegeben.«

»Welcher Junge?«

»Ein Junge aus der Nachbarschaft, der oft zu ihm kam.«

»Eine wertvolle Briefmarke erwähnte er nicht, in dem Zusammenhang?«

»Das nicht, aber mir fällt jetzt wieder ein, dass wir an dem Tag unsere Partie nicht zu Ende gespielt haben, weil wir so intensiv über ein bestimmtes Thema diskutierten.«

»Können Sie sich noch daran erinnern, worüber Sie sich unterhielten?«, hakte der Kommissar nach.

»Es ging um ein ethisches Dilemma. Er hoffte ja sein ganzes Leben lang, mal eine richtig seltene Marke durch Zufall in die Finger zu bekommen. Das war ja der einzige Grund, warum er immer wieder ganze Sammlungen aufkaufte. Und dann konstruierte er den Fall, dass vielleicht irgendwann einmal eine wertvolle Marke darunter sein würde, und fragte mich, ob er die überhaupt behalten dürfte. Oder ob es der Anstand nicht gebieten würde, sie zurückzugeben bzw. dem Käufer im Nachhinein ein dem Wert der Marke entsprechendes Angebot machen zu müssen. Wir haben da lange drüber diskutiert. Er wies mit Recht darauf hin, dass er ja schließlich das Risiko trage, unter Umständen auf der Marke sitzen zu bleiben und keinen Käufer zu finden.«

»Und was haben Sie ihm gesagt?«

»Ich habe geantwortet, dass ich den Geschäftsmann in ihm verstehen würde. Als Mensch sollte er aber zumindest darum bemüht sein, auch den Verkäufer zufriedenzustellen. Am besten sei ein Angebot, dass beide glücklich macht, riet ich ihm, glaube ich.«

»Und hat ihm Ihre Antwort weitergeholfen?«

»Er verkomplizierte den Fall noch, indem er sagte, ich solle mir vorstellen, ein Kind käme mit einer solchen Marke.«

»Hatte er dabei an den Jungen gedacht?«

»Das weiß ich nicht.«

»Hatten Sie für den Fall auch eine passende Antwort parat, Pater?«

»Ich machte ihn auf die Gesetzeslage aufmerksam. Die unbeschränkte oder volle Geschäftsfähigkeit erreicht man ja erst mit 18 Jahren. Er solle in dem Fall also sicherstellen, dass der Handel auch von seinen Eltern abgesegnet sei, empfahl ich ihm.«

»Hatten Sie jemals das Gefühl, dass die Geschichte vielleicht nicht konstruiert war, sondern einen wahren Hintergrund gehabt haben könnte?«

»Sie meinen, er könnte sich tatsächlich in einer solchen Situation befunden haben, Herr Kommissar?«

»Wir gehen im Augenblick in der Tat davon aus, dass er kurz vor seinem Tod in den Besitz einer wertvollen Briefmarke kam, die ihn dann das Leben kostete.«

»Ach du meine Güte«, reagierte Engholm geschockt.

»Haben Sie vielleicht irgendeinen Hinweis von ihm erhalten, dass er von jemandem kürzlich Briefmarken angekauft hatte?«

»Es gab da, wie gesagt, diesen Jungen in der Nachbarschaft, der regelmäßig zu ihm kam ...«

Brandauer und die Neubert tauschten vielsagende Blicke aus.

»... und ihm immer wieder Briefmarken angeboten hat?«, vervollständigte der Kommissar den Satz.

»Eigentlich tauschten sie eher Marken. Der Junge sammelte wohl Marken mit Tiermotiven und bot ihm alte Marken, die er von seinem Großvater mal geerbt hatte, dafür zum Tausch an.«

»Hatte er mal den Namen des Jungen genannt?«

»Ich glaube, er heißt Freddy. Ich vermute sogar, er war einer seiner letzten Kunden.«

»Woraus schließen Sie das?«, wollte die Neubert wissen.

»Ich erinnere mich daran, dass der Barhocker noch vor dem Verkaufstresen stand, als ich durch das Türfenster in den Laden sah. Den holte Erwin immer nur für Freddy aus der Ecke, damit er sich in Ruhe hinsetzen und seine Alben ansehen konnte. Außerdem hatte er sein Cappy auf dem Tresen liegen gelassen. Freddy verbrachte oft ganze Nachmittage bei Erwin. Die hatten so eine Art Opa-Enkel-Verhältnis, wissen Sie.«

»Können Sie uns noch mehr über den Jungen sagen, Pater?«, hakte Brandauer nach.

»Nicht viel. Er ist wohl elf. War immer mit so einem Skateboard unterwegs.«

Der Kommissar sah seine Kollegin an, nickte ihr zu und erhob sich. Auch die Kommissarin stand auf. Man bedankte sich für die hilfreichen Hinweise und hatte sich bereits verabschiedet, da drehte sich Brandauer noch einmal zu Engholm um:

»Ach eins noch, Pater. Der Haken im mittleren Deckenbalken, an dem sich Ihr Freund erhängte, war der schon vorher da?«

»Ich glaube schon.«

»Okay, danke.«

An der Haustür blieb Brandauer kurz stehen, fingerte vergeblich nach der letzten Zigarette in seiner Schachtel und zerknüllte die Packung frustriert. Er blickte sich vergeblich nach einem Papierkorb um und ließ sie schließlich wieder in seiner Manteltasche verschwinden.

»Ich denke, wir sollten mehr über diese ominöse Marke in Erfahrung bringen, Beate. Wenn sie wirklich so selten ist, wird ja wohl was im Internet darüber stehen.«

»Dann lass uns das gleich morgen recherchieren, Franz.«

Kapitel 7

Beide saßen am nächsten Morgen in sich gekehrt bei Kaffee und Tee hinter ihren Monitoren und waren am Recherchieren. Brandauer googelte die Marken und Münzen, die er im Safe vorgefunden hatte. Die Kommissarin musste nur die Stichworte ,Briefmarke' und ,Blue Boy' in die Suchmaschine eingeben, um Näheres über diese einzigartige Marke zu erfahren.

Sie erzählt die Geschichte der Anfänge der Verwendung von Marken, die man als Entgelt für den Transport von Briefen 1845 in den USA entwickelt hatte.

»Hör dir das mal an, Chef: ,Im Gesetz vom 3. März 1845 standardisierte der Kongress der Vereinigten Staaten die Postgebühren im ganzen Land auf 5 Cent für einen Brief mit normalem Gewicht, der bis zu 300 Meilen transportiert wurde. Die Blue Boy gehörte zu einer Reihe von provisorischen Marken, die der Postmeister von Alexandria im Staat Virginia 1846 hatte drucken lassen. Es war eine runde Fünfcentmarke, von der es nach heutigem Kenntnisstand nur noch ein Exemplar in Blau neben sechs weiteren in Braun auf der Welt gibt.*

Das 2019 zum letzten Mal auf einer Auktion angebotene blaue Exemplar erzielte einen Erlös von 1.000.000 $.*

Man geht übrigens davon aus, dass doch noch eine weitere blaue Marke aus dieser Serie existiert, Chef. So stand es jedenfalls in einem anderen Artikel. Doch niemand hatte sie in den letzten hundert Jahren gesehen. Sie unterscheidet sich von dem ersten Exemplar nur dadurch, dass sie am Rand statt neununddreißig vierzig Rosetten aufweist.«

»Was für Rosetten?«, fragte Brandauer nach, der sich darunter nichts vorstellen konnte. Die Neubert drehte ihren Monitor zu ihm um und zeigte ihm die kleinen sternförmigen Prägungen am Rande der Marke. Er warf nur einen flüchtigen Blick auf die Abbildung und widmete sich sofort wieder seiner eigenen Recherche.

»Was meinst du? Ob diese bis heute vermisste *Blue Boy* eventuell die Marke ist, in deren Besitz Striezel war?«, fragte sie ihn.

Der Kommissar hatte nur mit halbem Ohr zugehört, weil er sich auf seine Sache konzentriert hatte und sagte:

»Ich hatte recht, Beate. Die Marken und Münzen im Safe hatten keinen Wert. Der Dieb hat sie nur reingelegt, damit man nicht sofort merkt, dass jemand da dran war.«

»Hast du mir überhaupt zugehört, Franz? Ich hatte dir gerade einen längeren« Artikel über die *Blue Boy* vorgelesen.«

»Klar habe ich zugehört. Runde, blaue 5-Cent-marke aus Virginia von 1946 ...«

»1846!«, korrigierte die Neubert ihn. »Hier ist noch eine schöne Geschichte über die Marke. Hör dir das mal an, Franz.

‚Das blaue Exemplar ist jedoch nicht nur einzigartig, sondern wird auch von einer romantischen Geschichte über verbotene Liebe begleitet, die Sammler seit über einem Jahrhundert fasziniert.

Am 24. November 1847 verwendete James Wallace Hooff die Briefmarke, um einen Liebesbrief an Miss Jannett H. Brown in Richmond, Virginia, zu schicken. Seine Familie war presbyterianisch, Jannetts Familie war episkopalisch‘.«

»Was ist ekliptopatisch?«, unterbrach Brandauer sie.

»Episkopalisch ist irgendwas zwischen katholisch und protestantisch, glaube ich. Ist doch jetzt egal, Chef. Hör mal weiter zu!

‚Die beiden Turteltäubchen waren Cousin und Cousine zweiten Grades, aber ihre Familien hatten ihnen wegen offensichtlicher religiöser Unterschiede verboten, sich zu treffen.

Ganz genau wie bei Romeo und Julia hinderten wachsame Augen ihrer jeweiligen Familien die jungen Liebenden im Alter von 24 bzw. 23 Jahren daran, ihre Gefühle offen zu zeigen.

Sie waren gezwungen, im Geheimen zu korrespondieren, wobei jeder geheime Brief eine Entdeckungsgefahr darstellte.

Am bemerkenswertesten ist die letzte Zeile des Briefes von James Hooff, in der es einfach heißt:

‚burn as usual - Verbrennen wie üblich.‘

Hätte Jannett seine Anweisungen befolgt, wäre Alexandrias Blue Boy für immer für das Briefmarkensammeln verloren

*gewesen. Aus irgendeinem unbekannten Grund beschloss
Jannett jedoch, diesen Brief nicht zu vernichten, und die
Briefmarke entging einem feurigen Schicksal. Die
Umstände, die sie dazu bewogen hatte, diesen Brief – und
keinen anderen in der Korrespondenz – aufzubewahren,
fügen dem romantischsten aller Briefe einen unglaublich
mysteriösen Hauch hinzu.'*

Ist das nicht eine tolle Geschichte, Chef? Die Marke
hatte nur überlebt, weil sie auf einem Liebesbrief
klebte, und die Geliebte sich nicht von dem Brief hatte
trennen können.«

Die Neubert hatte ihr Kinn in die gefalteten Hände
gelegt und schmachtete ihren Monitor an.

»Und wenn ich das in dem anderen Artikel richtig
verstanden habe, nimmt man an, dass noch ein solches
Exemplar existiert, dass sich nur geringfügig von der
bekannten Blue Boy unterscheidet?«, fragte der Kommissar nach.

»Du hast ja tatsächlich zugehört«, bemerkte die
Kommissarin überrascht. »Ob Striezel tatsächlich
durch irgendeinen Zufall an diese Marke geraten ist,
Franz?«

»Vielleicht. Ich finde jedenfalls keine andere
Erklärung dafür, dass er bzw. der Junge so plötzlich
seinem Kater diesen Namen gab.«

Nachdem er eine Weile Löcher in die Luft gestarrt
hatte, sprang er mit einem Mal auf und sagte:

»Jetzt erinnere ich mich auch, wo ich diese
Geschichte gehört habe.« Brandauer griff sich an die
Stirn. »Das war in einer Mittagssendung auf *arte*. Da

bringen sie immer so kuriose Geschichten aus aller Welt.«

Er hatte sich wieder gesetzt, aber seine Überraschung noch nicht im Griff.

»Seit wann guckst du mittags fern, Chef?«

»Das ist ein sehr guter Hinweis, Beate. Es muss an dem Tag gewesen sein, wo es mir so beschissen ging, dass ich zu Hause geblieben bin.«

»Das kann ich dir sagen, Chef, wann das war.«

Sie blätterte in ihrem Tischkalender und hatte den gesuchten Tag bereits nach wenigen Sekunden gefunden.

»Das war am Mittwoch, den 5. März, Chef.«

»Fragt sich, was der Pater mit Anfang März meinte. Unter Umständen kam der Junge nicht durch den Fernsehbeitrag auf den Namen, sondern bereits vorher.«

»Ich kriege die Chronologie der Ereignisse langsam nicht mehr auf die Reihe, Franz. Kannst du mir mal auf die Sprünge helfen.«

Brandauer löste sich von seinem Monitor, lehnte sich in seinem Stuhl zurück und faltete die Hände hinter dem Kopf.

»Okay ... nehmen wir einmal an, Striezel kommt, wie auch immer, einige Wochen vor seinem Tod an diese Marke. Er vertraut es dem Jungen an, dem einzigen Menschen neben dem Pater, mit dem er regelmäßigen Kontakt hatte, und lässt dabei auch den Namen *Blue Boy* fallen. Der Junge kommt auf die Idee, den Kater so zu benennen, wegen seiner schönen blauen Augen und weil der ja noch keinen Namen hatte.«

»Das würde aber bedeuten, dass Striezel der Name der Marke bekannt war. Also wird er vielleicht den Fernsehbericht gesehen haben, denn Internet hatte er ja nicht.«

»Wenn ich an die ganze Literatur im Laden denke, bin ich mir sicher, dass sich Striezel da sehr gut auskannte, Beate. Unter Philatelisten ist der Name bestimmt allseits bekannt gewesen.

Nehmen wir an, der Junge konnte das Geheimnis nicht für sich behalten und hat es in der Schule ausgeplaudert. Eine so spannende Story will man doch weitererzählen. Und so hat die Geschichte sich rumgesprochen.

Irgendwie muss jedenfalls der Mörder davon erfahren haben. Am 5. März gibt es diesen Fernsehbericht über die 2019 versteigerte Marke. Der Täter sieht diesen Bericht, ob vorher oder nachdem er von der Marke erfuhr, ist dabei eigentlich uninteressant, und erkennt, dass es sich um den Zwilling handelt, den Striezel hat. Er steigt Samstag Abend über das Baugerüst bei ihm ein und erpresst die Marke von ihm. Alles andere interessiert ihn nicht.«

»Ist das nicht alles ein bisschen arg konstruiert, Chef?«, fragte sie ihn mit skeptischem Blick.

»Hast du vielleicht eine bessere Erklärung? Dann raus damit!«

Brandauer sah sie mit wachen Augen fragend an. Aber sie zuckte nur mit den Schultern. Also ließ Brandauer seiner Fantasie weiter freien Lauf.

»Der Dieb musste ihn wie gesagt in jedem Fall umbringen, Beate. Hätte er ihn nicht umgebracht, hätte Striezel den Diebstahl zur Anzeige gebracht und der Dieb hätte die Marke wegen ihrer Einmaligkeit nicht mehr zu Geld machen können. Er musste ihn also umbringen und es wie Selbstmord aussehen lassen, damit man der Sache nicht weiter nachgeht.«

»Wenn deine Geschichte stimmen sollte, Chef, hieße das aber, dass der Junge als Mitwisser auch in Gefahr ist.«

»Da hast du verdammt noch mal recht, Beate. Wir müssen unbedingt verhindern, dass der Täter erfährt, dass wir die Sache inzwischen als Mordfall eingestuft haben.«

»Der Winkelmann gibt doch so gerne Pressekonferenzen. Meinst du, wir können ihn davon überzeugen, dass er den Journalisten den Fall als Suizid verkauft?«, überlegte die Kommissarin.

Winkelmann war der zuständige Staatsanwalt, längst im Pensionsalter, zumindest, was sein äußeres Erscheinungsbild anbelangte, und ständig in der Angst lebend, dass Kollegen wie Brandauer ihn mit ihrer Art zu Ermitteln in Schwierigkeiten bringen könnten. Vor allem aber, war ihm stets daran gelegen, sich die Journaille vom Leibe zu halten.

»Da lässt der sich nicht drauf ein, Beate. Nicht, wenn er weiß, dass wir inzwischen wegen Mord ermitteln.«

»Weiß er denn schon Bescheid?«

»Von mir nicht.«

»Dann sollten wir ihn vielleicht besser in dem Glauben lassen, dass es Selbstmord war.«

»Beate!«, reagierte Brandauer gespielt entrüstet. »So kenne ich dich ja gar nicht.«

»Na hast du denn gegen irgendjemanden einen Anfangsverdacht, Franz?«

»Nö.«

»Na also! Schick ihm doch einfach kommentarlos Brenners Bericht.«

»Die Idee ist nicht schlecht, Frau Oberkommissarin. Dann rufe ich ihn jetzt an und sage ihm, dass wir den Fall ad acta legen würden, und dann arbeiten wir undercover weiter.«

»Und was sagen wir den Kollegen von der KTU?«

»Die müssen wir natürlich mit einweihen.«

»Aber wir müssen das noch irgendwie an die Presse lancieren, um den Täter zu beruhigen.«

»Hängen diese Pressefuzzis nicht immer im *Lions Pub* ab? Du hast doch heute Abend bestimmt noch nichts vor, liebste Kollegin.«

»Okay, okay, ich habs verstanden. Dann sollten wir aber auch Hansens Absperrbänder an den Fenstern wieder entfernen. *Crime-Scene* klingt jetzt eher nicht so, als würden wir von Selbstmord ausgehen.«

Die Neubert griff zum Telefon und informierte Hansen, dass er sich darum kümmern sollte.

Brandauer rief Winkelmann an. Er offenbarte ihm, dass sie den Fall Striezel zu den Akten legen wollen, weil sich keine weiteren Indizien für ein Fremdverschulden hatten finden lassen. Dann dachte er weiter laut nach:

»Eigentlich musste der Dieb ja davon ausgegangen sein, dass niemand außer ihm und dem Jungen von der Marke wusste. Sonst würde er die Marke nicht wieder abstoßen können. Das wiederum spricht für mich eher dafür, dass er nicht über Dritte davon erfahren hat.«

»Aber mindestens eine weitere Person wusste es noch, Chef.«

»Nämlich?«

»Der Vorbesitzer!«

»Sehr schlau, Frau Oberkommissarin, sehr schlau. Langsam wirst du mir unheimlich.«

Brandauer zog eine Augenbraue hoch und sah sie mit verschränkten Armen misstrauisch an, erntete aber nur ein stolzes Lächeln und ihren anerkennenden Hinweis:

»Zum Glück hast du nicht wieder *patent* gesagt.«

»Es sei denn ...,« relativierte Brandauer und hob den Zeigefinger, »... es sei denn, der Vorbesitzer lebt gar nicht mehr. Wir müssen unbedingt rauskriegen, wie Striezel zu der Marke gekommen ist.«

»Wie wollen wir das rauskriegen, Franz, wo wir uns doch nicht mal sicher sein können, dass er sie überhaupt hatte?«

»Er hatte sie, Beate, er hatte sie. Wir sollten versuchen, den Jungen aufzutreiben. Vielleicht bringt uns das weiter.«

Der Kommissar war inzwischen von seinem Schreibtischstuhl aufgestanden und zum Fenster gegangen. Er sah hinüber auf die andere Straßenseite und dachte angestrengt nach. Dann sagte er:

»Ich gehe mal eben mit dem Hund runter und rüber zum Kiosk, Zigaretten holen ... und eine rauchen. Bin gleich wieder zurück.«

Mit einem kurzen Pfiff signalisierte er Rolex, der in der Ecke auf seiner Decke lag, dass er mitkommen sollte. Dann griff er seinen Trenchcoat und verschwand. Eine Viertelstunde später erschienen beide wieder im Büro. Brandauer war an der Tür stehen geblieben und hatte seinen Trenchcoat gar nicht erst wieder abgelegt.

»Haben die von der Spusi eigentlich den Ladenschlüssel schon wieder zurückgegeben?«, wollte er wissen.

»Bei mir nicht«, erwiderte die Neubert.

»Dann sind sie wahrscheinlich noch im Laden. Ich hab eine Idee Beate, komm.«

Sie gingen noch einmal zu Erwins Laden. Als sie dort ankamen, waren die Männer von der Spurensicherung gerade dabei, ihre Sachen zu packen.

»Habt ihr noch was finden können?«, fragte Brandauer den Langen, den er schon von anderen Einsätzen her kannte.

»Wir konnten an den Alben, die neben dem Tresor stehen, Abdrücke sicherstellen, ...«, schaltete sich der Lange ein. »... aber wissen natürlich im Augenblick noch nicht, ob sie ausschließlich vom Opfer sind. Aber es ist auffällig, dass viele Flächen, auf denen man Fingerabdrücke vermuten würde, wie zum Beispiel die Türklinken, keine Fingerabdrücke aufweisen, nicht einmal die des Wohnungsinhabers, also offenbar abgewischt worden sind.«

»Was ist mit der Taste am Fernseher, mit der man ihn ausschaltet?«

»Auch da konnten wir einen sehr schönen Abdruck sicherstellen.«

»Sehr gut! Dann wollen wir mal hoffen, dass Striezel gerade beim Fernsehen war, als er vom Täter überrascht wurde. Und der den Apparat ausgeschaltet hat. Habt ihr am Fenster Spuren detektieren können?«

»An der Kante des Fensterbrettes konnten wir Schmutz sicherstellen, der darauf hindeutet, dass kürzlich jemand von außen durchs Fenster gestiegen ist.«

»Könnt ihr auch noch was zu dem Seil sagen?«

»Wir haben Fasern vom Seil im Teppich gefunden. Alles deutet darauf hin, dass das Opfer in der Schlinge hängend vom Täter über den Haken hochgezogen wurde, was mit einem ziemlichen Kraftaufwand verbunden gewesen sein muss und mit einem gewissen Abrieb am Seil einherging.«

»Das deutet für mich darauf hin, dass wir es vielleicht doch nur mit einem kräftigen Täter zu tun haben, der sich vorher Gedanken darüber machen musste, wie er den Mann alleine da hochkriegt,« überlegte sich Brandauer.

»Aber wie soll das gehen? Der kann ihn doch nicht hochziehen, mit der einen Hand das Seil halten und mit der freien Hand einen Knoten in das stramme Seil machen, an dem der Striezel hängt. Um dann auch noch den Knoten am Haken zu befestigen.«

»Da hast du vollkommen recht, Beate. Aber das geht auch anders. Ich denke, er hat sich vorher genau ausgerechnet, wie lang das Seil sein muss. Wenn wir den Knoten lösen würden, fänden wir wahrscheinlich eine entsprechende Markierung am Seil. Dann hat er genau dort mittels eines Palsteks ein Auge angefertigt, dem Opfer die Schlinge um den Hals gelegt, das Seil hochgezogen bis der Palstek den Haken erreicht hat, das Auge über den Haken gelegt und dann erst das Seil abgeschnitten.«

»Das klingt ja alles sehr durchdacht.«

»Stimmt. Wenn er es so gemacht hat, war es alles andere als ein Mord im Affekt. Der Täter ist gut vorbereitet in seine Wohnung eingedrungen.«

Brandauer widmete sich noch einmal den Kollegen von der Spusi und sagte:

»Solche Knoten mit Handschuhen anzufertigen, ist übrigens eine ziemlich unbequeme Angelegenheit. Es würde mich nicht wundern, wenn der Täter dafür seine Handschuhe ausgezogen hat, sofern er überhaupt welche anhatte. Vielleicht könnt ihr die Knoten vorsichtig lösen und nachsehen, ob ihr Täter-DNA findet. Wäre doch gelacht, wenn sich nicht die eine oder andere Hautschuppe bei der Aktion gelöst hätte.«

»Okay, machen wir. Das Seil war übrigens in jedem Fall gebraucht und bereits vorher über einen längeren Zeitraum einer stärkeren Zugbelastung ausgesetzt. Reste des Seils waren nirgendwo in der Wohnung zu finden. Der Täter wird es also mitgebracht haben.«

Inzwischen hatten die Männer von der Spurensicherung ihre Sachen eingepackt und verabschiedeten sich mit den Worten:

»Ich denke, morgen habt ihr den vollständigen Bericht auf dem Tisch.«

Brandauer bedankte sich bei den beiden und verabschiedete sich.

»Wir werden jetzt einen kleinen Spaziergang machen, Beate. Und Rolex wird die Richtung vorgeben.«

Brandauer nahm das Cappy vom Tresen, hielt es dem Hund als Duftträger eine Weile unter die Nase und ließ ihn ausgiebig daran schnuppern. Dann gab er ihm das Kommando:

»Und such!«

Nun ließ er Rolex an der langen Leine seinen Weg gehen. Der Kommissar und seine Kollegin folgten ihm.

»Glaubst du ernsthaft, dass der nach mehr als zwei Wochen noch die Spur von dem Jungen aufnehmen kann, Franz?«

»Ich spekuliere eher darauf, dass der Junge, wenn er in der Nachbarschaft wohnt, hier auch anschließend noch mehrmals langgegangen ist. Der Pater meinte ja, dass er regelmäßig bei Striezel war. Er wird also wahrscheinlich noch das eine oder andere Mal vergeblich gekommen sein.«

Rolex zog die beiden, die Schnauze immer dicht über dem Bürgersteig, in die Wriezener Straße in nordwestlicher Richtung und schwenkte die nächste Querstraße nach links ein. Die Neubert, die sich in ihrer Stadt gut auskannte, ahnte schon, wo der Hund sie hinführen würde. Und richtig, nach etwa zweihundert Metern wechselte Rolex auf die rechte Straßenseite und steuerte auf den Eingang der Theodor-Fontane-Grundschule zu. Es hatte den Anschein, dass Freddy hier zur Schule ging und oft direkt von der Schule zu Erwin gegangen war, oder aber sein Heimweg von der Schule an seinem Laden vorbeiführte.

Brandauer, der noch immer seinen Glimmstängel im Mundwinkel zu stecken hatte, bat seine Kollegin, sich im Schulsekretariat nach Frederik zu erkundigen. Nach fünf Minuten stand sie wieder vor ihm und berichtete, was sie erfahren hatte.

»Ein Frederik Kowalski geht in eine der fünften Klassen der Orientierungsstufe und wohnt in der Hagenstraße. Die Sekretärin hat auf den Stundenplan gesehen. Im Augenblick haben sie Englisch, danach haben sie eine große Pause und anschließend hat er eine Freistunde, weil er nicht am Religionsunterricht teilnimmt.«

»Na das passt doch. Hat sie gesagt, wann es klingeln wird?«

Die Neubert nahm ihr Handy aus der Gesäßtasche und sah auf das Display.

»In zwölf Minuten ist die Stunde vorbei. Aber du weißt schon, dass wir den nicht einfach befragen können, ohne Einverständnis der Eltern.«

»Dann lass uns in der Zeit zu ihm nach Hause gehen. Wenn wir Glück haben, treffen wir jemand von den Eltern an. Mich würde sowieso interessieren, ob Rolex den Weg findet.«

Brandauer hielt ihm noch einmal das Cappy unter die Nase. Rolex nahm durch intensives Schnuppern den Geruch noch einmal auf und scannte anschließend wie ein Staubsauger eine Weile den Eingangsbereich der Schule und die nähere Umgebung. Dann führte er die beiden Kommissare die Linsingenstraße hinunter und bog rechts um die Ecke. Wenig später standen sie an der Hagenstraße. Rolex taperte hinüber zur anderen Straßenseite und wandte sich nach links. Kurz darauf bog er in einen Hauseingang ein, sah Brandauer mit großen Augen an und bellte ein Mal.

Als sich der Kommissar zu ihm hinunter bückte und ihn ausgiebig lobte, stemmte die Neubert ihre Hände in die Hüften und fragte ihn:

»Warum machst du das eigentlich nie mit mir, Chef?«

Brandauer überlegte, ob sie nun das Loben im Allgemeinen oder speziell das Streicheln meinte, kam wieder hoch und sah sie unsicher an. Doch er beschränkte sich darauf, ihr lächelnd ein Leckerli anzubieten, das sie dankend ablehnte. Sie suchte mit dem Zeigefinger eine Weile das Klingelbrett ab und zeigte schließlich auf einen Namen.

»Kowalski, dritter Stock! Das ist er.«

Auf das Klingeln reagierte niemand. Auch auf ein weiteres Klingeln nicht. Sie hatten sich schon frustriert umgedreht und einige Meter entfernt, da ging hinter ihnen die Haustür auf und ein Mann mit schwarzer Lederjacke, Lederkappe und dunkler Hornbrille trat heraus.

»Hatten Sie eben bei mir geklingelt?«, fragte er mit sonorer Stimme. »Ich war schon auf der Treppe.«

»Sind Sie Herr Kowalski?«

»Bin ich. Warum?«

Brandauer erklärte ihm sein Anliegen: Dass Striezel gestorben sei, und sie gern von seinem Sohn wissen würden, wann er ihn das letzte Mal besucht hatte. Dies beendete er mit der Frage, ob er ihnen sein Einverständnis dafür geben würde, ihn das persönlich zu fragen.

Der Vater überlegte kurz, schien von der Vorstellung nicht besonders begeistert, war jedoch anscheinend in Eile und winkte deshalb mit den Worten, »von mir aus«, ab und ging mit schnellen Schritten seines Weges. Als er einige Meter weg war, sagte die Neubert leise:

»Komischer Typ. Man hätte doch eigentlich erwarten sollen, dass er dabei sein will. Findest du nicht?«

»Hätte ich auch gedacht, aber vielleicht hat er ja irgendeinen wichtigen Termin.«

»Komm, lass uns wieder zurück zur Schule gehen. Die Stunde wird gleich vorbei sein«, schlug sie vor. Freddys Vater, der sich inzwischen ein Stück weit von ihnen entfernt hatte, wechselte die Straßenseite und zwängte sich hinter das Steuer eines Taxis. Er startete den Motor, setzte ein Stück zurück und fuhr los.

Brandauer hatte Rolex an einem Ring, der im Mauerwerk des Schulgebäudes eingelassen war, angebunden und dann hatten sich beide noch einmal im Sekretariat gemeldet. Die Sekretärin informierte die Schulleiterin, die sich noch einmal bestätigen ließ, dass der Vater sein Einverständnis für das Gespräch gegeben hatte, bevor sie die beiden Kommissare bis zum Klassenraum geleitete und sie bat, dort einen Augenblick zu warten. Sie informierte die unterrichtende Lehrkraft und wies die Kommissare darauf hin, dass es in wenigen Minuten klingeln wird.

Fast zeitgleich mit dem Pausensignal wurde die Tür aufgerissen und die Meute stürmte grölend Richtung Hof. Brandauer ließ sich von dem ersten Schüler, den er zu fassen bekam, zeigen, wer von den Mitschülern Freddy war. Sie sprachen ihn an und baten ihn, mit ihnen im Klassenraum zu bleiben, um ihnen einige Fragen zu beantworten.

Freddy war ein schüchterner, nicht sehr groß gewachsener Junge mit braunem, lockigen Haar. Als die Neubert ihn sah, hatte sie das Gefühl, ihn schon einmal irgendwo gesehen zu haben. Er hatte noch nicht gewusst, dass Erwin Striezel tot war. Die Kommissare hatten sich vorgenommen, sich nicht näher zur Todesursache zu äußern, zumal es für die Fragen, die sie hatten, nicht von Belang war.

Brandauer hatte sich gar nicht erst hingesetzt, sondern war gleich zum Fenster gegangen und sah hinunter auf den Schulhof, wo Freddys Mitschüler ihre Pause verbrachten. Solche Gespräche überließ er grundsätzlich seiner Kollegin, die im Umgang mit Kindern das bessere Händchen hatte bzw. die angemesseneren Worte fand.

Dies hinderte ihn jedoch nicht daran, dem Gespräch der beiden aufmerksam zu lauschen. Die Neubert zeigte dem Jungen das Cappy und sagte:

»Wir sind wegen Herrn Striezel hier, Freddy. Das hast du, glaube ich, letztes Mal bei ihm liegen gelassen, oder?«

»Ja. Ich wollte es mir schon öfter holen, aber er war nie da.«

Sie legte das Cappy auf den Tisch und griff Freddys Hand, als der nach der Mütze langen wollte.

»Es tut uns leid, dir sagen zu müssen, dass Herr Striezel gestorben ist, Freddy«, versuchte die Kommissarin möglichst einfühlsam die Befragung zu beginnen.

»Ihr ward gut befreundet, oder?«

»Ich war zwei, drei Mal die Woche bei ihm, um Briefmarken zu tauschen. Woran ist er denn gestorben?«

128

Die Überbringer der Nachricht sahen sich verunsichert an. Dann entschied sich die Kommissarin zu antworten, bevor ihr Kollege mit seiner unbefangenen Art Gefahr lief, durch eine unglückliche Wortwahl ein Kindheitstrauma bei dem Jungen zu etablieren.

»Atemnot! Er ist erstickt, Freddy. Es ging sicher ganz schnell.«

Damit der Junge nicht auf die Idee kam nachzufragen, schloss sie gleich die nächste Frage an:

»Weißt du noch, wann du es bei ihm liegen gelassen hast, Freddy?«

Er zuckte mit den Schultern und sah betroffen an die Erde.

»Versuche dich bitte zu erinnern, Freddy. Es ist wichtig für uns. Wir vermuten, dass es ein Freitag oder Samstag war.«

Der Junge dachte eine Weile nach. Dann sagte er:

»Freitag, direkt nach der Schule. Ist aber schon mehr als zwei Wochen her. Meine Eltern waren noch nicht zu Hause und da bin ich direkt zu ihm.«

»Ohne deine Marken?«

»Die hab ich immer im Rucksack.«

»Würdest du sie mir mal zeigen, Freddy?«

Er stand auf und schlurfte kraftlos zu seinem Tisch. Dann öffnete er seinen Rucksack und zog ein kleines Album aus dem Seitenfach. Er ging langsam zurück und reichte es der Kommissarin wortlos. Jetzt wurde auch Brandauer neugierig und kam dazu.

»Sind das alle Marken, die du hast. Oder hast du noch mehr?«, fragte er.

Die Neubert hatte inzwischen das kleine Album aufgeschlagen und blätterte in seinen Seiten. Brandauer sah ihr interessiert dabei über die Schulter. Dann tauschten beide einen vielsagenden Blick aus.

»Viel mehr! Aber ich nehme immer nur ein paar mit in die Schule, damit ich was zum Tauschen habe.«

Weder die Neubert noch der Kommissar kannten sich mit Briefmarken aus. Aber eines sah man auf den ersten Blick. Die Marken waren größtenteils alt, sehr alt.

»Sind das alles deutsche Marken, Freddy?«

»Mein Opa hat nur deutsche Marken gesammelt, von früher und von heute.«

Brandauer zückte sein Handy und zeigte es dem Jungen.

»Hast du was dagegen, wenn ich mal ein Foto von den Marken mache, Freddy?«

»Nö, können Sie ruhig machen.«

Während Brandauer einige Seiten des Albums fotografierte, bemühte sich die Neubert darum, das Gespräch am Laufen zu halten.

»Tauschst du denn auch mit deinen Mitschülern?«

»Nee, die haben alle andere Hobbys. Außerdem sammle ich nur ganz bestimmte Marken. Die hatte nur Erwin.«

»Was sind das für Marken, die du sammelst, Freddy?«, fragte die Kommissarin interessiert nach.

»Ich sammle nur Tiermotive.«

»Und die hatte Erwin?«

»Jede Menge, von überall her!« Allein der Gedanke an die Marken ließ seine Augen leuchten. »Für jede Marke, die ich ihm gab, durfte ich mir zwei oder auch mehr von ihm aussuchen. Das war ein Supergeschäft!«

»Was war denn dein bestes Geschäft, das du mit ihm gemacht hast, Freddy?«, wollte Brandauer wissen.

»Neulich hat er mir für eine Marke ein ganzes Album mit Marken gegeben«, berichtete er voller Begeisterung.

»Kannst du dich noch daran erinnern, was das für eine Marke war?«

»Die war noch recht neu. Da war eine amerikanische Schauspielerin drauf. Ich weiß aber nicht, wie die heißt.«

»Und seit wann tauscht ihr jetzt schon Briefmarken, Freddy?«

»Seit ungefähr zwei Jahren. Ich hab die Marken, als ich sieben war, von meiner Oma geschenkt bekommen, kurz nachdem Opa gestorben ist. Der hatte bei der Post gearbeitet und kam an alle Marken ran. Auch an Sondermarken und Ersttagsbriefe. Aber damals war ich noch zu klein. Meine Eltern haben sie eine Zeit lang für mich aufbewahrt.«

»Wissen denn deine Eltern, dass du die Marken eintauschst?«

»Klar! Wenn Erwin nicht wäre, müsste ich nämlich in den Hort, weil meine Eltern oft noch auf Arbeit sind, wenn ich aus der Schule komme. Und so konnte ich immer zu ihm hingehen, wenn ich wollte.«

»Wenn du so oft bei ihm warst, hast du ja vielleicht auch beobachtet, wie andere Kunden kamen, oder?«

»Klar! Aber so oft kam das nicht vor.«

»Hast du vielleicht mitbekommen, was er in letzter Zeit angekauft hatte?«

»Wie – angekauft?«

»Ich meine, weißt du, ob ihm jemand in letzter Zeit Marken verkauft hat?«

»Nee, aber er hat immer alles in sein Buch geschrieben.«

Brandauer und die Neubert sahen sich bass erstaunt an.

»Weißt du auch, wo er das Buch aufbewahrt hatte.«

»Klar! Es stand bei den anderen Büchern im Regal. Wenn Sie wollen, kann ich es Ihnen zeigen.«

Brandauer sah auf seine Uhr und fragte ihn:

»Wann fängt denn dein Unterricht wieder an, Freddy?«

Er winkte ab. »Erst in einer Stunde.«

»Würdest du dann mit uns kurz in den Laden gehen und uns zeigen, wo das Buch ist. Wir würden dich auch wieder zurückbringen.«

»Mit dem Polizeiwagen?«, fragte er mit leuchtenden Augen.

»Nee, wir sind leider zu Fuß, Freddy«, musste ihn die Kommissarin enttäuschen.

»Schade. Aber okay.«

Er erhob sich, setzte sein Cappy auf und steckte das Album wieder zurück in seinen Rucksack. Dann meldeten sie ihn im Sekretariat ab, verließen die Schule und erlaubten ihm zur Entschädigung, Rolex an der Leine zu führen. Was ihm mindestens ebenso viel Freude zu bereiten schien wie im Polizeiwagen zu fahren. Als sie am Laden angekommen waren, schloss der Kommissar auf und alle drei traten ein. Der Junge hielt sich spontan die Nase zu und fragte:

»Bo, was riecht hier so komisch?«

»Pizza, Freddy, Pizza Asia!«, antwortete der Kommissar. »Wir haben hier vorhin Pizza gegessen.«

Die Neubert sah erst ihren Chef und dann den Jungen an. Er schien es ihm abgenommen zu haben.

»Zeigst du uns, wo das Buch steht, Freddy«, versuchte sie die Situation zu überspielen.

Frederik, der sich noch immer die Nase zuhielt, zeigte mit ausgestrecktem Arm auf ein großes, dünnes Buch, das in der zweiten Reihe von oben zwischen der Sachliteratur über Philatelie und Numismatik stand.

Brandauer begnügte sich mit dem Hinweis des Jungen, ließ das Buch aber stehen. Die Kommissarin hatte seine Entscheidung sofort nachvollziehen können. Anderenfalls hätte er erst seine Latexhandschuhe anziehen müssen, bevor es in die Finger genommen hätte und wer weiß, welche Fragen dem Jungen dann in den Sinn gekommen wären.

So verließen sie den Laden wieder und begleiteten den Jungen zurück zur Schule, wo sie sich noch einmal bei ihm bedankten, bevor sie ihn wieder in den Unterricht entließen.

Kapitel 8

Sie hatten auf dem Rückweg zum Revier das Buch mit den Eintragungen abgeholt und direkt bei der KTU abgegeben, mit der Bitte, etwaige Fingerabdrücke zu sichern.

Jetzt saßen beide wieder hinter ihren Schreibtischen und warteten auf das Ergebnis.

»Ist dir was an dem Jungen aufgefallen, Chef?«

»Was sollte mir aufgefallen sein?«

»Ich denke, es ist der Junge auf dem Bild.«

»Wie kommst du darauf? Den sieht man doch nur von hinten.«

»Es ist die Art, wie er das Cappy trägt. Den Schirm nach rechts gedreht.«

»War mir gar nicht aufgefallen. Ich habe allerdings allmählich das Gefühl, dass unser ach so liebenswerter Erwin Striezel ganz schön geschäftstüchtig war, Beate.«

»Glaubst du, er hat den Jungen übers Ohr gehauen?«

»Ich weiß es nicht. Ich hab ja leider keine Ahnung von Briefmarken. Ich denke nur, dass so alte Marken wie der Junge sie hat, doch deutlich mehr wert sein werden als die Marken mit den Tiermotiven aus Fernost. Meinst du nicht?«

»Sammelt Schiller nicht Briefmarken?«, überlegte die Neubert. Brandauer gab ihr recht. Von ihm hatte er damals den Hinweis auf Striezels Laden bekommen. Sie beschlossen kurzerhand, ihm einen Besuch abzustatten.

Schiller hatte seine Werkstatt im 3. Stock. Als sie seine Tür öffneten, war er wie eigentlich immer gerade dabei, einen Rechner zu zerlegen.

»Servus Micha«, grüßte ihn Brandauer. »Wie gehts, wie stehts? Wir haben uns ja lange nicht gesehen.«

Schiller blickte nur kurz auf, ohne von seinem Bastelobjekt abzulassen.

»Danke der Nachfrage, Franz. Hast du den Tresor aufgekriegt?«

»Ja, hab ich.«

»War es sein Geburtsdatum?«

»Nee, das von seinem besten Freund.«

»Das ist ja für deutsche Verhältnisse schon richtig fantasievoll.«

Erst jetzt bemerkte der junge Techniker, dass Brandauer nicht allein gekommen war, und hob noch einmal seine Hand zum Gruß.

»Hallo Beate, was kann ich für euch tun?«

»Haben wir das richtig in Erinnerung, dass du Briefmarken sammelst?«, fragte ihn Brandauer.

»Nicht wirklich. Ich habe die Alben von meinem Vater im Schrank zu liegen und ab und zu nehme ich sie mir mal vor, um da Ordnung reinzubringen. Warum fragst du?«

»Ich würde dir gern ein paar Marken zeigen. Und du sollst mir sagen, ob da was Wertvolles bei ist.«

Jetzt hörte er doch auf zu schrauben und sagte:

»Na dann zeig mal her.«

Brandauer öffnete die Fotogalerie auf seinem Smartphone und zeigte Schiller die Aufnahmen, die er von Freddys Marken gemacht hatte.

Schiller musste den Schraubenzieher nicht aus der Hand legen, um zu erkennen, dass Brandauers Ansinnen ihn überforderte.

»Oje! Deutsches Reich. Da ist ja zwischen 10 Cent und 10000 Euro alles möglich, Franz. Abgesehen vom Zustand der Marken hängt bei denen vieles vom Wasserzeichen und Farbton ab. Ab und zu gab es auch mal den einen oder anderen Plattenfehler, der eine Marke zur Rarität machte. Da musst du dir jede Marke genau unter UV-Licht und mit der Lupe ansehen und dich natürlich auskennen.«

»Aber die sind doch zum größten Teil hundert Jahre alt«, wendete Brandauer überrascht ein.

»Aber das ist überwiegend Massenware, wovon noch heute wahnsinnig viel im Umlauf ist, Franz.«

»Also kannst du uns da nicht weiterhelfen.«

»Nicht wirklich.«

»Okay, dann schraub mal schön weiter.«

Brandauer war schon fast weg, da rief Schiller ihm hinterher:

»Was ist mit deinem Vater, Franz? Frag doch den mal.«

Daran hatte der Kommissar überhaupt noch nicht gedacht. Der hatte ja schließlich auch sein Leben lang Briefmarken gesammelt. Er hob dankend den Arm, ohne sich noch einmal umzudrehen.

»Danke für den Tipp, Micha. Gute Idee!«

Sie waren wieder unten im Büro und überlegten, wie sie weitermachen sollten. Da klingelte das Telefon. Am anderen Ende der Leitung waren die Kollegen von der KTU und teilten Brandauer mit, dass er das Buch jetzt haben könne, weil man alle Fingerabdrücke detektiert hatte. Er schickte Hansen sofort rüber, um es zu holen.

Tatsächlich hatte Striezel alle Käufe und Verkäufe fein säuberlich mit Datum aufgelistet. Der Name *Blue Boy* kam in seinen Aufzeichnungen jedoch nicht vor. Er stutzte einen Augenblick, dann sprang er unvermittelt auf und war urplötzlich verschwunden – mit dem Buch.

Nach zwanzig Minuten war er wieder zurück und setzte sich wortlos.

»Was ist los, Franz, wo hast du gesteckt?«

»Ach, mir fiel plötzlich das Schild ein, das in der Ladentür hängt. Striezel hatte es tatsächlich selbst geschrieben. Es ist seine Handschrift. Wie perfide! Der Mörder muss ihn dazu gezwungen haben. Wahrscheinlich musste Striezel sogar mit ansehen, wie sein Mörder das Seil vorbereitet hat. Stell dir das mal vor, Beate!«

»Das heißt, er wusste irgendwann, dass er den Abend nicht überleben wird.«

»Ich habe mich gefragt, warum er keine Gegenwehr gezeigt hat. Deshalb war ich eben noch mal oben in der Wohnung. Die vorderen Beine des einen Stuhls fühlten sich an der Rückseite, im unteren Bereich, etwas klebrig an. Er hatte Striezel offensichtlich mit Klebeband an den Stuhl gefesselt und geknebelt, während er alles für seinen Tod vorbereitete.«

»Und Striezel musste sich das alles machtlos mit ansehen?«

»Wenn er ihm nicht etwas über den Kopf gezogen hat?«

»Mein Gott! Der Ärmste.«

Brandauer nahm sich das Kassenbuch, warf einen Blick auf die letzten Eintragungen und zeigte sie seiner Kollegin.

»Das hier klingt doch interessant, Beate.«

19. Februar – ein Konvolut von acht historischen Briefen, USA, 1847, aus dem Nachlass von Elvira erhalten.

»Und guck mal, selbst die Marke mit der amerikanischen Schauspielerin, die Freddy vorhin erwähnt hatte, hatte er vermerkt.«

28. Februar – Audrey Hepburn (gestempelt!) Wohlfahrtsmarke Deutsche Bundespost 2001, 0,56€+0,26€ von Freddy für ein Album mit Marken aus Fernost eingetauscht (hihihi!)

»Was er wohl mit ‚*hihihi*' meinte?«, fragte sich der Kommissar.

»Vermutlich war das ein Schnäppchen für ihn«, mutmaßte seine Kollegin.

»Hattest du nicht gesagt, dass die *Blue Boy* auf einem Liebesbrief aus dem Jahr 1847 geklebt hatte?«, meinte sich der Kommissar zu erinnern.

»Richtig! Und USA stimmt auch. Aber es steht nicht dabei, ob die Briefe frankiert waren.«

»Dann sollten wir versuchen rauszukriegen, wer Elvira ist bzw. war.«

»Ich tippe auf die Nachbarin. Der Pater erwähnte doch, dass die erst vor Kurzem gestorben ist und ihm den Kater hinterlassen hatte.«

»Lass uns das sofort checken, Beate.«

Brandauer suchte zwischen den Unterlagen, die sich in den letzten Tagen auf seinem Schreibtisch angesammelt hatten, nach dem Zettel, auf dem er die Nummer des Zahnarztes notiert hatte. Ohne Erfolg.

»Kann ich dir helfen, Franz?«

»Ich suche die Nummer von dem Timmermann.«

»Sags doch einfach! Willst du ihn anrufen?«

»Was sonst sollte ich wohl mit der Nummer wollen, Frau Oberkommissarin?«, fragte er, ohne mit dem Suchen aufzuhören.

Die Neubert zog grinsend ihr Smartphone aus der Gesäßtasche, bearbeitete mit beiden Daumen kurz aber flink ihr Display und reichte ihm das Handy. Das Freizeichen war für beide gut hörbar, weil sie auf *laut* gestellt hatte.

140

»Praxis Dr. Timmermann. Hier spricht Ricarda, was kann ich für Sie tun?«

Brandauer beendete das Kramen und reckte seinen Arm nach vorn, um an das Handy der Neubert zu gelangen.

»Hallo?«, schallte es aus dem Smartphone.

»Hier ist Hauptkommissar Brandauer. Ich hätte gern kurz den Herrn Doktor gesprochen. Ich habe nur eine einzige Frage.«

»Augenblick, bitte.«

Sie stellte seinen Anruf zum Behandlungsraum durch. Für einen Augenblick hörte er den Hinweis *please hold the line*. Kurz darauf meldete sich der Doktor zu Wort.

»Fassen Sie sich bitte kurz, Herr Kommissar, ich habe gerade eine Patientin auf dem Behandlungs-stuhl.«

»Ich möchte nur wissen, wie die Mieterin hieß, die erst kürzlich gestorben ist.«

»Huf – Elvira Huf.«

»Danke!«, *,und vergessen Sie Ihr Alibi nicht!'*, wollte er noch sagen, aber da hatte er bereits auf-gelegt.

Er gab der Neubert ihr Handy zurück und sagte:

»Also, er hatte die Briefe tatsächlich von seiner Nachbarin.«

»Sind das die, die in seinem Tresor lagen, Chef?«

»Kann ich dir nicht sagen, Beate, so genau hatte ich sie mir nicht angesehen. Ich weiß nur, dass die keine Briefmarken trugen.«

»Aber warum hatte er sie dann in den Tresor gepackt«, überlegte sich die Kommissarin.

»Vielleicht hat sie ja sein Mörder reingelegt.«

Der Kommissar griff zum Telefon und fragte bei der KTU nach, ob man die Briefe näher untersucht hatte und ob sie noch am Tatort sein würden.

Man hatte die Briefe nicht auf Fingerabdrücke untersucht, weil man sich sicher war, dass sich auf dieser Papierart keine Abdrücke detektieren lassen.

Der Umstand, dass sie offensichtlich für den Täter uninteressant waren, hat auch die Kollegen dazu veranlasst, sie im Tresor zu belassen.

Nun standen für Brandauer zwei Dinge auf der Agenda. Zum einen wollte er seinen Vater wegen der Marken des Jungen konsultieren, zum anderen dachte er, dass man noch einmal einen Blick auf die Briefe werfen sollte.

Er schnappte sich seinen Trenchcoat, informierte die Neubert über sein Vorhaben und machte sich auf den Weg zum Seniorenheim.

Als er das Haupthaus des Seniorenstifts betreten hatte und nach rechts in den Gang einbog, um zum Fahrstuhl zu gelangen, der ihn in den zweiten Stock bringen sollte, in dem sich das Zimmer seines Vaters befand, wurde er von einem Heimbesucher im Rollstuhl aufgehalten. Er hatte seine Arme in den Schoß gelegt und zog sich mit den Füßen Stück für Stück im Schneckentempo vorwärts.

Da er genau in der Mitte des schmalen Gangs fuhr, war an beiden Seiten zu wenig Platz, um ihn zu überholen. Bis zum Fahrstuhl waren es noch gut dreißig Meter. Das konnte dauern.

Brandauer beugte sich von hinten über den Rollstuhl und sprach den alten Herrn an:

»Entschuldigung! Darf ich Ihnen vielleicht behilflich sein, junger Mann?«

Er hatte die Antwort gar nicht erst abgewartet, sondern resolut beide Griffe des Rollstuhls gepackt und den Alten geschoben, bis sie gemeinsam am Fahrstuhl angekommen waren. Er überlies den Alten wieder sich selbst und forderte mit einem Knopfdruck den Lift an.

»So, bitte sehr!«

Der Alte erwiderte etwas durch und durch Unverständliches, nachdem der Kommissar seinen Rollstuhl losgelassen hatte. Aber der fragte nicht nach, weil nur wenig Aussicht bestand, dass es beim zweiten Mal besser zu verstehen gewesen wäre. Stattdessen bestieg er den Fahrstuhl, der im gleichen Augenblick seine Türen geöffnet hatte, und fuhr aufwärts.

In der ersten Etage bekam er Gesellschaft von einer jungen afrikanischen Putzkraft, die sich mit ihrem Reinigungswagen mit in den Fahrstuhl zwängte. Sie versuchte, ihn freundlich zu begrüßen, war aber nicht wesentlich besser zu verstehen als der Alte.

Beide verließen gemeinsam den Lift in der zweiten Etage. Die Tür zum Zimmer seines Vaters war wie fast immer nur angelehnt. Der alte Brandauer hatte darum gebeten, sie aufzulassen, damit man hören würde, wenn er um Hilfe rief. Er hatte für eben diese Situation zwar auch einen Klingelknopf am Bett, vergaß aber immer wieder, wofür er da war.

Als der Kommissar eintrat, war sein Vater am Fernsehen und hatte den Kopfhörer aufgesetzt. Er ging auf ihn zu und gab sich mit Handzeichen und einem Lächeln zu erkennen. Die Reaktion des Alten fiel so aus, als müsste er erst nachdenken, wer da plötzlich in seinem Zimmer stand. Er machte den Mund auf und sah ihn entgeistert an.

Sein Sohn nahm ihm behutsam die Kopfhörer ab und legte sie auf dem Nachtisch ab.

»Hallo Vatter, ich bins. Erkennst du mich nicht?«

Vor der Situation hatte Brandauer immer Angst gehabt, dass sein Vater ihn eines Tages nicht mehr erkennen würde. Seine Demenz schritt von Woche zu Woche voran. Aber noch war es offensichtlich nicht so weit, denn der Alte antwortete:

»Na klar, erkenn ich dich! Blöde Frage. Warst lange nicht mehr hier.«

»Stimmt leider. Tut mir leid. Aber es gibt gerade viel zu tun.«

»Müsst ihr wieder einen Mörder fangen?«

»Sieht fast so aus. Wir haben Erwin Striezel erhängt aufgefunden.«

»Ach nee! Erwin? Wieso das denn?«

»Wie es aussieht, war es Raubmord.«

»Ach watt? Bei dem war doch jar nischt zu holen«, amüsierte er sich.

»Anscheinend doch. Wir vermuten, dass er eine wertvolle Briefmarke in seinem Tresor hatte. Und genau deswegen bin ich hier, Vatter. Du kennst dich doch mit Briefmarken ein bisschen aus.«

Brandauer holte die Seiten mit den Abbildungen der Marken, die er vorher im Büro ausgedruckt hatte, aus der Innentasche seines Trenchcoats und gab sie dem Alten. Seine Sehkraft war nicht mehr die allerbeste, deshalb hielt er die Seiten kneistend dicht vor die Augen und fragte:

»Sind das meine, Franz?«

»Nee, Vatter. Die gehören einem Jungen, der mit Erwin regelmäßig Marken tauschte.«

»Hoffentlich hat der sich nicht von ihm übers Ohr hauen lassen. Erwin war ein Schlitzohr.«

»Was willst du damit sagen, Vatter?«

»Der sah zwar aus wie der Weihnachtsmann, aber hatte es faustdick hinter den Ohren.«

Brandauer war beeindruckt, wie klar sein Vater heute sprach. Es gab Tage, da redete er nur wirres Zeug und fantasierte sich die dollsten Sachen zurecht. Aber genau deshalb wusste er nicht, was er auf seine Aussagen geben sollte. Immerhin war seine Bemerkung von eben die Bestätigung dessen, was er selbst schon vermutet hatte.

Nachdem er die abgebildeten Marken eine Weile studiert hatte, zeigte er auf eine und sagte:

»Die hier sieht interessant aus. Die Fünfundzwanziger von 1875. Die sollte der Junge ihm lieber nicht geben.«

»Die Gefahr besteht nicht, Vatter. Erwin ist tot!«

»Ach was«, rief der Alte erstaunt. »Seit wann denn?«

Brandauer sah sich genötigt, seinem Vater noch einmal zu erzählen, wie sie ihn aufgefunden hatten, ohne sich sicher zu sein, ob das wieder in eine Endlosschleife führen würde.

»Hast du meine Marken noch, Franz?«, fragte er dann unvermittelt.

Eigentlich hätte er auf diese Frage gefasst sein müssen und trotzdem war er gänzlich unvorbereitet und entschied sich, zu schwindeln.

»Die Liegen noch in deiner Kommode, Vatter.«

Der Alte hob mahnend den Zeigefinger, rutschte ein Stückchen dichter an seinen Sohn ran und raunte ihm zu:

»Da liegen sie gut. Gib die nicht einfach dem Erwin, Franz. Da sind ein paar wertvolle Stücke bei.«

Brandauer sparte sich diesmal den Hinweis, dass Striezel bereits tot sei, und war noch im Nachinein froh, ihm nicht gesagt zu haben, dass er sämtliche Alben bereits vor zwei Jahren für ein Butterbrot an Striezel abgetreten hatte. Aber wenn sein Vater recht hatte, bedeutete das immerhin, dass wahrscheinlich mehr als eine Briefmarke im Tresor war.

»Sagt dir eine Marke, auf der Audrey Hepburn abgebildet ist etwas, Vatter?«

Seine Augen begannen bei dem Namen zu leuchten.

»Meinst du die Wohlfahrtsmarke von 2001?«

»Genau die!«

Die Augen wurden immer größer.

»Mit Eckrand oder ohne?«

»Keine Ahnung.«

»Gestempelt?«

»Ich glaube schon.«

Jetzt nickte er mehrmals anerkennend, klatschte begeistert in die Hände und strahlte übers ganze Gesicht.

»Tja, die ist was Feines. Die hätte ich auch gern gehabt.«

»Was ist so besonders an der?«

»Von der wurden zwar 14 Millionen Stück gedruckt ...«

Sein Vater machte eine kurze Pause und sah ihn wie von Sinnen an, bevor er fortfuhr, als würde er eine Gruselgeschichte zum Besten geben.

»... die aber niiiieee in den Umlauf kamen!«

»Aha«, sagte Brandauer erstaunt. »Und wieso das nicht?«

Der alte Brandauer winkte ab.

»... weil irgend so ein Döskopp von Nichtraucher in ihrer Familie sich daran gestört hatte, dass man sie auf der Marke mit Zigarettenspitze abgebildet hatte.«

»Aber, wenn sie nie im Umlauf war, kann sie doch niemand haben«, schloss der Kommissar.

»Na ja, *nie* ist nicht ganz korrekt. Man hatte schon einige Bögen an ein Postamt hier irgendwo bei uns in Brandenburg ausgegeben, bevor man die weitere Ausgabe einstellte.«

»Und wie wertvoll sind die Stücke, die noch im Umlauf sind?«, wollte Brandauer wissen und dachte dabei an einen Betrag von um die 100 Euro. Der Alte winkte erneut ab.

»Unbezahlbar, Franz:«

»Ungefähr, Vatter.«

»Mindestens sechsstellig!«

Brandauer dachte, er hört nicht richtig. Wenn das die Marke war, die Striezel dem Jungen kürzlich abgeluchst hatte, lag sie wahrscheinlich mit im Tresor. Wer weiß, welche wertvollen Stücke er noch besaß.

Er goss noch schnell die Pflanzen, die auf der Fensterbank standen sowie den Ficus in der Ecke und verabschiedete sich.

Als er mit dem Fahrstuhl im Erdgeschoss angekommen war und ausstieg, sah er gerade noch, wie der alte Herr, dessen Rollstuhl er vorhin geschoben hatte, in seinem Zimmer verschwand. In dem Zimmer, vor dem er vorhin schon einmal stand, als Brandauer sich entschlossen hatte, ihn dreißig Meter weiter bis zum Fahrstuhl zu schieben, was ganz offensichtlich nicht in seinem Sinne war.

Schon als er sich dem Ausgang näherte, sah er durch die Glasscheiben der Türen, dass es zu regnen begonnen hatte. Er hatte auf dem Parkplatz des Seniorenstifts geparkt, etwa fünfzig Meter entfernt. Einen Moment überlegte er, ob er warten sollte, bis es wieder aufhören würde zu regnen, doch dann schlug er den Kragen seines Trenchcoats hoch, griff sich eine der Tageszeitungen, die in einem Ständer an der Wand steckten und lief, sie über dem Kopf haltend, schnellen Schrittes zu seinem Wagen.

Fünf Minuten später parkte er vor Erwins Laden. Vor ihm stand ein alter grauer Pritschenwagen mit polnischer Nummer. Auf der Ladefläche standen diverse Eimer zwischen Zinkblechen Tauen und verschiedenen Gerätschaften. Er gehörte offensichtlich zu den Arbeitern, die an der Fassade arbeiteten. Der Regen hatte inzwischen noch zugenommen und sich zu einem ausgewachsenen Landregen entwickelt. Dem ersten Regen seit Wochen.

Von hinten konnte Brandauer durch das Rückfenster des Pritschenwagens sehen, dass die Arbeiter im Wagen Zuflucht vor dem Regen gesucht hatten. Er nahm, noch im Auto sitzend, den Ladenschlüssel in die Hand, sprang aus dem Wagen und versuchte, sich mit schnellen Schritten, wieder die Zeitung über dem Kopf haltend, unter dem Baugerüst vor dem Regen in Sicherheit zu bringen.

Als er sich zur Tür umdrehte, sie aufschloss und öffnete, huschte im gleichen Augenblick als die Türglocke über ihm ertönte ein dunkler Schatten unter ihm durch die Tür. Plötzlich stand Blue Boy vor ihm, sah ihn mit seinen großen blauen Augen an und miaute.

Reflexartig griff Brandauer zum Taschentuch und hielt es sich unter die Nase. Dann versuchte er, den Kater sanft mit dem rechten Fuß wieder in Richtung Tür, die noch offenstand, zu schieben. Doch Blue Boy wich ihm immer wieder aus. Schließlich sprang er ins

Schaufenster und machte es sich auf seinem Lieblingsplatz bequem.

»Ey, Junge, mach keinen Quatsch! Du kannst hier nicht bleiben.«

Den Kater einfach zu greifen und vor die Tür zu setzen, kam für ihn nicht infrage. Deshalb versuchte er, ihn mithilfe seiner zusammengerollten Zeitung zu überreden. Doch da war nichts zu machen. Nach mehreren vergeblichen Versuchen ließ er von ihm ab und widmete sich der Angelegenheit, wegen der er gekommen war. Er öffnete den Tresor und nahm das Bündel Briefe an sich. Dann sah er zu, dass er zügig wieder aus dem Laden rauskam, bevor sich der erste Niesanfall ankündigte. Die Briefe hatte er vorher sorgfältig in der Brusttasche seines Mantels vor dem Regen in Sicherheit gebracht.

Zurück im Büro, legte er sie und den Ladenschlüssel auf dem Schreibtisch seiner Kollegin ab, zog seinen durchnässten Trenchcoat aus und übergab ihn dem Kleiderständer.

»Gibts was Neues, Chef?«, fragte ihn die Neubert, die die Zeit, wo er nicht da war, damit überbrückte, einen älteren Fall zu digitalisieren. Brandauer entknotete seinen Schal, goss sich einen Kaffee ein und stellte sich einen Augenblick ans Fenster, um dem Regen zuzusehen, der auf das gegenüberliegende Dach prasselte.

»Du musst bitte nachher noch mal in den Laden gehen, Beate. Der Kater hat sich reingeschlichen. Ich hab ihn nicht wieder rausgekriegt.«

Ohne mit dem Tippen aufzuhören, antworte sie:

»Ach Gott, nee, der Ärmste. Ich glaube, der bräuchte auch mal was zu fressen. Wenn ich mich richtig erinnere, standen in der Küche noch einige Büchsen. Gibts sonst noch was?«

»Vermutlich waren doch einige wertvolle Briefmarken im Tresor. Kann sogar sein, dass welche von mir dabei waren.«

»Wieso von dir?«

»Ich hatte Striezel vor zwei Jahren die Marken von meinem Vater überlassen ... für 100 Euro ... war vielleicht ein Fehler.«

»Autsch!«, rutschte es seiner Kollegin raus.

Brandauer stand, die Hände in den Hosentaschen vergraben vor dem Fenster und sah hinaus in den Regen.

»Na ja, vergossene Milch!« Er sammelte sich wieder und setzte sich an seinen Schreibtisch.

»Von dem Jungen schien er auch einige Marken von Wert zu haben, wie es aussieht. Googel doch mal die Marke von 2001, die er in seinem Buch vermerkt hatte, auf der Audrey Hepburn abgebildet ist, Beate.«

Die Kommissarin machte sich sofort daran und wurde schnell fündig.

»2015 wurde eine der Marken bei Ebay versteigert ... für 65.000 Euro.«

»Oha! Das ist ja mal ordentlich. Da kann man schon mal ein Album mit asiatischer Massenware für springen lassen. Wir sollten uns aber als Nächstes die

Briefe aus dem Tresor näher ansehen, Beate. Ich habe sie dir auf den Tisch gelegt.«

Sie löste sich von dem Artikel im Internet, nahm sich das Bündel und versuchte, die Kordel, die die Briefe zusammenhielt zu lösen. Der Knoten jedoch hatte sich im Laufe der Jahrzehnte so festgezogen, dass sie keine Chance hatte, ihn zu lockern. Durchschneiden wollte sie die Kordel nicht. Vorsichtig befreite sie die Briefe aus dem Bündel und legte sie vor sich hin.

Der Adressat war mit dünner Feder geschrieben, wobei die Buchstaben etwas antiquiert wirkten. Das Papier war stark vergilbt und die Schrift zwar verblasst aber noch lesbar. Die Papiergröße entsprach nicht unseren heutigen DIN-Formaten, sondern eher amerikanischen.

»Ich denke, es sind die Briefe von Elvira«, vermutete sie.

»Woraus schließt du das?«

»Na ja, es sind sieben Stück. Hatte er nicht in seinem Buch vermerkt, dass er acht Briefe aus Elviras Nachlass erhalten hatte?«

»Und da war vielleicht einer mit Marke dabei. Deshalb lagen die auch im Tresor. Der Mörder hat den achten Brief an sich genommen und die anderen wieder zurückgelegt«, kombinierte Brandauer.

»Ist ein komisches Gefühl, so alte Briefe in den Fingern zu halten, Chef. Man spürt förmlich ihre Geschichtsträchtigkeit.«

Auf den unfrankierten Briefen stand keine Adresse, sondern nur eine Anrede, fiel der Kommissarin auf.

»Guck mal nach, an wen die Briefe gerichtet sind, Beate.«

Die Neubert nahm sie der Reihe nach in die Hand und versuchte, die Aufschrift zu decodieren.

»Ich glaube, das soll ‚My Dearest Jannett‘ heißen«, meinte sie.

»Wie hieß noch mal diese Geliebte, die den Liebesbrief mit der Blue Boy erhalten hatte?«, überlegte der Kommissar.

»Ich glaube, die hieß Jannett Brown«, meinte sich die Neubert zu erinnern.

»Meinst du, das ist die gleiche Jannett?«

Vorsichtshalber ging sie noch einmal ins Internet, um sich zu vergewissern. Der Brief mit der berühmten blauen Marke war dort sogar abgebildet.

Plötzlich griff sie aufgeregt nach einem der Briefe. Sie hielt ihn neben den Monitor und konstatierte nach wenigen Sekunden begeistert:

»Es ist tatsächlich die gleiche Handschrift, Chef! Es ist unsere Jannett!«

Im Unterschied zu dem abgebildeten Brief mit der Blue Boy wiesen die Briefe, die vor ihr lagen, jedoch keine Adresse aus, sondern nur einen Namen. Offensichtlich wurden sie nicht mit der Post verschickt, sondern dem Empfänger damals persönlich überreicht.

Die Neubert konnte der Versuchung nicht widerstehen, den Brief vorsichtig zu öffnen und zu lesen.

Die andächtige Stille, die entstand, wurde nur gelegentlich durch das Tippgeräusch ihrer flinken Finger unterbrochen. Sie musste die eine oder andere Vokabel mithilfe einer App erst übersetzen, weil sie ihr unbekannt war. Nach einer Weile legte sie das Schriftstück aus der Hand und sagte völlig entrückt:

»Mein Gott ist das romantisch. Warum schreibt mir niemand solche Briefe? Der Text ist ja die reinste Prosa. Er ist gespickt mit vagen Andeutungen einer gerade erst knospenden Leidenschaft. Warum haben wir solche Worte früher nie im Englischunterricht kennengelernt?«

Sie sah Brandauer fragend an, aber auch der konnte ihre Frage scheinbar nicht beantworten, sondern zuckte nur mit den Schultern. Romantik gehörte nicht zu seinen Kernkompetenzen.

»Aber wie ist Elvira Huf an diese Briefe gekommen?«, fragte sie sich.

»Ich vermute, die werden Teil eines Erbes sein, Beate. Hieß nicht der Liebhaber von der *Jannett Brown* mit Nachnamen *Hooff*? Vielleicht haben die ja später doch noch geheiratet. Auch Elvira hieß immerhin *Huf* mit Nachnamen. Timmermann hatte nicht dazu gesagt, wie sich Huf schreibt.«

Die Neubert suchte mithilfe der Chronik noch einmal im Internet die Liebesgeschichte zu der Briefmarke.

»Du hast richtig vermutet, Franz, die haben tatsächlich später noch geheiratet. Hier steht:

James und Jannetts geheime Korrespondenz dauerte noch Jahre lang, bis zum 17. Februar 1853, als sie heirateten und eine Familie mit drei Kindern gründeten.

Nur dieser einzige Liebesbrief blieb bis 1907 verborgen, als ihre Tochter, die ebenfalls Jannett hieß, ihn im alten Nähkästchen ihrer Mutter entdeckte.«

Brandauer hatte inzwischen schon das Telefon am Ohr und Hansen beauftragt, mal eben zur Ecke zu laufen und auf das Klingelbrett zu schauen, welche Namen dort standen.

»Anscheinend hatte die verliebte Jannett damals doch nicht die anderen Briefe verbrannt, sondern irgendwo versteckt«, mutmaßte die Neubert.

»Hättest du wahrscheinlich auch gemacht«, vermutete Brandauer und stellte das Telefon wieder in seine Basisstation zurück. »So was lesen sich doch Frauen, wenn sie verliebt sind, immer wieder mal in einsamen Stunden mit schmachtendem Blick und Handrücken an der Stirn gern selbst vor.«

Die unromantische Seite ihres Chefs war ihr nicht unbekannt. Sie ließ sie unkommentiert, um nicht schlechte Stimmung aufkommen zu lassen.

»Wahrscheinlich wurden diese Briefe hier persönlich oder durch einen Liebesboten übergeben und sind deshalb ohne Anschrift«, versuchte die Kommissarin das Gespräch wieder in sachlichere Bahnen zu lenken.

»Sollte der fehlende Brief frankiert gewesen sein, könnte sich auf ihm die bis heute vermisste zweite Blue Boy befinden. Bleibt die Frage, wie der Mörder von den Briefen Kenntnis bekommen hatte«, unterstrich die Neubert.

Brandauer schlug noch einmal das Buch auf, in dem Striezel seine Geschäfte dokumentiert hatte.

»Hier steht, dass er die Briefe am 19. Februar aus dem Nachlass von Elvira erhalten hat. Überprüf doch bitte mal, das Sterbedatum, damit wir wissen, ob er sie schon zu Lebzeiten erhielt oder erst im Zuge der Testamentseröffnung.«

»Warum glaubst du, dass uns das weiterhilft, Franz?«

»Weil wir dann wissen, ob wir uns vielleicht den Nachlassverwalter der Frau Huf mal unter die Lupe nehmen sollten. Der müsste dann ja die Briefe auch vorher gesehen haben.«

»Und wir sollten noch mal mit dem Jungen reden. Dem hat er ja offensichtlich was von den Briefen erzählt«, schlug die Kommissarin vor.

Brandauer fand den Gedanken hervorragend und sah zur Uhr hoch, die über der Eingangstür hing. Sie zeigte kurz vor vier.

»Willst du mitkommen?«

»Nee, fahr mal alleine, ich mach hier meinen Schreibkram noch zu Ende.«

Brandauer wollte sich gerade erheben, da klopfte es an der Tür. Hansen trat ein und erstattete Bericht.

»Am Klingelbrett standen vier Namen: *Winter, Engel, Huf* und *Walter*.«

»Und wie schreibt sich ‚Huf‘?«

»Na, wie man‘s spricht: H-u-f!«

Brandauer bedankte sich bei seinem Kollegen und wirkte sichtlich enttäuscht.

»Irgendwie sträubt sich alles in mir, zu glauben, dass die Namensähnlichkeit Zufall ist, Beate.«

»Muss ja auch kein Zufall sein. Meine Großeltern mütterlicherseits haben ihren Familiennamen auch eingedeutscht, als sie nach dem Krieg aus Polen nach Deutschland kamen. *Ofczaczak* konnte kein Mensch aussprechen, deshalb haben sie ihn in *Ofenbach* umgeändert.«

»Das würde es natürlich erklären.«

Brandauer fuhr seinen Rechner runter, signalisierte seinem Hund, dass er zu gehen beabsichtigte, und schnappte sich seinen Trenchcoat.

Kapitel 9

Der Kommissar hatte gestern Nachmittag niemanden bei dem Jungen zu Hause angetroffen und musste unverrichteter Dinge den Arbeitstag beenden. Er hatte sich vorgenommen, es heute noch einmal in der Schule zu probieren. Noch am Frühstückstisch sitzend hatte er seine Kollegin telefonisch gebeten, schon mal den heutigen Stundenplan des Jungen in Erfahrung zu bringen.

Während Rolex seine Freude daran hatte, der Katze des Nachbarn, die sich schon wieder auf Brandauers Hof verirrt hatte, nachzustellen, fütterte der noch schnell seine Hühner und sammelte die Eier ein, die sie in den letzten Tagen gelegt hatten.

Es war jedes Mal wie an Ostern. Die Viecher hatten es sich zur Angewohnheit gemacht, sie auf ihren Ausflügen durch die Scheune einfach irgendwo fallen zu lassen, und nicht selten trat Brandauer sie breit, weil sie versteckt unter dem Stroh lagen.

Wie immer, packte er die Eier, die seine Suche überlebt hatten, in einen Eierkarton, den er anschließend seiner Kollegin mit ins Büro nahm. Er selbst aß so gut wie nie Eier, höchstens einmal, wenn er beim Fleischer ein Stück frischen Leberkäse erstanden hatte. Dann machte er sich Bratkartoffeln dazu und garnierte den Fleischlaib mit einem Spiegelei und Gewürzgurke.

Jetzt, wo er gerade dabei war, die Eier einzusammeln, lief ihm allein bei dem Gedanken daran das Wasser im Mund zusammen und er nahm sich vor, auf dem Weg zum Revier oder spätestens auf dem Rückweg noch beim Fleischer vorbeizuschauen.

Als er das Büro betrat, stieg ihm schon frischer, kräftiger Kaffeegeruch in die Nase.

»Morgeeen!« Die Neubert hatte ihn schon kommen gehört und flink seine Kaffeetasse gegriffen, um ihm einzuschenken.

»Was für ein wunderbarer Empfang«, frohlockte Brandauer, steckte seine Nase direkt in die Kaffeetasse und fächelte sich mit der einen Hand den Duft zu, während er mit der anderen den Knoten seines cremefarbenen Schals löste.

»Da könnte man ja direkt gute Laune kriegen.«

»Tu dir keinen Zwang an, Chef.«

»Ich soll dich schön von meinen Hühnern grüßen, Beate.«

Brandauer stellte die Eierschachtel auf ihren Schreibtisch, zog seinen Trenchcoat aus und hängte ihn an den Ständer. Ein flüchtiger Blick in den Spiegel über der Spüle verriet ihm, dass er wieder einmal vergessen hatte, sich zu rasieren. Dies passierte ihm immer dann, wenn die morgendliche Routine durch irgendetwas durcheinandergeraten war. Heute waren die Hühner daran schuld.

Bevor er sich auf den Weg zu seinem Schreibtisch machte, griff er mit der einen Hand seine Tasse und mit der anderen in die Außentasche seines Mantels nach der Zeitung.

»Hast du heute schon einen Blick in die Zeitung geworfen, Beate?«

»Bin noch nicht dazu gekommen, Chef.«

Brandauer hatte sich hingesetzt und bereits die Zeitung aufgeschlagen. Er befeuchtete mit der Zungenspitze den rechten Zeigefinger, um besser umblättern zu können, und arbeitete sich die Schlagzeilen überfliegend zum Lokalteil vor. Dann endlich hatte er gefunden, wonach er gesucht hatte.

»Wie ich sehe, warst du gestern Abend noch umtriebig.«

»Ach hör mir auf! Erinnere mich bloß nicht daran.«

»Wieso? Erzähl!«

»Zeltinger und Meyer waren da. Ich musste ewig um die rumscharwenzeln, bis sie angebissen haben. Die dachten natürlich, ich will sie anbaggern. Hat zwei Stunden und drei Mojito gedauert, ihnen die Infos unauffällig unterzujubeln. Sogar meine Drinks durfte ich am Schluss selber bezahlen. Hat mich dreißig Euro gekostet, der Abend.«

Brandauer griff in seine Gesäßtasche nach seiner Brieftasche und schob ihr kommentarlos die dreißig Euro über den Tisch.

»Und dann?«

Die Neubert schenkte seiner Reaktion keine Beachtung und fragte nur:

»Wie ‚und dann?‘ Du willst jetzt nicht wissen, ob die mich abgeschleppt haben, oder? Sag mir lieber, was sie geschrieben haben.«

Brandauer sah sie eine gefühlte Ewigkeit etwas irritiert an, sie aber sah nur an die Decke. Er merkte, wie seine Fantasie drauf und dran war, mit ihm durchzugehen. Doch dann besann er sich, schlug die Zeitung auf und las mit unsicherer Stimme vor:

»Wie die Redaktion aus gut informierten Kreisen erfahren hat, wurde der Tod des Rentners Erwin S., den die Polizei am letzten Sonntag erhängt in seiner Wohnung in Bad Freienwalde aufgefunden hatte, inzwischen aufgeklärt. Danach handelte es sich offensichtlich um Selbstmord. Erwin S. ist wohl aufgrund einer unheilbaren Krankheit freiwillig aus dem Leben geschieden.«

»Jetzt müssen wir nur noch hoffen, dass der Mörder den Artikel ließt«, bemerkte die Neubert.

»Ich denke, das wird er. Schließlich will er ja wissen, ob er die Marken gefahrlos verkaufen kann.«

»Kann ich das eigentlich als Überstunden eintragen, Chef?«

»Du meinst, deinen Besuch im Pub gestern? Musst du mal deinen Vorgesetzten fragen.«

»Mach ich doch gerade«, erwiderte sie lächelnd.

»Damit würde es aber offiziell werden und dann wird's vergnügungssteuerpflichtig«, gab er lächelnd zurück. Brandauer hielt es nicht für nötig, noch näher auf die Anfrage von ihr einzugehen, da er davon ausging, dass sie eh nicht ernst gemeint war.

»Hast du schon in der Schule angerufen, Beate?«

»Hab ich. Freddy hat bis 13 Uhr 30 durchgehend Unterricht. Aber ich habe mit seinem Vater telefoniert. Er war damit einverstanden, dass er nach der Schule bei uns vorbeischaut und will ihn auf dem Handy anrufen, um es ihm zu sagen.«

»Sehr gut! Kennen wir auch schon das Sterbedatum von Elvira?«

»Ich schon!«, lächelte sie keck.

»Und? Hättest du die Güte, es mir zu verraten?«

»Sie starb am 24. Februar.«

»Super! Damit ist der Nachlassverwalter aus dem Rennen. Dann lass uns mal zusammensuchen, was wir bis jetzt an Erkenntnissen haben, Beate.«

Brandauer griff sich einen schwarzen Marker, stand auf und wandte sich der Wand über dem Aktenschrank zu, die sie oft als Fahndungswand missbrauchten.

Hier klebten sie für gewöhnlich ihre Fotos an, machten Skizzen und fixierten Memos, um der Lösung eines aktuellen Falls näher zu kommen. Wenn der Fall dann gelöst war, wurde alles wieder entfernt und Hansen beauftragt, die Wand überzustreichen.

Der Kommissar zog eine lange horizontale Linie, die als Zeitstrahl fungieren sollte. Dann setzte er eine erste Markierung ganz links und kommentierte sein Tun. Weitere sollten in den nächsten Minuten folgen.

»Halten wir mal fest«, begann er. »1847 schreibt ein gewisser James Wallace Hooff an seine Geliebte, Miss Jannett H. Brown, Liebesbriefe ...«

»... die sie eigentlich verbrennen sollte, es aber offensichtlich nicht tat«, ergänzte die Neubert.

Brandauer setzte ein Fragezeichen etwas weiter rechts und kommentierte dies mit den Worten:

»Irgendwann und irgendwie gelangt das Bündel mit den Liebesbriefen, von denen man annahm, dass sie verbrannt worden waren, im Zuge einer Erbschaft, über den Großen Teich und in den Besitz von Frau Elvira Huf, der Nachbarin von Erwin Striezel.«

»2019 kommt es zur Versteigerung einer Briefmarke, die im Kreise der Philatelisten *Blue Boy* genannt wird. Sie klebte auf einem der Liebesbriefe von 1847.«

Brandauer drehte sich unvermittelt zu seiner Kollegin um und fragte:

»Hat diese Auktion eigentlich hier in Deutschland stattgefunden?«

»Ich denke mal in den Staaten. Jedenfalls wurde der Erlös in Dollar angegeben.«

Nun nahm die Kommissarin ihrem Chef den Stift aus der Hand, setzte die nächsten Markierungen und notierte stichwortartig:

»Am 24. Februar stirbt Elvira Huf und hinterlässt fünf Tage vor ihrem Ableben, also am 19. Erwin den Kater und die anderen Liebesbriefe.«

»Striezel entdeckt die Marke auf einem der Briefe, erkennt sofort ihren Wert und erzählt voller Euphorie dem Jungen davon. Der benennt den Kater von der Huf fortan nach ihr, weil der so schöne blaue Augen hat. Nachweislich seit Anfang März trägt der Kater den Namen *Blue Boy*.«

Die Neubert hatte sich inzwischen einen eigenen Stift von ihrem Schreibtisch geholt, weil sie das Gefühl hatte, dass ihr Chef seinen nur widerwillig rausrückte. Sie setzte die nächste Markierung an der Zeitachse:

»Am 5. März wird ein Bericht über die 2019 versteigerte Marke im Fernsehen ausgestrahlt.«

Sie war noch nicht ganz fertig mit Notieren, da drängelte sich der Kommissar schon wieder neben sie und schrieb:

»Am 14. März, einem Freitag, ist Freddy das letzte Mal bei Striezel.«

»Tags darauf sehen sich Striezel und der Pater vormittags auf dem Wochenmarkt und winken sich von Weitem zu.«

Die Neubert griff hastig unter seinem rechten Arm hindurch und notierte:

»Noch am gleichen Abend wird Striezel umgebracht.«

Es hatte sich inzwischen zu einer Challenge im Schneller-sein-als-der-andere entwickelt.

»Am 16. März hängt ein von ihm selbst verfasstes Schild an seiner Ladentür mit dem Hinweis, dass er verreist sei ...«

»... obwohl er eine Verabredung mit dem Pater hatte!«, ergänzte die Neubert.

»Am 30. März finden wir ihn erhängt in seiner Wohnung.«

Man war im Hier und Jetzt angekommen. Vielmehr hätte bis zum heutigen Tag auch nicht passieren dürfen, weil die Wand nicht mehr hergab.

Brandauer setzte ein großes Fragezeichen zwischen den 5. und 15. März und sagte:

»Die Frage ist doch: Was passierte in dieser Zeit?« Er warf seinen Stift im hohen Bogen auf seinen Schreibtisch, verschränkte die Arme vor der Brust und machte eine nachdenkliche Miene. »Ich gehe davon aus, dass der Mörder den Fernsehbericht sah und irgendwie mitbekommen hatte, dass Striezel eine solche Marke in seinem Besitz hatte. Entweder hat er sie selbst bei ihm gesehen oder von jemandem erfahren, dass er sie hat.«

»Eigentlich waren wir schon so weit, dass er sie selbst gesehen haben muss, Chef, denn hätte er über Dritte von der Marke erfahren, könnte er sie nicht gefahrlos wieder abstoßen, weil es Mitwisser gäbe.«

»Richtig! Vermutlich stieg er über das Baugerüst durch das Fenster in seine Wohnung, fesselte ihn an den Stuhl und zwang ihn, die Marke rauszurücken. Dann erhängte er ihn.«

Brandauer wandte sich von der Wand ab und ging in den Tigermodus über: die Arme verschränkt, den Daumen der linken Hand unter dem Kinn, den Zeigefinger an den Nasenflügel gelegt, den Mittelfinger auf den Lippen, schritt er gedankenversunken gemächlichen Schrittes durchs Büro – hin und her und her und hin. Jedes Mal, wenn er am Fenster angelangt war, blieb er einen Moment stehen und starrte nach draußen. Plötzlich drehte er sich um und sagte:

»Ich frage mich immer noch, ob wir es mit einem Täter oder mehreren Tätern zu tun haben.«

Kapitel 10

Die Neubert und Brandauer hatten gegen Mittag bei Mario einen kleinen Imbiss eingenommen und waren gerade wieder im Büro angekommen, da ging die Tür auf und Brömel steckte seinen Kopf durch den Türspalt.

»Der Junge ist da. Soll er reinkommen?«

»Ja, danke Jochen. Schick ihn rein.«

Der Kommissar stand auf, holte den Besucherstuhl, der an der Wand stand und platzierte ihn vor seinem Schreibtisch.

Frederik stand, mit seinem Skateboard unter dem Arm, etwas verloren in der Tür und musste von Brömel erst sanft angeschoben werden, bevor er bereit war, den Raum zu betreten.

»Hallo Freddy«, versuchte die Kommissarin freundlich lächelnd das Eis zu brechen. »Kommst du direkt aus der Schule?«

»Hmm.«

Die Antwort konnte man guten Gewissens als Zustimmung durchgehen lassen. Frederik hatte sein Board an die Wand gelehnt und sich inzwischen bis zum Stuhl vorgetraut, musste aber aufgefordert werden, sich zu setzen.

»Ist nett von dir, dass du noch mal gekommen bist, Freddy. Wir haben da noch einige Fragen«, knüpfte die Kommissarin an ihre Begrüßung an. Brandauer hielt sich zurück, um den Jungen nicht unnötig zu verunsichern.

»Möchtest du vielleicht einen Schluck trinken?«

»Haben Sie Cola?«

»Nee, leider nicht, Freddy«, musste die Kommissarin den jungen Gast enttäuschen. Sie öffnete den Kühlschrank und begutachtete das spärliche Angebot.

»Leider kann ich dir nur Tee oder Wasser anbieten«, entgegnete sie mit traurigem Blick. Der Junge schüttelte frustriert den Kopf.

»Nein danke.«

Die Kommissarin ging zurück an ihren Schreibtisch, nahm wieder Platz und setzte die Befragung fort.

»Wie hast du zu Herrn Striezel gesagt? Durftest du Erwin sagen oder hast du ihn gesiezt?«

»Am Anfang hab ich immer Herr Striezel gesagt, aber irgendwann sagte er mal, ich soll immer Erwin zu ihm sagen.«

»Und wie oft warst du so bei ihm?«

»Keine Ahnung. Unterschiedlich oft. Meine Eltern arbeiten beide. Papa fährt Taxe. Er versucht zwar, mittags zu Hause zu sein, aber das klappt nicht immer. Manchmal hat er eine weite Tour und ist nicht rechtzeitig wieder zurück. Dann ruft er mich auf dem Handy an und sagt, dass ich zu Erwin gehen soll.«

»Und wie lange bist du dann immer bei ihm geblieben?«

»Unterschiedlich. Meistens so bis vier, dann kommt Mama immer von der Arbeit.«

»Und was hast du die ganze Zeit bei ihm gemacht, Freddy?«

»Erst hab ich Hausaufgaben gemacht und dann haben wir Briefmarken getauscht. Manchmal haben wir auch ferngesehen oder was gespielt.«

Freddy begann unruhig auf seinem Stuhl hin und her zu rutschen. Die Handflächen hatte er unter seine Oberschenkel geschoben. Jetzt schaltete sich der Kommissar das erste Mal vorsichtig ein.

»Hast du die Hausaufgaben unten im Laden gemacht oder oben in seiner Wohnung?«

»Meistens oben in der Wohnung.«

»Kannst du dich daran erinnern, ob an einem der Deckenbalken ein großer Haken befestigt war?«

Die Neubert verdrehte die Augen und schüttelte mit dem Kopf. Offensichtlich fand sie es unangebracht, den Jungen das zu fragen.

Der aber antwortete gänzlich unbefangen.

»Keine Ahnung. Ich glaub schon.«

»Hat dir Erwin bei den Hausaufgaben geholfen?«, bemühte sich die Kommissarin, das Gespräch wieder in andere Bahnen zu lenken.

»Manchmal. Bei Mathe. Mathe konnte er gut.«

»Und nach den Hausaufgaben habt ihr dann Briefmarken getauscht?«

»Ja.«

»Habt ihr das auch oben gemacht, oder seid ihr dazu runter in den Laden gegangen?«

»Mal so, mal so. Aber meist oben.«

»Habt ihr noch andere Dinge gemacht?«, schaltete sich Brandauer wieder ein, was den Jungen sichtlich verunsicherte. Die Neubert sah ihren Chef mahnend an, weil sie ahnte, worauf er hinaus wollte und versuchte, das Gespräch wieder an sich zu reißen.

»Hast du mitbekommen, ob Erwin irgendwann in letzter Zeit in den Besitz einer seltenen Briefmarke gekommen war, Freddy?«

Jetzt guckte der Junge verlegen von einem zum anderen. Als die Neubert seine Verunsicherung spürte, versuchte sie, ihm gut zuzureden.

»Das ist wichtig für uns, Freddy. Wir glauben, dass Erwin beraubt wurde. Also wenn du da was weißt, sag es uns bitte.«

»Er hat es mir aber verboten und ich musste es versprechen.«

Die Neubert sah ihren Chef an. Ihre Blicke trafen sich.

»Ich bin mir ganz sicher, dass er wollen würde, dass du es uns erzählst, Freddy«, versuchte sie, ihn zu ermutigen.

»Aber er hat mir immer wieder gesagt, es soll unser Geheimnis sein und niemand darf es erfahren.« Ihm traten Tränen in die Augen und man sah ihm an, dass er einen Konflikt mit sich und seinem Versprechen hatte.

»Wenn du was über eine solche Marke weißt, Freddy, dann erzähle es uns bitte.«

Und dann berichtete Freddy, dass Striezel ihm von einer runden Briefmarke, die auf einem ganz alten Brief klebte, erzählt hatte. Immer, wenn er mit seinen Hausaufgaben fertig war, zeigte Erwin ihm ein Foto von dem Brief mit der Marke.

»Hat er dir auch mal den echten Brief gezeigt?«

»Nee, der lag im Tresor. Den durfte niemand anfassen, weil er so wertvoll war.«

Brandauer kramte nach einem Stift und nahm ein Blatt Papier aus dem Fach des Druckers. Dann fragte er Freddy:

»Könntest du uns die Marke mal aufzeichnen, damit auch wir wissen, wie sie aussah?«

Der Junge begann mit sicherer Hand zu zeichnen und schon nach wenigen Strichen bestand kein Zweifel mehr daran, dass es sich um besagte Marke handelte.

»Weißt du noch, wann dir Erwin das erste Mal von der Marke erzählte?«

Frederik dachte angestrengt nach.

»Keine Ahnung. Ist schon ne Weile her.«

»Kannst du dich noch daran erinnern, was er dir über die Marke erzählt hatte?«

»Dass sie am Rand so kleine Sterne hat ... und dass es nur noch zwei Stück davon gibt ... und dass seine einen Stern mehr hat als die andere. Dadurch war sie noch wertvoller.«

»Hast du zu Hause oder in der Schule jemandem von der Marke erzählt, Freddy?«

Er wich mit dem Oberkörper erschrocken zurück.

»Natürlich nicht! Ich hatte es ja versprochen.«

»Und du bist dir da ganz sicher?«

»Na klar!«

»Weißt du, ob Erwin noch jemand anderem davon erzählt hatte?«

»Auf gar keinen Fall. Das war ja unser Geheimnis! Das durfte niemand außer uns wissen.«

»Und wer von euch hat dem Kater den Namen gegeben?«

»Ich hatte Erwin vorgeschlagen, ihn *Blue Eye* zu nennen, weil er so schöne blaue Augen hat. Aber er fand *Blue Boy* besser, weil der Name für etwas Einmaliges steht, sagte er, wie die Marke auf dem alten Brief.«

»Hat er dir erzählt, was er mit der Marke vorhatte?«

»Er wollte sie erst noch eine Weile behalten und später vielleicht mal in Amerika auf eine große Aktion geben. Er sagte immer, die Marke müsse wieder nach Hause. Auf der Aktion würde sie bestimmt eine Million bringen, hatte er immer gesagt.«

Brandauer hielt es für unangebracht, den Jungen zu korrigieren und damit aus dem Redefluss zu bringen, und fragte stattdessen:

»Kannst du dich daran erinnern, ob jemand in den letzten Tagen, als er noch lebte, in seinen Laden kam, der das mitgekriegt haben könnte?«

»Da kam so gut wie nie jemand.«

»Okay, Freddy, danke, dass du vorbeigekommen bis.« Brandauer war aufgestanden und reichte dem Jungen, ganz entgegen seiner Art, die Hand. »Kann gut sein, dass wir deine Hilfe noch einmal brauchen.«

Die Neubert sah auf die Uhr, die über der Tür hing und fragte ihren jungen Besucher:

»Was machst du jetzt, Freddy? Ist jemand bei dir zu Hause?«

Der Junge zuckte mit den Schultern.

»Nee, ich glaube nicht.«

»Wollen wir noch ein bisschen mit dem Hund rausgehen?«, bot der Kommissar ihm an. Frederik strahlte über das ganze Gesicht.

»Darf ich mich dann auch von ihm ziehen lassen, Herr Kommissar?«

»Ausnahmsweise.«

Brandauer griff die Leine, die am Kleiderständer hing. Er hatte sie noch gar nicht ganz in der Hand, da war Rolex bereits aufgesprungen und schwanzwedelnd zu ihm gegangen. Brandauer stellte sich dicht neben den Schreibtisch seiner Kollegin und raunte ihr zu:

»Ich habe den Verdacht, er würde uns gerne noch ganz andere Geheimnisse verraten, Beate.«

Er legte Rolex die Leine an und reichte dem Jungen das andere Ende. Dann griff er seine Zigarettenschachtel, die auf seinem Schreibtisch lag. War die Neubert noch bis eben überrascht über das einfühlsame Angebot ihres Chefs, wusste sie nun, worum es ihm in Wirklichkeit ging. Er brauchte dringend eine Zigarettenpause.

Die drei benötigten eine gute halbe Stunde für den kurzen Weg, der an seiner Schule vorbeiführte, bis zur Hagenstraße, weil Rolex sie immer wieder ausbremste. Der Junge hatte sein Board bereits nach kurzer Zeit unter dem Arm, weil der Weimaraner ständig stehen blieb, um seine Marke zu setzen. Aber er hatte auch so seine Freude, den Hund führen zu dürfen.

Brandauer nutzte die Gelegenheit, die Beziehung von Erwin zu dem Jungen noch etwas näher zu durchleuchten. Er war sich nicht ganz sicher, ob es eine reine Großvater-Enkel-Beziehung war oder ob noch eine andere Art von Zuneigung im Spiel war. Allerdings fanden sich in den Aussagen Frederiks keine eindeutigen Hinweise darauf.

Da noch immer niemand bei ihm zu Hause war, gingen sie gemeinsam wieder zurück zu seiner Schule. Dort hatten sie einige Kinder auf dem Schulhof Fußball spielen sehen. Freddy war kein großer Fußballfan, verriet er dem Kommissar.

»Wahrscheinlich muss ich wieder ins Tor«, sagte er etwas zerknirscht, »aber immer noch besser, als vor der Haustür zu warten.«

Brandauer sah den spielenden Kindern noch einen Augenblick zu. Sie hatten Freddy tatsächlich nach kurzer Beratung ins Tor gestellt. Dort gab der Junge sein Bestes, sah aber in vielen Situationen mehr als unglücklich aus. Während seine Gönner sich nach jedem gelungenen Torschuss diebisch freuten.

Er musste an seine eigene Kindheit zurückdenken – und an Joachim, der damals das gleiche Schicksal teilte. Hätte es Joachim damals nicht gegeben, hätte man ihn wahrscheinlich ins Tor gestellt.

Als Brandauer wieder sein Büro betrat, war die Neubert am Tippen. Sie hatte seine Abwesenheit genutzt, um mit der Digitalisierung der alten Fälle voranzukommen.

»Hast du noch irgendwas aus ihm rauskriegen können?«, fragte sie ihn. Brandauer übergab seinen Trenchcoat dem Kleiderständer und griff sich wieder den schwarzen Marker.

»Nicht wirklich. Aber er ist schon ein armer Teufel. Hat, glaube ich, nicht viele Freunde.«

Ohne mit dem Schreiben aufzuhören berichtete sie ihm, dass Timmermann angerufen hatte. Ihm war wieder eingefallen, was er am 15. gemacht hatte.

»Erst war er im Baumarkt und hatte Bootslacke gekauft«, erzählte sie. »Dann war er draußen im Hafen an seinem Boot und hat angefangen, sein Unterschiff zu streichen – was immer das auch ist. Damit war er wohl das ganze Wochenende beschäftigt. Andere Bootseigner hätten ihn dabei gesehen und könnten es bezeugen, sagte er.«

»Wahrscheinlich hatte er im Baumarkt gleich einen größeren Haken besorgt und von einer Schot seines Segelboots ein Stück Seil abgeschnitten«, unkte Brandauer. »Hat er gesagt, wo sein Boot liegt?«

»Hat er. Er hat aber auch dazu gesagt, dass er nicht möchte, dass wir dort anfangen rumzufragen. Das wäre rufschädigend, meinte er, wenn wir ihn mit einem Mord in Verbindung bringen würden.«

»Ich denke, das wird er schon uns überlassen müssen, wen wir was fragen.«

»Ach ja, und den Kassenbon vom Baumarkt hatte er auch noch. Da steht auch die Uhrzeit drauf. Er hat ihn fotografiert und uns das Foto geschickt, für den Fall, dass das wichtig sei.«

Brandauer hörte sich ihre Erläuterungen bis zum Schluss an und sagte:

»Der Bon kann natürlich von sonst wem sein. Ich kann mir allerdings immer noch nicht vorstellen, dass Timmermann was mit dem Mord zu tun hat. Aber, dass es unmittelbar nach Striezels Tod bereits ausgearbeitete Pläne für den Umbau seiner Wohnung gab, irritiert mich schon.

Und dann ist da ja noch das Seil, mit dem Striezel erhängt wurde, mit dem Palstek am oberen Ende. Wir sollten das Alibi von unserem Segler in jedem Fall überprüfen und wenn es nur dazu führt, das wir ihn als Täter ausschließen können. Lass uns am besten morgen zum Seglerverein fahren.«

Er ging wieder zur Fahndungswand und notierte:

»Ende Februar erzählte Striezel also Freddy von der Marke.« Er setzte an der entsprechenden Stelle eine Markierung und warf den Stift zurück auf den

Schreibtisch. Dann ließ er sich kraftlos in seinen Stuhl fallen und überlegte:

»Wer außer Freddy könnte von der Marke erfahren haben?«

»Ich denke, wenn er es nicht einmal seinem besten Freund, dem Pater erzählt hatte, wird er es niemandem gesagt haben.«

»Der Junge sagte eben, immer nach den Schulaufgaben hätten sie sich die Marke angesehen und sich über sie unterhalten. Vielleicht wurden sie von jemandem dabei beobachtet?«

»Vielleicht vom Haus gegenüber aus? Durchs Fenster?«, spekulierte die Kommissarin.

»Ist da nicht nur der Flachbau der Freiwilligen Feuerwehr?«

»Stimmt, hast recht.«

»Er sagte übrigens auch, dass er manchmal fernsehen durfte. Vielleicht hat er ja selbst den Beitrag über die *Blue Boy* im Fernsehen gesehen. Der lief immerhin gegen 14 Uhr. Das würde hinkommen.«

»Schon möglich, aber das würde nichts ändern, oder? Lass uns Schluss machen für heute, Beate. Morgen früh sollten wir gleich noch mal nach Köpenick fahren, um Timmermanns Alibi zu überprüfen.«

Kapitel 11

Ein Hinweisschild an der Hauptstraße machte sie darauf aufmerksam, dass sie bei nächster Gelegenheit links einbiegen mussten. Der schmale Waldweg, der hinunter ans Wasser führte, endete nach etwa zweihundert Metern. Rechter Hand erschloss sich das Vereinsgelände des Seglervereins.

Brandauer parkte seinen Landrover hinter einer orangefarbenen Absetzmulde, die man unmittelbar vor der Einfahrt zum Vereinsgelände abgestellt hatte. Sie war mit allerhand altem Segelzubehör befüllt, das nach allen Seiten aus dem kleinen Container quoll. Offenbar hatte man im Rahmen eines Frühjahrsputzes gerade eine groß angelegte Aktion hinter sich, bei der die Vereinsmitglieder die Gelegenheit bekamen, sich von ausgedientem, sperrigen Equipment zu trennten.

Das Gelände war von einem mannshohen Zaun umgeben. Ein Schild, das man am Zaun angebracht hatte, wies darauf hin, dass ein Parken außerhalb des Geländes nur gestattet sei, wenn man eine Ölwanne unter den Motor stellte. Brandauer entschloss sich, den Hinweis zu ignorieren. Schließlich wollte man ja nicht lange bleiben. Ein Blick durch den Zaun verriet, dass es wohl allgemein üblich war, auf das Gelände zu fahren und dort zu parken. Jedenfalls standen dort einige Fahrzeuge. Allein das Tor war verschlossen.

Es hatte von außen einen Knauf, der sich nicht drehen ließ. Offensichtlich kam man nur mit einem Schlüssel aufs Gelände. Auch an die Klinke auf der Innenseite des Tores kam man von außen nicht ran.

»Und was machen wir nun?«, wollte die Neubert wissen.

»Ich habe ehrlich gesagt keinen Bock, unverrichteter Dinge wieder zurückzufahren, Beate. Irgendwie kommen wir schon rein.«

Beide machten einen langen Hals und versuchten zu erspähen, ob irgendjemand auf dem Bootsgelände zu entdecken war. Dann hob Brandauer seinen Arm und winkte einem Jungen zu, den er am Steg entdeckt hatte, und der mit einem Köcher spielte. Als der Junge ihn sah, kam er hüpfend angelaufen und stellte sich ans Tor.

»Wollen Sie rein?«, wollte der kleine Blondschopf wissen.

»Petri Heil! Du hast es erfasst, junger Mann. Wärst du so nett, uns die Tür aufzumachen?«

»Darf ich nicht. Hier darf man nur rein, wenn man auch Mitglied ist.«

»Und wenn wir nun Mitglieder sind?«

»Dann hätten Sie einen Schlüssel und müssten mich nicht fragen.«

Genauso fröhlich hüpfend, wie er gekommen war, verschwand er auch wieder.

Die Kommissare sahen sich verstört an. Dann mussten sie beide lachen.

»So eine altkluge Kröte!«, amüsierte sich Brandauer. Dann wandte er sich ab und ging zu dem Container.

»Was hast du vor, Chef?«

»Mitglied werden!«

Brandauer kramte eine Weile im Müll rum und kam nach einigen Minuten mir zwei ausgedienten marineblauen Fendern, denen die Luft ausgegangen war, unter dem Arm zurück. In der anderen Hand hielt er ein altes, hölzernes Stechpaddel. Damit stellte er sich noch einmal vor das Tor. Er blickte zur Neubert und fragte sie:

»Duzt man sich in so einem Verein eigentlich?«

»Ich nehme es an«, antworte sie schulterzuckend.

»Versteck dich mal eben hinter dem Container, Beate.«

»Warum?«, fragte sie verwundert.

»Wirst du gleich sehen.«

Der Kommissar blickte angestrengt über den Zaun, auf der Suche nach einem neuen Opfer. Nach einer Weile öffnete sich die Tür eines Sanitärgebäudes zur Linken und eine junge Frau erschien. Brandauer riss den Arm, der das Stechpaddel hielt, empor, winkte damit über den Zaun und rief ihr zu:

»Ahoi! Bist du so nett und machst mir mal die Tür auf. Ich hab gerade keine Hand frei.«

»Na klar, Augenblick.«

Die junge Frau beeilte sich, zum Tor zu kommen, zog einen Schlüssel aus der Hosentasche und schloss das Tor auf.

»Brauchst nicht abzuschließen, ich bin gleich wieder weg. Vielen Dank.«

»Gerne.«

Sie zog den Schlüssel wieder ab und entfernte sich freundlich lächelnd. Als sie außer Sichtweite war, winkte er der Neubert zu, jetzt zu kommen, und verstaute seinen Müll wieder dort, wo er ihn hergeholt hatte.

»Und warum sollte ich mich jetzt verstecken?«

»Weil es wenig glaubwürdig ausgesehen hätte, jemanden um Hilfe zu bitten, wenn direkt neben mir jemand steht, der beide Hände frei hat.«

Sie ließen das Tor hinter sich leise ins Schloss fallen und spazierten ziellos über das Gelände, auf der Suche nach Timmermanns Yacht. Nur wenige Boote waren bereits im Wasser, wenn sie nicht sogar den ganzen Winter über im Wasser geblieben waren. Die meisten lagen auf Land, aufgebockt oder hatten auf Bootstrailern überwintert.

Allzu viel Betrieb war nicht auf dem Gelände. Einige Männer und Frauen waren damit beschäftigt, ihre Boote zu putzen und auf die neue Saison vorzubereiten. Andere gaben ihrem Boot einen neuen Anstrich oder nahmen Ausbesserungen vor.

Es dauerte nicht lange, da hatten sie die *Nautilus*, das Boot von Dr. Timmermann, entdeckt. Brandauer blieb stehen und sah sich die Yacht in Ruhe an. Sie war auf einem Trailer festgezurrt. Ihr langer Kiel vermittelte jedoch den Eindruck, als würde sie schweben. Es war eine Beneteau 27, was er auf dem Foto in der Praxis nicht sofort erkennen konnte.

»Ist das sein Boot, Chef?«

»Ist es!«

»Woher weißt du das?«

»Im Flur seiner Praxis hing ein Foto. Der Schiffsname war deutlich zu lesen.«

Auf den ersten Blick war zu erkennen, dass das Unterwasserschiff einen neuen Antifoulinganstrich erhalten hatte. Was man natürlich nicht sehen konnte, war, wann der Anstrich erfolgte. Brandauer machte einen Schritt auf das Boot zu und ließ seine Hand ehrfurchtsvoll über den Schiffsrumpf gleiten.

Dann ging er in die Hocke. Ein routinierter Blick auf den Boden brachte mehr Klarheit. Der eine oder andere Grashalm wies blaue Sprenkel auf. Wobei ihr Sitz verriet, dass das Gras nach dem Streichen einige Wochen Zeit zum Wachsen hatte. Es konnte also gut möglich sein, dass der Anstrich vor zwei oder drei Wochen erfolgte.

Dann sah er sich nach einer Leiter um, weil er den Versuch machen wollte, das Deck näher zu erkunden. Vielleicht fand sich da ja das andere Ende des Seils, mit dem man Erwin erhängt hatte. Als ihn von hinten eine sonore Männerstimme ansprach.

»Darf ich fragen, was Sie hier machen, mein Herr?«

Brandauer war so überrascht, dass er zusammenzuckte und beinahe das Stottern anfing. In Bruchteilen von Sekunden überlegte er, wie er sich erklären sollte, und da ihm nichts Angemesseneres einfiel, zog er seinen Dienstausweis, stellte sich und die Neubert dem Fragenden vor und schaltete in den Angriffsmodus.

»Wir sind von der Kripo und ermitteln in einem Mordfall. Darf ich fragen, wer Sie sind?«

»Müller, ich bin hier Platzwart. Wer soll denn umgebracht worden sein?«

Brandauer winkte ab.

»Das muss Sie nicht interessieren, Herr Müller. Es hat auch überhaupt nichts mit dem Segelverein zu tun. Wir sind eigentlich nur hier, um ein Alibi zu überprüfen. Wir möchten eines Ihrer Mitglieder gern aus dem Kreis der Verdächtigen streichen können. Er sagte nämlich, dass er sich zur fraglichen Zeit hier aufgehalten hatte.«

»Aha, meinen Sie Dr. Timmermann?«

»Wie kommen Sie jetzt auf diesen Namen?«, fragte Brandauer irritiert.

»Weil Sie gerade vor seinem Boot stehen.«

Der Kommissar drehte sich lachend zur *Nautilus* um und winkte ab:

»Ach so, nein, nein. Aber wir würden den Namen des Herrn gern für uns behalten, um ihn nicht unnötig zu kompromittieren, verstehen Sie? Gibt es denn irgendeine Möglichkeit zu überprüfen, wann wer hier war?«

»Klar! Wir haben ein Buch, wo man sich einschreiben muss, wenn man kommt und wenn man das Gelände wieder verlässt. Das muss hier jeder tun, damit ich am Ende des Tages weiß, ob noch jemand auf dem Gelände oder auf dem Wasser ist. Nach 22 Uhr ist der Aufenthalt auf dem Gelände nämlich untersagt.«

»Dürfte ich vielleicht einmal einen Blick in besagtes Buch werfen?«

»Da müssten Sie mit nach vorne zum Tor kommen.«

Der Platzwart ging vor. Brandauer und die Neubert schlossen sich ihm an. Nach einigen Metern drehte er sich zu ihnen um und fragte:

»Wer hat Sie eigentlich reingelassen?«

Brandauer versuchte die delikate Frage mit einem Lächeln zu überspielen und entgegnete:

»Nehmen Sie's mir nicht übel, Herr Müller, aber Denunzieren war noch nie meine Stärke.«

Die Antwort konnte den pflichtbeflissenen Hüter der Anlage nicht zufriedenstellen und ihm nur ein missgestimmtes Kopfschütteln und Brummen entlocken.

Als man am Eingangstor angekommen war, sah Brandauer, dass sich in direkter Nähe ein kleiner Unterstand mit einer Ablage befand, auf der ein Buch lag. Den Stift, mit dem man sich eintragen musste, hatte man an einer Schnur mit dem Buch befestigt. Der Platzwart nahm das Buch in die Hand und erkundigte sich:

»Um welchen Tag geht es denn, wenn ich fragen darf?«

»Samstag, 15. März.«

Der Platzwart blätterte in dem Buch so lange, bis er die entsprechende Seite gefunden hatte, drückte es dem Kommissar in die Hand und stemmte seine Arme in die Hüften.

»Bitte sehr!«

Brandauer sah sich die Eintragungen genau an. Die Neubert sah ihm dabei über die Schulter. Dann hatten sie Timmermanns Namen gefunden. Der Kommissar zeigte mit dem Finger drauf, und sie verglichen die eingetragenen Uhrzeiten. Sie stimmten mit Timmermanns Angaben überein. Er war den ganzen Nachmittag und Abend gemeinsam mit Karl Waldheim, Niklas Hauser und Vincenz Krauter auf dem Gelände, was sich mit den von ihm angegebenen Namen deckte. Sein Alibi hatte also Bestand.

Als sie auf dem Weg zum Wagen waren, sagte Brandauer:

»Eigentlich schade. Der wär mir als Täter irgendwie sympathisch gewesen.«

»Meinst du nicht, wir müssten wenigstens einen der drei anderen Männer, die zeitgleich mit ihm auf dem Gelände waren, fragen, ob er tatsächlich die ganze Zeit hier war. Ich meine, wer garantiert uns denn, dass er deren Namen nicht einfach selber eingetragen hat oder dass er nicht zwischendurch für einige Stunden weg war, ohne sich auszutragen.«

»Da hast du natürlich im Prinzip recht. Aber rechne mal nach, Beate: mindestens eine Stunde von hier bis nach Bad Freienwalde, vielleicht zwei Stunden für den Einbruch und den Mord, dann wieder eine Stunde, um zurückzufahren. Da hätte er ja fast nachdem er sich eingetragen hatte schon losfahren müssen.«

»Stimmt natürlich, Franz, aber vielleicht hat er ja genau das gemacht.«

Brandauer blieb stehen und sah seine Kollegin lange an. Dann machte er auf dem Hacken kehrt und ging mit zügigen Schritten zurück zum Tor, wo der Platzwart noch immer stand, weil er den beiden nachgeblickt hatte. Als er sich gerade umdrehte und gehen wollte, rief Brandauer ihm zu:

»Einen Augenblick bitte noch. Nur eine Frage.«

Der Platzwart hielt inne und wartete, bis Brandauer bei ihm war.

»Sagen Sie, Herr Müller, wird die Anlage eigentlich videoüberwacht?«

»Selbstverständlich!«

»Könnte ich mir eventuell mal die Aufnahmen ansehen?«

»Die vom 15. März?«

»Genau die.«

»Die gibt es nicht mehr. Die werden nach einer Woche automatisch gelöscht.«

Brandauer kratzte sich enttäuscht in den Haaren, hob den Arm zum Gruß und bedankte sich für die Auskunft. Die Neubert hatte am Wagen gewartet und mitbekommen, was die beiden sprachen. Als ihr Chef wieder neben ihr stand, sagte sie:

»Frag doch mal den Müller, ob er an dem Tag auch hier war.«

»Dass ist ne super Idee, Beate, aber ich gehe jetzt nicht noch mal zurück. Das ist mir zu blöd. Sollte ich anfangen, an dem Alibi zu zweifeln, ruf ich ihn an. Lass uns lieber was essen gehen.«

Sie stiegen ein und fuhren ins ‚la famiglia‘ zu Mario. Der Kommissar entschied sich wie meistens für Vitello Tonnato als Vorspeise und für die Linguine al Gamberoni als Hauptgang. Seine Kollegin begnügte sich mit einem Insalata Primavera.

Beide hatten sich auferlegt, beim Essen nicht über den Fall zu sprechen, was zur Folge hatte, dass man überhaupt nicht miteinander sprach. Als Mario den Hauptgang servierte, hatte es mit der Stille ein Ende.

Die Neubert sah ihrem Chef an, dass er sich schon seit geraumer Zeit am Riemen riss, um mit den Gedanken, die er hatte, nicht das selbst verordnete Gelübde zu brechen. Schließlich erlöste sie ihn:

»Nun red schon!«

Brandauer schob eine seiner Linguine ein paar Mal lustlos mit der Gabel auf seinem Teller hin und her, dann legte er die Gabel aus der Hand, sah die Neubert an und sagte:

»Wir hängen doch nur an dem Timmermann dran, weil wir noch immer völlig im Dunkeln tappen. Okay, es wäre von Vorteil für ihn gewesen, wenn Striezel ausgezogen wäre, aber das ist doch kein Grund,

jemanden umzubringen. Und jetzt, wo wir davon ausgehen, dass die Blue Boy das Tatmotiv war, müssten
wir uns doch fragen, ob und wie Timmermann von der
Marke hätte erfahren können. Und da finde ich ehrlich
gesagt keine Antwort drauf, Beate. Der hockt doch die
ganze Zeit in Köpenick. Ich sag dir, wir waren da
heute völlig verkehrt!«

»Wenn wir den Timmermann von unserer Liste streichen, haben wir nichts mehr, Franz«, erlaubte sich die
Kommissarin zu bemerken, als sie – wieder zurück im
Büro – am Wasserkocher stand, um sich einen Tee
zuzubereiten.

»Ich weiß, Beate, ich weiß.«

Brandauer hatte seinen Trenchcoat bereits an den
Haken gehängt und rollte seinen Schreibtischstuhl
langsam vor die Wand, an der sie ihre Notizen festgehalten hatten, setzte sich und stierte resigniert auf
die Markierungen. Nach einer Weile begann er, seine
Gedanken in Worte zu fassen.

»In meinem Gehirn sieht es im Augenblick aus
wie auf meinem Schreibtisch, Beate.«

»Welch grauenvolle Vorstellung!«

»Hilf mir doch bitte mal beim Denken.«

»Ich eile, Chef, ich eile.«

Sie entfernte den Teebeutel aus ihrer Tasse,
schnappte sich ihren Stuhl, schob ihn neben den von
Brandauer und setzte sich. Dann schlug sie ihre Beine
übereinander und warf ihren geflochtenen Zopf mit

einer lässigen Bewegung nach hinten. Jetzt starrten beide wortlos an die Wand.

Nach einer Weile sah sie diskret nach rechts zu ihm rüber. Brandauer holte tief Luft ... und atmete, ohne etwas zu sagen, wieder aus.

»Ja, ich höre«, versuchte sie ihn zu ermutigen. Brandauer holte erneut Luft.

»Striezel hatte niemandem etwas von der Marke erzählt«, stellte er plötzlich in den Raum. Die Neubert wusste, dass er jetzt ihre Kommentare brauchte.

»Auf keinen Fall!«

»Dann muss der Täter die Marke gesehen haben.«

»Wahrscheinlich.«

Brandauer sah sie irritiert an.

»Wieso nur wahrscheinlich? Fällt dir noch eine andere Möglichkeit ein?«

»Na ja, der Junge könnte es dem Täter erzählt haben.«

Der Kommissar dachte eine Weile über die Wahrscheinlichkeit dieses Aspektes nach. Dann schüttelte er vehement den Kopf.

»Nee, Beate, das würde ich erst mal ausschließen wollen, so, wie der Junge reagiert hat.«

»Okay, dann hat der Mörder sie gesehen.«

»Der Junge sagte aber, sie hätten sich immer nur ein Foto von der Marke angesehen und nie die Marke selbst.«

»Das muss ja unser Mörder nicht mitgekriegt haben. Außerdem kann es ja auch sein, dass Striezel sich die Marke öfter angesehen hat, wenn er allein war.«

»Aber ich kann mir nicht vorstellen, dass er dabei Selbstgespräche geführt hat. Der Junge sagte, Striezel hätte ihm die Geschichte der Marke erzählt und sie hätten sich dabei auch darüber unterhalten, wie wertvoll sie sei. Was, wenn das jemand mitgehört hat?«

»Ja glaubst du denn im Ernst, dass der Striezel abgehört wurde?«

»Nee, aber wenn das Gerüst schon zwei Wochen bevor der Mord passierte, dort stand, hätte theoretisch jemand vom Gerüst aus beobachtet haben können, wie der Junge und Striezel sich über die Briefmarke beziehungsweise das Foto gebeugt unterhalten haben.«

»Aber der Junge war immer nur nachmittags da. Dann hätte ja jemand vor seinem Fenster gesessen haben müssen, während die Arbeiter am Haus gearbeitet haben. Das finde ich eher unwahrscheinlich, Franz.«

»Ich finde, wir sollten den Jungen noch einmal vorladen, Beate. Der soll uns mal genauer erzählen, wie das ablief, wenn er bei Striezel war.«

Brandauer sah auf die Uhr, die über der Tür hing. Es war kurz nach halb drei.

»Ich denke, der müsste jetzt zu Hause sein. Ruf ihn doch bitte mal an und frage, ob er noch einmal rumkommen würde. Ich gehe mal eine rauchen.«

Brandauer erhob sich, nahm seinen Trenchcoat vom Haken und verschwand. Doch er ging nicht auf den Hof wie sonst, sondern zündete sich eine Zigarette an und machte sich auf den Weg zu Striezels Laden. Er wechselte die Straßenseite und als er an der Feuerwache angekommen war, blieb er stehen, blickte hinüber zum Laden und beobachtete die beiden Arbeiter auf dem Baugerüst, die inzwischen dabei waren, der Fassade einen neuen Putz zu verpassen. Im Augenblick schienen sie jedoch ihre Mittagspause zu machen.

Sie saßen in der oberen Etage auf den Holzbohlen des Gerüstes, mit dem Rücken an die Hauswand gelehnt, und hielten ihr Gesicht in die Sonne, die hin und wieder durch die Wolken durchkam. Von unten konnte man lediglich ihre Füße sehen, die ein Stück über die Holzbohlen hinausragten.

Die schwarz-gelben Absperrbänder hatte Hansen inzwischen entfernt. Eines der beiden Fenster war einen Spalt weit geöffnet. Brandauer ging hinüber auf die andere Straßenseite und warf einen Blick durch eines der beiden Schaufenster in den Laden. Blue Boy lag in der Auslage zwischen den Briefmarkenalben und schlief. Er war also doch irgendwie reingekommen.

Der Kater war offensichtlich erfolgreich auf Selbstversorgung umgestiegen, wenn er nicht schon immer unabhängig war, ging des Nachts auf Trebe und schlief sich tagsüber im Laden aus. Oder seine katzenverrückte Kollegin war zwischendurch im Laden gewesen und hatte ihm was zu fressen hingestellt.

Brandauer tat einen letzten Zug und trat seine Kippe aus. Als er sich zum Gehen abwenden wollte, blieb er an dem Seil hängen, mit dessen Hilfe die Arbeiter über einen Flaschenzug ihr Arbeitsmaterial in die oberen Etagen beförderten. Er tat einen Schritt zur Seite und ging weiter. Dann stutzte er und ging noch einmal zurück.

Er nahm das Seil in die Hand und ließ es langsam durch die Finger gleiten. Es war von der gleichen Art wie das, mit dem Erwin Striezel erhängt wurde, erkannte er schnell. Der Verdacht lag nahe, dass der Täter einfach von diesem Seil ein Stück abgeschnitten hatte.

»Na, das ist ja interessant!«, sagte er zu sich selbst, ließ das Seil wieder los und beeilte sich, zurück ins Revier zu kommen. Dort steuerte er sofort die Wache im Erdgeschoss an und riss die Tür auf. Brömel und Hansen waren, wie nicht anders zu erwarten, gerade am Essen.

»Servus, Jochen, Mahlzeit Hansen. Ich glaube, ich weiß jetzt, wo der Täter das Seil her hatte, mit dem Striezel erhängt wurde.

Hansen, ich muss Sie bitten, Ihre Pause kurz zu unterbrechen. Nehmen Sie sich einen Cutter oder ein scharfes Messer, gehen Sie zu dem Baugerüst und schneiden Sie ein Stück von dem Seil ab, das zu dem Flaschenzug gehört, der da am Gerüst montiert ist. Machen Sie das bitte so, dass es die Bauarbeiter nicht mitkriegen. Im Augenblick sitzen sie in der oberen Etage und machen gerade Mittagspause.«

»Geht klar, Chef!«

Hansen sprang auf und wollte nach seiner Dienstmütze greifen, da bremste ihn Brandauer aus.

»Nee, Hansen! Sie sollen da nicht mit Blaulicht, Martinshorn und quietschenden Reifen vorfahren. Ziehen Sie Ihre Uniform aus und einen Pulli oder was Ähnliches über. Sollten Sie erwischt werden, machen Sie sich unauffällig vom Acker. Am besten nicht Richtung Revier, sondern in die andere Richtung.«

»Verstehe!«

»Wenn Sie zurück sind, bringen Sie das Seilstück bitte gleich zu mir hoch.«

»Ich nehme am besten eine Tasche mit, oder?«

»Was wollen Sie mit der Tasche, Hansen?«

»Na, für das Seil.«

»Hansen! Ich brauche nicht zehn Meter, sondern zehn Zentimeter. Dafür braucht man keine Tasche.«

»Alles klar, Chef.«

Der Polizeimeister salutierte und verschwand. Brandauer ging hoch in sein Büro und erzählte der Neubert von seiner Entdeckung.

»Das ist ja interessant«, bemerkte auch sie nur. »Aber was sagt uns das?«

»Zunächst einmal nur, dass der Vollstreckung der Tat vielleicht doch keine lange Vorbereitung vorausgegangen war. Der Haken war bereits eingeschraubt und der Täter brauchte nur aus dem Fenster zu greifen und hatte das Seil dann schon fast in der Hand.«

Brandauer hatte gerade seinen Trenchcoat dem Kleiderständer übergeben und wollte sich setzen, als er merkte, dass der Thunfisch oder die Garnelen ein Grummeln in seiner Magengegend verursachten, dem er besser Beachtung schenken sollte. Er verließ noch einmal das Büro, ging aufs Klo und wusch sich anschließend gründlich die Hände.

Als er sich zum Papierhalter umdrehte, musste er feststellen, dass der schon wieder ohne Papier war. Die Reinigungskräfte waren einfach nicht auf Zack. Auf dem Flur sah er sich verstohlen nach allen Seiten um und verschwand kurz auf der Damentoilette, um sich dort die Hände abzutrocknen. Die war eigentlich nur für die Neubert da, denn die war seines Wissens zurzeit die einzige weibliche Mitarbeiterin auf dem Revier. Deshalb war der Behälter für das Papier hier auch noch gut gefüllt.

Er wollte schon ins Büro zurückgehen, da überlegte er, ob er sich nicht noch einmal den Lkw der Bauarbeiter näher ansehen sollte. Er hoffte, dass der kleine Abstecher zum Klo ihn nicht soviel Zeit gekostet hatte, dass die Arbeiter ihre Pause inzwischen beendet hatten, denn er wollte noch einmal einen Blick auf die Ladefläche des Lkw werfen und sich die Autonummer und die Adresse, die auf der Fahrertür stand notieren, ohne dabei beobachtet zu werden.

Forschen Schritts verließ er das Revier. Doch bereits nachdem er die Beethovenstraße überquert hatte, verlangsamte er das Tempo, weil er schon von Weitem sah, dass einer der Arbeiter gerade am Flaschenzug stand und dort mit irgendetwas beschäftigt war.

Er blieb stehen und fingerte vergeblich nach der Zigarettenschachtel. Doch die steckte in der Außentasche seines Trenchcoats. Deshalb verschränkte er nur die Arme, lehnte sich entspannt an das Mauerwerk des Gebäudes, vor dem er gerade stand, und wartete darauf, dass der Arbeiter wieder verschwinden würde. Einen Augenblick später sah der Arbeiter zu ihm rüber und kam plötzlich auf ihn zu.

Brandauer hatte sofort das sichere Gefühl, erkannt worden zu sein und wollte sich partout nicht ansprechen lassen. Deshalb machte er sich gemächlichen Schrittes wieder auf den Rückweg. Da er jedoch bald merkte, dass die Schritte hinter ihm immer näher kamen, wurde auch er allmählich immer schneller.

Kurz vor Kreuzung hatte der Arbeiter ihn eingeholt. Der Kommissar überlegte gerade, ob er einfach rechts abbiegen sollte, da bekam er von hinten einen Stoß in die Seite.

»Hat geklappt, Herr Kommissar!«

Der Arbeiter im Blaumann hielt ihm ein Stück Seil hin, das er in der rechten Hand hielt.

»Hansen?«, rief Brandauer erstaunt. »Mein Gott, haben Sie mich erschreckt. Wie sehen Sie denn aus? Ich hab Sie ja überhaupt nicht erkannt.«

Der Undercoveragent hatte wieder alle Register gezogen. Er hatte nicht nur eine verdreckte Arbeitsmontur ausfindig gemacht, sondern trug einen Schnäuzer und hatte eine braune Hornbrille auf.

Hinter seinem linken Ohr klemmte ein großer Bleistift. Selbst der obligatorische Zollstock in der Seitentasche seines Blaumanns fehlte nicht.

»Wo haben Sie das ganze Zeug her, Hansen? Das ist ja unglaublich.«

»Ach, ich habe mir im Laufe der Zeit einen kleinen Fundus angelegt, Herr Kommissar. Für Ihre Spezialaufträge.«

Brandauer nahm das Seilstück dankend entgegen, lieh sich den Bleistift von Hansen aus, verabschiedete sich und schlenderte noch einmal zurück zu dem Lkw. Auf der Ladefläche lagen unter zahllosen Gerüstteilen, Schellen, Schrauben, Muttern, Seile und Zementsäcke. Er sah sich kurz um, riss ein Stück Papier von einem der Zementsäcke ab und notierte sich die Adresse, die auf der Beifahrertür des Kabinenhauses stand. Dann machte er sich wieder auf den Weg ins Büro. Er nahm sich einen Kaffee und ließ sich nachdenklich in seinen Bürostuhl fallen.

»Weißt du was, Beate. Allmählich habe ich die Bauarbeiter in Verdacht. Ich frage mich auch, warum ich auf die nicht schon eher gekommen bin. Es hätte mich eigentlich schon stutzig machen müssen, dass die zwei Wochen lang vor seinem Fenster gearbeitet haben, ohne den Gestank wahrgenommen zu haben.«

»Das stimmt allerdings, Franz. Das ist schon auffällig«, fand auch die Neubert.

»Hansen war doch damals durch das offene Fenster in die Wohnung gelangt und hatte gesagt, er hätte den Verwesungsgestank sofort wahrgenommen – noch bevor er in der Wohnung war.«

»Stimmt, hatte er gesagt.«

»Und ich wette, mit etwas Mühe hätte man von draußen auch die Leiche sehen können. Das kann mir doch keiner erzählen, dass man in dem Job nicht geneigt ist, den Leuten ins Fenster zu gucken, wenn man die Gelegenheit dazu hat.«

»Dann sollten wir sie vielleicht befragen, Franz.«

»Im Prinzip natürlich schon. Aber das will gut überlegt sein, Beate. Ich will die nicht aufschrecken, ohne irgendwelche Beweise zu haben. Vielleicht wäre es besser, sie noch eine Weile in Sicherheit zu wiegen.«

»Glaubst du jetzt nicht mehr an einen einzelnen Täter, Franz?«

»Ich bin mir unsicher. Gut möglich, dass die beide gemeinsam das Ding durchgezogen haben.«

»Und was willst du jetzt machen?«

»Überlegen!«

Brandauer war aufgestanden, hatte seine Hände tief in den Hosentaschen vergraben und hatte wieder begonnen, schrittweise das Büro zu vermessen. Vor dem Fenster blieb er stehen und sah angestrengt nach draußen.

»Der Autonummer nach sind das Polen, Beate«, sagte er plötzlich. »Würde mich nicht wundern, wenn die kein Wort Deutsch sprechen.«

»Das sehe ich aber anders, Chef.«

Brandauer drehte sich erstaunt zu seiner Kollegin um und fragte:

»Wieso?«

Da fing sie plötzlich an, ihn mit betörender Stimme und verführerischem Blick auf Polnisch zuzutexten. Er hörte ihr mit offenem Mund zu und verstand nur Bahnhof.

»Seit wann sprichst du Polnisch, Beate?«

»Seit neununddreißig Jahren. Ich bin in der Nähe der polnischen Grenze groß geworden. Meine Mutter kommt aus Polen und ich bin zweisprachig aufgewachsen.«

»Und warum hast du mir das bis jetzt verschwiegen?«

»Ich nehme mal an, du wirst mir auch noch nicht alles von dir verraten haben, Franz.«

»Gut möglich. Und was hast du mir eben so erzählt? Waren das etwa irgendwelche schmutzigen Sachen?«, fragte er verschämt. »Ich meine, ... das klang irgendwie total erotisch.«

Die Neubert grinste ihn an und gestand ihm:

»Ich habe dir beschrieben, wie sexy die kleine, blaue Briefmarke aussieht, mit den vielen kleinen Sternchen am Rand und dir voller Begeisterung erzählt, wie scharf ich auf sie bin, Chef.«

»Okay, jetzt weiß ich, worauf du hinaus willst. Ohne Deutschkenntnisse hätten sie dem Gespräch zwischen Striezel und dem Jungen nicht folgen können und nicht erfahren, wie wertvoll die Marke ist.«

»Was hältst du denn davon, wenn wir wieder mal eine unserer berüchtigten Zeugenbefragungen durchführen, Franz.«

»Das ist eine hervorragende Idee, Frau Oberkommissarin. Geh doch mal hin und lade sie auf ein Pläuschchen zu uns ein. Am besten gleich heute im Anschluss an ihre Arbeit.«

Die Neubert erhob sich, schnappte sich ihre Jacke und nur wenig später stand sie mit den beiden wieder in der Tür.

»Da sind wir schon, Chef. Die beiden wollten gerade Schluss machen, saßen schon im Auto.«

»Na das hat ja gut geklappt.«

Brandauer war aufgestanden und hatte die beiden Stühle gegriffen, die an der Wand standen und sie vor seinen Schreibtisch gestellt.

»Setzen Sie sich doch bitte, meine Herren. Schön, dass Sie beide gekommen sind. Wir haben nur ein paar Fragen bezüglich des Todesfalls des alten Herren, der in dem Haus gewohnt hat, das Sie gerade neu verputzen ...«

Die Neubert hob ihre rechte Hand und wollte ihm dazwischenfahren, doch Brandauer streckte seine Hand aus und machte ihr damit unmissverständlich klar, jetzt nicht unterbrochen werden zu wollen und fuhr fort:

»... Wir gehen davon aus, dass der alte Herr am 15. des Monats, das war ein Samstag, ums Leben gekommen ist, und ich wollte Sie fragen, ob Sie an diesem Samstag auch gearbeitet hatten und uns eventuell irgendwelche ermittlungsdienliche Hinweise geben können.«

Die beiden sahen sich eine Weile an, dann sahen sie befremdet zu Brandauer und anschließend zur Neubert. Die hob noch einmal schüchtern ihre Hand, doch Brandauer wies sie erneut zurück.

»Wir fragen uns nämlich, wie es kommen kann, dass Sie nichts gerochen haben. Sie haben ja schließlich direkt vor seinem geöffneten Fenster jeden Tag an der Fassade gearbeitet.«

Die Kommissarin hatte während der ganzen Zeit ihren Arm gehoben und winkend auf sich aufmerksam gemacht. Brandauer hatte es aus dem Augenwinkel wahrgenommen und fragte sie ungehalten:

»Was willst du denn, Beate?«

»Darf ich mal kurz? Ich wollte nur sagen: Die verstehen kein Deutsch, Franz!«

Brandauer war außer sich.

»Kannst du das nicht gleich sagen, Mensch?«

»Du hast mich ja nicht gelassen!«

Er sprang auf, riss die Arme auseinander, sah sie groß an und fragte:

»Und nun?«

»Soll ich mal?«

»Ich bitte darum!«

Brandauer drehte sich um, ließ die Hände in seinen Hosentaschen verschwinden und stellte sich ans Fenster. Die Neubert rollte auf ihrem Bürostuhl ein Stück weit nach vorn und fing an, sich auf Polnisch mit den beiden zu unterhalten, die auf einmal

200

sehr gesprächig waren. Brandauer war fasziniert vom sinnlichen Klang ihrer Stimme und letztendlich froh, dass sie mit ihm im Alltag nur auf Deutsch kommunizierte. Nach etwa fünf Minuten verabschiedete sie sich von den beiden. ‚Do widzenia‘ hatte er noch verstanden. Das war aber auch alles. Sie standen auf und verschwanden.

»Wie?«, fragte er entrüstet, »du lässt die einfach gehen? Was ist, wenn die jetzt stiften gehen?«

»Werden sie nicht, Franz.«

»Und warum bist du dir da so sicher?«

»Weil sie's nicht waren!«

»So so! Und? Was haben sie gesagt?«

Die Neubert gab in groben Zügen den Inhalt ihres Gespräches wieder, das nicht sehr ergiebig war. Sie hatten mit dem Job erst am Montag begonnen. Davor war eine andere Firma zuständig, die nur den Auftrag hatte, den Putz abzuschlagen.

»Die Leute, die für diese Firmen arbeiten, hätten kein festes Arbeitsverhältnis, sagte der etwas stämmigere, sondern bekommen, wenn sie den Auftrag erledigt haben, ein paar Euro in die Hand gedrückt. Sie werden am ersten Tag mit einem Lkw zu ihrem Einsatzort gefahren, danach müssten sie selber sehen, wie sie dort hinkommen.

Die Chefs wissen in der Regel gar nicht, wer da für sie tätig ist, weil man gar keine Papiere vorzeigen muss. Ab und zu kommt mal jemand vorbei und kontrolliert, ob man auch arbeitet. Wenn man da zufällig gerade eine Pause macht, kriegt man einen mächtigen Anschiss, sagte der kleinere von den beiden.«

»Na super!«, fiel Brandauer dazu nur ein.

»Und was machen wir jetzt?«

»Feierabend, Beate, Feierabend. Da muss ich erst mal drüber schlafen. Montag sehen wir dann weiter.«

Der Kommissar griff sich gefrustet seinen Trenchcoat und die Leine, und schnalzte kurz. Rolex reagierte sofort und dann waren beide weg.

Das Runterfahren seines Rechners überließ er wie fast jeden Tag seiner Kollegin.

Kapitel 12

Montagmorgen um neun saßen beide wieder im Büro vor der Wand mit den Notizen und überlegten, wie es weitergehen soll.

»Ich denke, wir kommen nicht drumherum, nach Polen rüber zu fahren, wenn wir die Männer ausfindig machen wollen, die in den Wochen vor Striezels Ermordung auf dem Gerüst gearbeitet haben, Beate.«

»Wir können doch nicht einfach in Polen ermitteln, Franz«, erinnerte die Kommissarin ihn konsterniert an die Dienstvorschriften.

»Ich weiß, aber ohne einen konkreten Verdacht können wir die polnischen Kollegen auch nicht um Amtshilfe ersuchen. Es läuft ja noch nicht mal ein Ermittlungsverfahren gegen irgendjemanden. Wir können doch einfach mal zu der Firma fahren und ganz auf die Doofe nachfragen. Vielleicht rücken die ja ihre Namen raus.«

»Weißt du denn, wie die Firma heißt?«

»Auf den Türen des Kabinenhauses des Lkw stand die Adresse. Ich hab sie mir abgeschrieben.«

Brandauer griff in seine Hosentasche und kramte das zusammengeknüllte Stück Papier hervor. Er faltete es auseinander und reichte es seiner Kollegin.

Lukasz Szymanski
Remontowo
Cedynia
12 Willowa

»Das ist gleich hinter der Grenze, Chef, keine zwanzig Minuten von hier.«

»Dann lass uns da mal hinfahren, Beate. Nur so. Ich will mir hinterher nicht vorwerfen, das versäumt zu haben.«

Sie fuhren hin. Trafen sogar jemanden an. Man gab ihnen zu verstehen, dass sie, was den Einsatz der Arbeiter betrifft, mit einem karitativen Verein zusammenarbeiten würden. Dieser würde sich im sozialen Bereich engagieren und Menschen in Not tageweise eine Beschäftigung vermitteln. In der Regel seien dies junge, gescheiterte, oft obdachlose Menschen, die nicht einmal Papiere hätten, mit denen sie sich ausweisen können.

Brandauer kamen fast die Tränen vor Rührung. Er und seine Kollegin hatten schnell begriffen, in welchem Sumpf sie hier gerade zu versacken drohten und sahen zu, dass sie ihre Füße da wieder schnell rauskriegten.

Als sie wieder im Auto saßen, sagte die Neubert:

»Ist das hier noch Europa, Franz, oder wo sind wir hier gelandet?«

»Ich glaube, solche Strukturen findest du auch noch bei uns, Beate. Ich erinnere mich, dass ich als Student eine Zeit lang in München beim Sklavenhändler gearbeitet habe, so nannten wir den jedenfalls. Das ist zwar schon über dreißig Jahre her, aber es würde mich nicht wundern, wenn es diese Leute heute immer noch gibt.

Den Chef der Firma hast du in keinem Branchenbuch gefunden. An die Adresse war ich damals nur durch den Tipp eines Kommilitonen gekommen. Das ganze Unternehmen bestand nur aus einem angemieteten, leeren Raum. Da trafen sich morgens um sechs alle, die einen Job suchten. Um halb sieben kam dann einer rein und sagte:

‚Ich brauche heute fünf Leute auf dem Bau, sieben starke Burschen für eine Fabrik und drei Männer mit Führerschein Klasse 2.‘

Dann rissen alle die Arme hoch und der Typ verteilte uns. Wer nicht auserwählt war, musste wieder nach Hause gehen. Am Ende des Tages holte man seine Gage ab. Jeder, der da einmal gearbeitet hatte, sah zu, so schnell wie möglich etwas anderes zu finden, weil es in der Regel Knochenjobs waren, für die man nur einen Hungerlohn bekam.«

»Und was hast *du* da für Jobs gehabt?«

»Ich glaube, sogar die Stadtverwaltung hat mit dem Sklavenhändler krumme Geschäfte gemacht. Ich landete jedenfalls im Winter häufig bei der Stadtreinigung, kriegte einen Schneeschieber in die Hand gedrückt und habe dann mit vier anderen Studenten und einem Vorarbeiter Straßenkreuzungen von Eis und Schnee befreit. So weit ich mich erinnern kann, hatten die nicht einmal Handschuhe für uns.«

»Und was machen wir nun, Chef?«

»Lass uns zusehen, dass wir hier wegkommen, bevor wir eine Kugel im Rücken haben.«

Wieder zurück im Büro, beschloss der Kommissar:

»Ich will den Jungen noch mal sprechen, Beate. Er ist der Einzige, über den wir hier weiter kommen.«

»Okay, dann versuche ich, den Vater zu erreichen. Vielleicht kann er ihm übers Handy Bescheid geben, dass er nach der Schule noch mal rumkommen soll.«

Eine Stunde später, rief der Vater zurück, dass er Freddy eine Nachricht hat zukommen lassen und der ihm bestätigt hätte, gegen halb zwei im Revier zu sein.

Als die Neubert aufgelegt hatte, sagte sie:

»Ich denke, wir sollten uns um die Briefmarken kümmern, Franz.«

»Inwiefern?«

»Wenn die Mörder unseren Köder geschluckt haben und davon ausgehen, dass wir den Fall als Selbstmord zu den Akten gelegt haben, werden sie vielleicht nicht mehr lange damit warten, die Ware wieder abzustoßen.«

»Und was schlägst du vor?«

»Wir sollten zum Beispiel alle infrage kommenden Auktionshäuser informieren, uns Bescheid zu geben, wenn die Marken bei ihnen auftauchen.«

»Das ist eine sehr gute Idee, Frau Oberkommissarin. Und was ist, wenn sie die Marken einfach bei ebay einstellen?«

»Was Besseres könnte uns gar nicht passieren. Da hab ich schon vorgesorgt. Ich kriege sofort eine Push-Nachricht aufs Handy, wenn eine Marke namens *Blue Boy* angeboten wird.«

»Sehr gut! Kannst du das noch auf die *Hepburn*-Marke erweitern? Ich könnte mir vorstellen, dass sie die zuerst abstoßen würden, weil die nicht so auffällig ist.«

»Da hast du recht, Franz. Die hatte ich ganz vergessen.«

Sie hatte den Satz gerade beendet, da klopfte es an der Tür. Die Klinke bewegte sich langsam nach unten und ein Kopf erschien in der Tür.

»Pater Engholm«, reagierte Brandauer erstaunt. »Was verschafft uns die Ehre? Treten Sie ein.«

Er erhob sich und bot dem Pater einen Stuhl an.

»Ich will Sie gar nicht lange stören«, wollte er bescheiden abwehren, aber man insistierte nachdrücklich darauf, dass er sich doch setzen möge.

»Darf ich Ihnen heute vielleicht einmal einen Tee machen, Pater?«, bot sich die Neubert an.

»Gerne, gerne!«, nahm er dankend an, während er sich setzte, seinen Hut auf dem Schoß ablegte und sich die Hände rieb.

»Ist wieder kühl geworden, finden Sie nicht?«

»Wohl wahr!«, gab ihm Brandauer recht. »Der Frühling hat noch mal eine Pause eingelegt. Was haben Sie denn auf dem Herzen, Pater?«, eröffnete der Kommissar das Gespräch.

»Ach, mir ist da gestern noch etwas eingefallen, was mir keine Ruhe lässt.« Er machte mit einer Hand eine abwinkende Bewegung und fuhr fort: »Wahrscheinlich ist es völlig ohne Belang, aber ich wollte es Ihnen trotzdem erzählen, Herr Kommissar.«

Er beugte sich ein Stück vor und ließ den Hut nervös durch die Hände kreisen. Dann erzählte er, dass er seinen Freund auch den Samstag vor seinem Tod auf dem Wochenmarkt getroffen hatte. Sie standen gemeinsam am Käsestand und als Striezel an der Reihe war zu zahlen, fiel ihm auf, dass 50 Euro aus seiner Brieftasche fehlten. Er war sich zu hundert Prozent sicher, sie am Vortag noch gehabt zu haben.

»Er konnte sich das absolut nicht erklären«, berichtete der Pater weiter. »Er hatte keine Kundschaft gehabt, der Junge war nicht da gewesen und er hatte das Haus nicht verlassen gehabt. Es musste irgendjemand in seiner Wohnung gewesen sein, während er zu Hause war. Die Jacke, in der er sein Portemonnaie aufbewahrte, hatte er ja stets an der Treppe hängen.«

Im Hintergrund machte der Wasserkocher mit blubbernden Geräuschen auf sich aufmerksam. Die Neubert erhob sich, gab das kochende Wasser in die Teetasse für den Pater und stellte sie auf Brandauers Schreibtisch vor ihm ab.

»Vielen Dank, Frau Kommissarin.«

»Gerne.«

»Aber wenn er die Wohnung nicht verlassen hatte, hätte er ja was mitbekommen müssen«, gab sie zu bedenken.

»Das ist ja das Mysteriöse. Aber dann fiel ihm plötzlich ein, dass einer der Bauarbeiter mit einer blutverschmierten Hand am Tag davor in seinen Laden kam und ihn fragte, ob er vielleicht einmal sein Bad benutzen dürfte, um sich das Blut abzuwaschen.

Erwin hatte ihm das natürlich gestattet, ging aber selbst mit ihm ins Bad und ließ ihn keinen Augenblick aus dem Auge. Der kanns also auch nicht gewesen sein.«

Alle drei sahen sich ratlos an.

»Nun ja, ich hab ja schon gesagt, dass das für Sie wahrscheinlich nicht von Interesse ist, aber ich wollte es halt loswerden.«

»Ach Pater, wissen Sie, in dem Fall ist alles für uns von Interesse. Wir fischen leider noch immer in ziemlich trüben Gewässern.«

Der Pater führte seine Tasse zum Mund, pustete kurz und nahm vorsichtig einen ersten kleinen Schluck. Brandauer sah zu seiner Kollegin und überlegte:

»Sag mal, war da nicht noch irgendetwas, das wir den Pater fragen wollten?«

Beide dachten angestrengt nach, während Engholm erwartungsvoll von einem zum anderen sah. Aber es wollte ihnen nicht einfallen. Der Pater nahm noch einen letzten Schluck von seinem Tee, stand auf und streckte der Neubert den erhobenen Arm mit seinem Hut grüßend entgegen, bevor er ihn aufsetzte.

»Dann will ich Sie mal nicht länger aufhalten. Vielen Dank Frau Kommissarin für den wärmenden Tee und nichts für ungut.«

Er wollte sich schon zur Tür wenden, da sagte der Kommissar:

»Ach, eines vielleicht noch. Sagten Sie nicht in unserem ersten Gespräch, dass er sich hin und wieder von einer seiner wertvolleren Marken trennen musste, um seine Miete bezahlen zu können?«

»Ja, das kam vor.«

»Wissen Sie, wie er das machte? Ich meine ...«, versuchte sich Brandauer deutlicher zu erklären und bot dem Pater noch einmal den Stuhl an, » ... gab er sie auf eine Auktion oder inserierte er sie?«

Engholm setzte sich wieder und nutzte die Gelegenheit, noch einen Schluck Tee zu sich zu nehmen. Dann stellte er die Tasse ab und sagte:

»Ich glaube, er hatte da ein Auktionshaus in Frankfurt/Oder. Da ist er hin und wieder mit dem Zug hingefahren. In letzter Zeit half ihm allerdings der Junge dabei«, erklärte der Pater. »Er machte Fotos von den Marken und stellte sie für ihn ins Internet zum Verkauf. Ich weiß nicht, ob es schon dazu gekommen ist, aber so war wohl der Plan. Erwin hatte ja von so was keine Ahnung«, winkte er ab.

»Das war jetzt aber noch mal ein wertvoller Hinweis, Pater. Vielen Dank.«

Brandauer stand auf, hob den Arm flüchtig zum Gruß und beeilte sich, die Hand so schnell wie möglich in seine Hosentasche zu bekommen, bevor sein Gegenüber auf die Idee kam, ihm noch einen Handschlag abzuverlangen.

»Was meinst du dazu, Beate?«, fragte Brandauer seine Kollegin, nachdem der Pater die Tür hinter sich geschlossen hatte.

»Was die fehlenden fünfzig Euro betrifft, glaube ich, dass es der Arbeiter war. Ich hatte bei der Geschichte eben sofort gedacht, dass der seine Verletzung nur vorgetäuscht hatte, um sich Zutritt zur Wohnung zu verschaffen.«

»Ich habe noch einen ganz anderen Verdacht.«

»Nämlich?«

»Ich denke, dass die Diebe zu zweit arbeiteten, Beate. Der Pater sagte, dass der Arbeiter es nicht gewesen sein konnte, weil Erwin die ganze Zeit bei ihm war. Ich denke, dass das genau der Zweck der Sache war. Er sollte Striezel ablenken, während sein Komplize sich in der Wohnung umsah und bei der Gelegenheit den Fünfziger mitgehen ließ.«

»Und der Komplize ist durch das Fenster eingestiegen, das Erwin tagsüber für den Kater immer einen Spalt weit offengelassen hatte«, setzte die Kommissarin den Gedanken fort.

»Beate, ich denke, das gleiche Duo ist auch für den Mord verantwortlich. Wir müssen es ihnen nur noch nachweisen.«

»Dann sollte die Spusi vielleicht noch einmal Fingerabdrücke auf der Brieftasche von Striezel nehmen, oder?«

»Auf alle Fälle, Frau Oberkommissarin, auf alle Fälle!«

Brandauer griff zum Telefon und informierte sofort die Kollegen. Dann sah er auf seine Uhr – inzwischen hatte er sie auf die Sommerzeit umgestellt – und sagte:

»Komm, Beate, lass uns ne Kleinigkeit essen gehen, bevor der Junge kommt.«

Sie griffen sich Jacke und Mantel und machten sich auf den Weg zu Mario.

Eine gute Stunde später waren sie wieder zurück im Büro. Der Kommissar hatte sich gerade den Marker genommen und die Aufzeichnungen an der Wand durch den Hinweis ergänzt, wann Striezel die 50 Euro aus seiner Brieftasche entwendet wurden, da erschien Frederik im Büro.

Er hatte sein Skateboard unter dem Arm und das Cappy auf, das er bei Striezel liegen gelassen hatte.

»Komm rein, Freddy, schön, dass du gekommen bist«, begrüßte ihn die Kommissarin. Freddy lehnte das Board an die Wand und sah zu Rolex, der den Kopf gehoben hatte, als er eintrat.

»Darf ich ihn mal streicheln?«, fragte er den Kommissar schüchtern.

»Na ja, ausnahmsweise, weil du es bist, Freddy. Sonst darf das keiner.«

Der Junge bedankte sich lächelnd, ging zu dem Vierbeiner und strich ihm behutsam mit der Hand über den Kopf. Rolex schloss genüsslich die Augen und streckte ihm den Hals entgegen. Dann erhob sich der Junge und warf einen Blick auf die Fahndungswand. Allmählich schien er zu begreifen, was er vielleicht schon die ganze Zeit ahnte.

»Erwin ist ermordet worden, nicht?«, fragte er die Kommissarin.

»Ja, Freddy, das nehmen wir jedenfalls an. Und wir hoffen, dass du uns dabei helfen kannst, den Mörder zu fangen.«

Er setzte sich auf den Stuhl, den der Kommissar in der Zwischenzeit für ihn bereitgestellt hatte.

Umsichtig wie die Kommissarin war, hatte sie Cola besorgt und konnte sie diesmal dem Jungen anbieten.

Freddy beschrieb den beiden Kommissaren noch einmal genau, wie es an dem Tag war, als er das letzte Mal bei Erwin Striezel war: Wie sie sich zunächst etwas unterhalten hatten und wie sie dann nach oben gingen, um die Hausaufgaben zu erledigen. Dann seien sie wieder runter in den Laden gegangen, weil Erwin dort irgendwas mit seinen Münzen machen wollte. Er hätte ihm dabei Gesellschaft geleistet und sich indische Briefmarken angesehen.

»Hattet ihr euch auch noch das Foto mit dieser alten amerikanischen Briefmarke angesehen?«

Der Junge dachte eine Weile nach.

»An dem Tag glaube ich nicht. Aber ein paar Tage davor.«

»Kannst du dich noch daran erinnern, was ihr dabei gesprochen hattet, Frederik?«, wollte der Kommissar genauer wissen.

Der Junge überlegte erneut einen Augenblick angestrengt, dann hob er plötzlich den Zeigefinger, weil ihm etwas eingefallen war.

»Jetzt weiß ich wieder. Ich hatte ihn gefragt, wie es bei einer richtigen Aktion zugeht und ob er schon einmal auf einer war.«

»Auktion meinst du wahrscheinlich, Freddy, Auktion!«

»Ja, Auktion. Und dann haben wir uns den Spaß gemacht, so eine Aktion mal durchzuspielen.«

Brandauer verkniff es sich, den Jungen noch einmal zu korrigieren und ließ ihn weiter erzählen. Jetzt wurde der sonst so ruhige Junge plötzlich munter. Er sprang von seinem Stuhl auf und berichtete total engagiert mit strahlendem Gesichtsausdruck:

»Erwin war der Aktionator und ich habe laut die Preise gerufen. Und da Erwin keinen Hammer hatte, hat er seinen Schuh genommen und damit auf den Tisch gehauen. Das war lustig.«

Dann setzte er sich wieder, musste aber weiterhin lachen.

»Und als Erwin mit dem Schuh auf den Tisch haute«, fuhr er fort, »hatte es so geknallt, dass *Blue Boy* aufsprang und durchs Fenster abgehauen ist.«

»Das Fenster war also demnach offen, während ihr eure Versteigerung durchgespielt habt«, wollte der Kommissar noch einmal sicherstellen.

»Ja, auf alle Fälle. Ich weiß noch, wie *Blue Boy* über die Leiter auf die Straße runter flitzte.«

»Könntet ihr dabei eventuell beobachtet worden sein, Freddy?«

»Nee, wir waren ja allein.«

»Vielleicht von den Bauarbeitern, die draußen auf dem Gerüst arbeiteten?«, hakte Brandauer nach.

»Nee, eher nicht. Die machten, glaube ich, gerade Pause.«

»Woher weißt du das, Freddy?«

»Ich konnte einen der beiden sehen. Er saß eine Etage höher auf den Holzbrettern von dem Gerüst. Ich konnte seine Füße baumeln sehen.«

»Hast du die Bauarbeiter mal kennengelernt?«

»Nicht wirklich. Hab nie mit ihnen geredet. Die kamen, glaube ich, aus Polen. Aber wiedererkennen würde ich sie.«

Jetzt schaltete sich die Neubert noch einmal ein und fragte:

»Hatte Herr Striezel eigentlich noch andere seltene Marken außer der Blue Boy?«

»Klar! Er hatte sich vor allem auf Fehldrucke spezialisiert und auf Marken, die auf ganz seltenem Papier gedruckt wurden. Wollen Sie sehen? Hab sie alle fotografiert. Sollte sie eigentlich demnächst bei ebay einstellen. Erwin konnte so was nicht. Der hatte nicht einmal einen Computer.«

»Aber du konntest das?«

»Klar!«

»Und du hättest das ganz alleine hingekriegt?«, wunderte sich der Kommissar. »Ich meine, man braucht doch zum Beispiel einen Account bei *ebay*. Wird man da beim Anmelden nicht nach dem Alter gefragt?«

»Den Account hab ich ja unter seinem Namen angelegt«, erklärte Freddy, während er auf seinem Handy die Fotos suchte. »Wir waren zusammen bei meiner Mutter in der Bücherei. Da haben sie Internet. Und da haben wir das gemeinsam gemacht.«

»Und woher kannst du so was?«

»Na ich bin doch im Computerklub!«

»Na klar! Blöde Frage.«

Brandauer konnte es nicht fassen. Der unscheinbare Elfjährige entpuppte sich plötzlich als Computernerd.

»Könntest du uns auf unserem Rechner mal zeigen, welche Marken er bei *ebay* angeboten hat?«

Brandauer war aufgestanden und hatte dem Jungen seinen Stuhl angeboten. Der aber blieb sitzen und machte mit beiden Händen eine abwehrende Geste.

»So weit waren wir noch nicht. Wir wollten erst demnächst online gehen.«

Der Kommissar setzte sich wieder und schüttelte lächelnd den Kopf.

»Hast du von der *Blue Boy* auch ein Foto gemacht?«

216

»Nee, die wollte er jetzt noch nicht verkaufen.«

Der Junge hatte inzwischen die Fotos auf seinem Handy gefunden und reichte es der Kommissarin.

»Würdest du uns die Fotos eventuell zur Verfügung stellen, Freddy?«

»Na klar. Wenn Sie mir Ihre E-Mail-Adresse geben, schicke ich sie Ihnen.«

»Das wäre super, Freddy.«

Die Neubert nahm ein Visitenkärtchen aus ihrem Ständer und reichte es dem Jungen.

»Mache ich gleich, wenn ich nach Hause komme. Kann ich jetzt gehen?«

Der Junge blickte zwischen beiden hin und her. Brandauer nickte. Er war noch immer schwer beeindruckt. Freddy nahm sein Skateboard, setzte sein Cappy auf und hob kurz die linke Hand zum Gruß.

»Tschüs.«

Dann war er verschwunden. Die beiden Kommissare sahen sich über mehrere Sekunden fassungslos an.

»Beate, ich glaube, ich bin in den letzten fünf Minuten um zwanzig Jahre gealtert«, stellte Brandauer lakonisch fest. »Das ist doch unfassbar! Ich meine, der Bursche ist elf!«

»Tja Franz. Willkommen im 21. Jahrhundert.«

Zwanzig Minuten später bekamen sie eine Mail mit sechs Anhängen. Alles Fotos von Briefmarken, die mehr oder weniger nichtssagend aussahen, aber offensichtlich Seltenheitswert hatten.

Unter ihnen war auch der Fehldruck ‚*Kerstfest*‘ aus dem Jahr 2016. Eine Marke, die zum Weihnachtsfest ausgegeben werden sollte.

Sie enthielt die Aufschrift ‚*frohes Fest*‘ in vielen europäischen Sprachen. Aufgrund eines Rechtschreibfehlers im Niederländischen wurde die gesamte Auflage jedoch damals verworfen und die Marken mit der korrekten Schreibweise nachgedruckt.

Dennoch wurden damals einige der zurückgezogenen Marken durch wenige Postämter verkauft und kamen somit in Umlauf.

Die Neubert pflegte die Namen der neu hinzugekommenen Marken, die vermeintlich ebenfalls Teil des Diebesguts waren, bei *ebay* in die Suchmaske mit ein. Wenn jetzt eine dieser Marken auf der Internetplattform angeboten wurde, würde sie sofort eine Nachricht erhalten. Jetzt hieß es abwarten. Auch alle großen Auktionshäuser waren benachrichtigt. Mehr konnten sie nicht tun.

Kapitel 13

Mehrere Tage lang tat sich nichts. Die Kommissare widmeten sich der Aufgabe, die ihnen besonders viel Freude bereitete: dem Digitalisieren alter Fälle. Zwischendurch vergewisserte sich die Neubert immer wieder, dass bei *ebay* keine der gesuchten Marken angeboten wurde, während Brandauer im Internet die aktuellen Termine der infrage kommenden Auktionshäuser checkte.

Plötzlich ging die Tür auf und der Kollege Brömel stand in voller Breite im Raum.

»Franz, ich denke, ihr solltet mal mit runterkommen. Das dürfte euch interessieren.«

Der korpulente Kollege drehte sich ohne auf eine Reaktion der beiden zu warten um und verschwand wieder. Brandauer sah seine Kollegin irritiert an, die ebenso verwundert dreinsah. Schließlich erhoben sie sich und folgten dem Polizeihauptmeister hinunter in die Wache.

Auf der Wachstation angekommen, sahen sie eine alte Dame von kleiner Statur im Gespräch mit Polizeimeister Hansen. Der stand ihr gegenüber auf der anderen Seite des Tresens und machte sich Notizen. Die Alte erinnerte in ihrem kamelhaarfarbenen Zweireiher, dem geflochtenen Haar und der Handtasche wie sie da vor ihnen stand ein wenig an Ruth Gordon in der Rolle der Maude Chardin aus dem Film ›*Harold and Maude*‹. Nur schien sie deutlich älter zu sein.

Brömel stellte der etwa Neunzigjährigen seine Kollegen vor und bat sie, ihnen noch einmal kurz zusammenzufassen, was ihr zugestoßen war.

»Also das war so, Herr Kommissar. Ich wurde nämlich vorhin bestohlen, müssen Sie wissen. In meiner Wohnung!« Sie riss die Augen auf, hob zur Unterstreichung der Bedeutung des Gesagten den Zeigefinger der rechten Hand und fuhr fort: »Und wenn der Dieb ein Mann war – wovon ich ausgehe – kann ich noch von Glück sagen, dass da nicht noch mehr passiert ist.« Eine bedenklich winkende Handbewegung verlieh dem süffisanten Zusatz Nachdruck.

»Demnach waren Sie zu Hause, als es passierte«, versuchte der Kommissar die Sache zu forcieren.

»Das ist ja das Dreiste! Ich war gerade mit dem netten jungen Bauarbeiter auf der Toilette ...« Sie sah Brandauer schelmisch an und stupste ihn leicht mit dem Ellenbogen in die Seite. »Nicht, was Sie jetzt vielleicht denken, Herr Kommissar. Gott bewahre! ... Obwohl, wenn ich's mir so überlege«, unterbrach sie ihre Schilderung, »... gut ausgesehen hatte er ja. Er hatte so einen tollen, braun gebrannten, muskulösen Oberkörper, wissen Sie.«

Die Neubert beugte sich lächelnd zu der alten Dame hinunter, die deutlich kleiner war als sie, und holte sie aus ihren süßen Träumen zurück:

»Wie geht denn Ihre Geschichte nun weiter?«

»Ach so ja«, versuchte sie sich wieder zu sammeln. »Jedenfalls war ich die ganze Zeit, bestimmt zehn Minuten, allein mit dem jungen Mann im Bad. Er hatte sich nämlich an der Hand verletzt und wollte sich das ganze Blut abspülen.«

Sie verzog das Gesicht, streckte die Zunge heraus und schüttelte sich, als hätte sie die Szene mit der blutenden Hand noch genau vor Augen.

Die beiden Kommissare sahen sich einen Moment verstört an. Die Geschichte kannten sie doch?!

»Hinterher bot ich ihm noch einen Kaffee an. Ich dachte, er sollte sich nach dem Schock vielleicht noch etwas bei mir ausruhen, aber er lehnte ab. Als er wieder weg war, schloss ich das Fenster und griff meine Handtasche, um mich auf den Weg zum Feinkostladen zu machen. Da gibt es nämlich heute Gänseleberpastete im Angebot.«

Sie machte eine Pause und sah den Kommissar erwartungsvoll an.

»Erzählen Sie ruhig weiter, gnädige Frau«, ermunterte sie Brandauer.

»Na jedenfalls fehlen seitdem fünfzig Euro aus meinem Portemonnaie. Ich merkte es sofort, als ich beim Feinkostladen war. Das Geld kann nur in der Zeit weggekommen sein, als ich mit dem netten Mann auf der Toilette war. Ich hatte es mir nämlich erst kurz davor in die Börse gesteckt, müssen Sie wissen.«

»Und da sind Sie sich ganz sicher, gnädige Frau?«, wollte sich Brandauer vergewissern.

»Erzählen Sie mir jetzt bloß nicht, dass ich dement bin«, reagierte sie ungehalten. »Mein Gedächtnis funktioniert noch ganz hervorragend. Ich nehme nämlich seit Jahren jeden Tag diese Pillen, wissen Sie.« Sie kratzte sich an der Stirn und überlegte. »Mein Gott, wie heißen die gleich? ... Ich komm jetzt nicht drauf ... egal.« Dann schien es ihr wieder einzufallen. »Ginseng-Premium-Komplex. Genau! Kann ich Ihnen nur empfehlen, Herr Kommissar.«

»Okay, okay«, entschuldigte er sich, die Hände abwehrend gehoben.

»Haben Sie denn einen Verdacht, wer das Geld genommen haben könnte?«

»Ich habe keine Ahnung, Herr Kommissar. Aber genau deswegen bin ich ja hier.«

»Hatte ich Sie eben richtig verstanden, dass Sie vor dem Gehen noch Ihr Fenster geschlossen hatten?«

»Aber ja! Ich lass doch meine Fenster nicht offen, wenn ich nicht zu Hause bin.«

»Ich denke, dann weiß ich, wer das Geld genommen hat, gnädige Frau. Wir werden uns der Sache sofort annehmen und uns in den nächsten Tagen bei Ihnen melden.« Und an Hansen gerichtet fragte er:

»Haben Sie die Daten der Frau schon aufgenommen?«

»Ist bereits geschehen, Herr Kommissar.«

Brandauer bot der alten Dame zum Abschied seinen Unterarm an, um sie zur Tür zu geleiten.

»Ach eine Frage noch. In welchem Stock wohnen Sie?«

»Im Zweiten.«

»Und gehe ich recht in der Annahme, dass an der Fassade Ihres Hauses gerade Arbeiten vorgenommen werden?«

»Jaaa!«, entgegnete sie erstaunt. »Woher wissen Sie?«

»Tja, Berufsgeheimnis!«, antwortete er schulterzuckend mit einem Lächeln. »Ich hoffe jedenfalls, Sie haben daraus gelernt, und verbringen Ihre Zeit künftig nicht mehr mit netten, jungen Männern auf Ihrer Toilette.«

Als die Alte durch die Tür verschwunden war, klatschte Brandauer laut in die Hände.

»Frau Oberkommissarin, Brömel, Hansen, die Herrschaften holen wir uns. Ich denke, ihr solltet vorsichtshalber mitkommen, falls sie Sperenzchen machen sollten.«

»Nun mal sachte, Chef. Wollen wir da nicht erst mal drüber nachdenken?«

»Was willst du da großartig nachdenken, Beate? Wenn wir uns die jetzt nicht schnappen, sind sie womöglich morgen über alle Berge.«

»Warum sollten sie?«

»Na, wenn die Alte jetzt nach Hause geht und rumposaunt, dass sie gerade bei der Polizei war und eine Anzeige gemacht hat, glaube ich nicht, dass die beiden Burschen zugucken werden, wie wir sie abholen«, gab Brandauer zu bedenken.

»Und was machst du, wenn sie es abstreiten?«

»Dann nehmen wir sie vorläufig fest und zeigen ihnen, wie bei uns *Bed & Breakfast* funktioniert.«

Beide gingen noch einmal hoch, um Jacke und Trenchcoat zu holen, und auch Rolex machte lautstark deutlich, dass er dabei sein wollte. Er hatte ein Gespür für Showdown-Momente und wollte diesen auf keinen Fall verpassen.

Sie nahmen Brandauers Landrover, um möglichst unauffällig vorzufahren. Als sie alle im Wagen saßen und der Kommissar den Motor gestartet hatte, legte er den Arm auf den Beifahrersitz, drehte sich zu Hansen, der auf der Rückbank saß, und sah ihn fragend an.

»Wo fahren wir hin, Hansen?«

Hansen sah ihn verstört an und erwiderte:

»Zu der alten Dame, dachte ich.«

»Mann, Hansen!«, rollte der Kommissar die Augen. »Die Adresse! Wie lautet die Adresse?«

»Keine Ahnung!«

Brandauer schallte den Motor wieder aus.

»Was heißt hier ‚*Keine Ahnung*'? Ich dachte, Sie hätten die Daten von der Frau aufgenommen?«

»Ich hab vergessen, nach der Hausnummer zu fragen«, gab er kleinlaut zurück.

Brandauer holte tief Luft, aber bevor er entschieden hatte, wie er sie möglichst effektiv einsetzen könnte, kam ihm die Neubert zuvor und sagte mit beschwichtigender Intonierung: »Ist ja nicht so schlimm, Hansen. Nennen Sie uns einfach die Straße. Wir sehen ja dann, welches der Häuser eingerüstet ist. Nicht wahr, Chef?«

Brandauer ließ die Luft unverbraucht wieder entweichen und startete den Motor erneut.

»Frankfurter Straße wohnt sie, hatte sie gesagt.«

»Okay«, sagte Brandauer, »dann weiß ich sogar, welches Haus es ist. Fahre ja schließlich jeden Tag zwei Mal dran vorbei.«

Sie bogen vom Hof links in die Straße ein und an der zweiten Straße rechts. Bereits nach wenigen hundert Metern sahen sie auf der rechten Seite das alte zweigeschossige, eingerüstete Haus stehen. Sie verlangsamten ihre Fahrt und versuchten die beiden Arbeiter mit dem Auge ausfindig zu machen.

Sie hatten bereits einen Großteil des alten Putzes abgeschlagen und wären wahrscheinlich spätestens am darauffolgenden Tag fertig geworden. Man erblickte sie in der linken oberen Ecke des Hauses, wo sie sich laut hämmernd an die letzten Quadratmeter machten.

Die vier Polizeibeamten hielten etwa zwanzig Meter vor dem Haus und beobachteten die Gesuchten eine Zeit lang.

»Ich werde die beiden ansprechen und auffordern, runterzukommen«, erklärte der Kommissar den anstehenden Einsatz. »Ich kann nur hoffen, dass wir keine Gewalt anwenden müssen. Brömel, Hansen, ihr haltet bitte vorsichtshalber eure Schusswaffen bereit, falls sie zu türmen beabsichtigen. Aber bitte nur auf die Beine zielen, Hansen. Ich will hier kein Blutbad.«

»Selbstverständlich, Herr Kommissar.«

Sie stiegen aus dem Wagen und gingen langsam auf das Haus zu. Rolex hatte der Kommissar an die Leine genommen. Als sie unter der Stelle angekommen waren, wo die beiden arbeiteten, blieben sie stehen und sahen nach oben.

»Hallo!«, rief Brandauer. Als niemand reagierte, legte er beide Hände seitlich an den Mund und rief noch ein Mal.

»Haaallooo! Hören Sie mich?« Nach einem kurzen Moment hörte erst der eine, dann auch der andere mit dem Klopfen auf und beide sahen über die Brüstung nach unten.

»Was gibts?«

»Ich muss Sie bitten, mal kurz zu uns runter zu kommen, wir hätten da ein paar Fragen an Sie.«

»Keine Zeit, Mann, wir müssen hier arbeiten.«

Die jugendlichen Gesichter verschwanden wieder und das Klopfen fing wieder an.

»Ich denke schon, dass Sie Zeit für uns haben«, meldete sich der Kommissar noch einmal lautstark zu Wort. »Wir sind von der Polizei.«

Es wurde schlagartig ruhig. Aber die Gesichter tauchten nicht wieder auf. Offensichtlich überlegten die beiden, wie sie mit der Situation umgehen sollten. Flüchten konnten sie nicht. So viel war ihnen schnell klar. Also entschlossen sie sich nach einer kurzen Bedenkzeit, zunächst einen kooperativen Eindruck zu machen und ließen sich wieder blicken.

»Worum gehts denn?«, wollte der Gleiche von eben wissen. Man hörte deutlich seinen polnischen Akzent heraus.

»Vielleicht kommen Sie erst mal runter, dann müssen wir uns nicht so anschreien.«

Sie ließen ihre Hämmer fallen und stiegen gemächlichen Schritts die Leiter hinunter. Vorneweg der, mit dem Brandauer gesprochen hatte, hinterdrein mit etwas Abstand, der andere, der etwas jünger wirkte. Zumindest war er ein Stück kleiner.

»Halt deine Waffe schussbereit, Jochen«, raunte der Kommissar seinem Kollegen zu, »könnte sein, dass die gleich stiften gehen wollen, wenn ich ihnen sage, worum es geht.«

Brömel legte langsam seine rechte Hand ans Holster und entsicherte seine Waffe.

Als sie unten angekommen waren, baute sich der größere von beiden, der auch bislang das Sagen hatte, vor Brandauer auf, stützte die Hände in die Hüften und wiederholte seine Frage noch einmal. Der andere machte einen eher verängstigten Eindruck und hielt sich etwas im Hintergrund. Beide waren etwa achtzehn Jahre alt, vielleicht sogar noch nicht einmal das.

»Uns liegt eine Anzeige vor, wonach Sie in die Wohnung einer alten Dame im zweiten Stock eingedrungen sein sollen und ihr fünfzig Euro aus dem Portemonnaie entwendet haben.«

»Quatsch! Hat die Alte Ihnen das erzählt?«

»So ist es.«

»Blödsinn! Ich war bei ihr, um mir die Hände zu waschen. Sie hat mich förmlich dazu gedrängt und war die ganze Zeit dabei. Sie wollte mir sogar noch einen Kaffee aufschwatzen.«

»Darf ich Ihre Hände mal sehen?«

Der Angesprochene hielt sie ihm ahnungslos hin.

»Haben wirs hier mit Spontanheilung zu tun? Ich kann keine Verletzung erkennen.«

Er zeigte auf einen wenige Millimeter langen Ritz und sagte:

»War auch nicht doll, aber hat tierisch geblutet.«

»Und in der Zwischenzeit ist ihr Kollege durch das offene Fenster gestiegen und hat das Geld entwendet. Ist es nicht so?«

»Quatsch!«

Brandauer hielt ihm die offene Hand entgegen.

»Ich würde gern mal Ihre Papiere sehen wollen.«

»Die hat man uns neulich geklaut.«

»Dann muss ich Sie beide leider bitten, uns aufs Revier zu begleiten. Unser Wagen steht da hinten.«

»Bringen Sie uns nachher auch wieder zurück?«

»Das wird sich zeigen.«

»Dann muss ich noch mal aufs Gerüst, meine Tasche holen.«

»Tun Sie das, aber machen Sie keine Dummheiten. Meine Kollegen hätten keinen Spaß daran, Ihnen ein Loch in den Rücken schießen zu müssen.«

Der Angesprochene sah zu Brömel, der seine Hand immer noch an der Waffe hatte, drehte sich um und schwang sich mit einer schnellen Bewegung elegant auf das Baugerüst. Man sah, dass er da zu Hause war. Während er die Leiter hochstieg zur zweiten Etage, wandte sich Brandauer dem anderen zu.

»Hat man Ihnen auch die Papiere gestohlen?«

Er antwortete nicht, sondern sah durch den Kommissar hindurch.

»Müssen Sie auch noch Ihre Sachen holen?«

Wieder bekam Brandauer keine Antwort.

»Leiden Sie unter verbaler Verstopfung, oder was?«

Er sah weiter durch den Kommissar hindurch, als wäre er gar nicht da.

»Wir hätten unter diesen Umständen auch ein wirkungsvolles Abführmittel im Angebot.«

Brandauer hielt ihm seine Handschellen vor die Nase und ließ sie wie ein Uhrenpendel hin und her baumeln.

Als der Jüngling die Handschellen sah, bekam er Panik und rannte los. Hansen jedoch war sofort in einem beeindruckenden Laufstil hinter ihm her. Den Oberkörper weit nach hinten gelehnt, mit der Linken die Dienstmütze sichernd, hatte er den Flüchtenden bereits nach wenigen Metern eingeholt. Er stoppte ihn jedoch nicht, sondern sprintete weiter neben ihm her, als ginge es darum, als Erster am Briefkasten zu sein, der demnächst rechts vor ihnen am Straßenrand auftauchte.

Als sie ihn fast erreicht hatten, fuhr Hansen kurz seinen rechten Arm aus und gab dem Flüchtenden einen kurzen seitlichen Schubs. Was zur Folge hatte, dass der in vollem Lauf gegen den Briefkasten krachte und unter erheblichen Schmerzen zusammenbrach.

Hansen stoppte langsam ab, drehte um und sammelte den Gestürzten auf. Er musste nicht einmal einen Polizeigriff anwenden, um ihn abzuführen, weil er sich so vor Schmerzen krümmte, dass nicht mit einem erneuten Fluchtversuch zu rechnen war.

»Wusste gar nicht, dass Kollege Hansen so schnell ist«, sagte Brandauer zu Brömel, während sich der junge Kollege, mit dem Geflüchteten auf den Rückweg machte.

»Doch, doch, der war Jugendmeister über hundert Meter in seinem Jahrgang, hatte er mir mal erzählt. Allerdings ist über längere Strecken kein Blumentopf mit ihm zu gewinnen.«

»Dann hatten wir also Glück, dass der Briefkasten nicht weiter weg stand.«

»Kann man so sagen.«

Inzwischen waren beide wieder zurück. Brandauer gratulierte Hansen zu seinem Fang und wandte sich an den Arbeiter.

»Wie Sie sehen, hätten Sie sich das sparen können, junger Mann. Dabei können Sie noch von Glück sagen, dass der Kollege nicht auf Sie geschossen hat.«

Inzwischen war der andere, der wahrscheinlich etwas älter war, wieder zurück. Er hatte mitbekommen, was passiert war und dass der Kommissar seinem Freund die Leviten las und sagte:

»Das können Sie vergessen. Der spricht kein Wort Deutsch.«

»Dann sagen Sie Ihrem Kollegen jetzt bitte, dass wir zusammen aufs Revier fahren und er keinen Ärger mehr machen soll.«

Der vermeintlich ältere sprach einige Worte mit dem anderen, der sich noch immer vor Schmerzen den Bauch hielt und dann machte man sich auf den Weg zum Fahrzeug. Weil der Platz im Wagen nicht für alle ausreichte, bot sich die Neubert an, zu Fuß zum Revier zurückzugehen.

»Dann fahr du und lass mich zu Fuß gehen, Beate. Dann kann ich gleich noch mit Rolex Gassi gehen«, schlug Brandauer vor und drückte ihr seine Autoschlüssel in die Hand. Während die anderen zum Wagen gingen, ging er mit dem Hund noch einmal zurück zum Baugerüst, band ihn dort flüchtig an und kletterte das Gerüst hoch, bis auf die oberste Etage.

Nach fünf Minuten hatte er gefunden, wonach er dort gesucht hatte, und beendete seine Exkursion. Auf dem Weg zurück zum Revier kam ihm auf halber Strecke die alte Dame entgegen.

»Wir haben die beiden soeben verhaftet, gnädige Frau.«

»Na das ging ja schnell. Krieg ich denn meine fünfzig Euro wieder zurück?«

»Wir müssen abwarten, ob wir sie bei einem der beiden finden«, schmunzelte er. »Und dann ist noch die Frage, ob wir ihnen nachweisen können, dass der Schein von Ihnen ist.«

»Das sollte kein Problem sein. Der Schein hatte an einer Ecke einen kleinen blauen Tintenfleck.«

»Okay, das macht die Sache etwas einfacher. Wir melden uns dann in den nächsten Tagen bei Ihnen, gnädige Frau.«

Brandauer verabschiedete sich und setzte seinen Weg fort. Zehn Minuten später hatte er das Revier erreicht.

Die beiden jungen Fassadenarbeiter saßen bereits im Verhörzimmer. Ihnen gegenüber saß die Neubert, während Hansen neben der Tür an der Wand lehnte, als Brandauer den Raum betrat. Er nahm auf dem leeren Stuhl neben seiner Kollegin Platz und erkundigte sich bei ihr, ob die beiden sich benommen haben oder ob es Schwierigkeiten gab.

Die Kollegin schüttelte nur kurz den Kopf und dann startete Brandauer sein Verhör. Er hatte sich keine Strategie zurechtgelegt, sondern wollte alles davon abhängig machen, wie die beiden reagieren würden.

»Verraten Sie mir, wie Sie heißen? Ich meine, ich muss Sie ja schließlich irgendwie anreden.«

»Ich bin Piotr ...«, antwortete der Angesprochene und mit Verweis auf seinen kleineren Kumpel, »... und das da ist Marek.«

»Wenn Ihr Kollege kein Deutsch versteht, müssen Sie ihm bitte alles Wichtige zwischendurch übersetzen, denn bei uns hier spricht niemand Polnisch.«

Brandauer verkniff es sich, seine Kollegin mahnend anzusehen, doch er spürte, dass sie verstanden hatte. Die Finte des Kommissars sollte im Verlauf des Gespräches noch von Bedeutung sein.

»Haben Sie sich schon entschieden, ob Sie geständig sein wollen?«

»Wie wollen Sie uns denn beweisen, dass wir die Alte beklaut haben?«

»Nun, wir könnten zum Beispiel eine Leibesvisite vornehmen und mal sehen, ob wir bei einem von Ihnen den Fünfzigeuroschein finden würden.«

Der junge Mann breitete einladend die Arme aus.

»Nur zu! Tun Sie sich keinen Zwang an.«

»Aber Sie wissen ja selbst, dass wir uns die Mühe sparen können, richtig?«

»Richtig, Herr Kommissar. Weil wir es nämlich nicht waren.«

»Falsch, junger Mann, weil Sie die Gelegenheit, Ihre Tasche zu holen dafür nutzten, den Schein unter Ihrem Hammer zu verstecken.«

Brandauer griff in seine Jackentasche und holte den Schein hervor.

»Das ist aber mein Geld. Das habe ich heute von zu Hause mitgebracht.«

»Verstecken Sie Ihr eigenes Geld immer auf dem Baugerüst unter Ihrem Werkzeug? Hat Ihre Hose keine Taschen?«

»Ich wollte nicht, dass es mir aus Versehen aus der Tasche fällt.«

Brandauer machte eine wegwerfende Handbewegung.

»Lass doch den Unsinn, Junge. Das ist unter meinem Niveau. Ich habe die alte Dame auf dem Rückweg getroffen, und sie hat mir den Schein beschrieben. Er hat an einer Ecke einen kleinen blauen Fleck.«

Brandauer faltete den Schein auseinander und sah ihn sich genauer an. Es war der gesuchte Schein. Er legte ihn vor Piotrs Nase und zeigte ihm die Stelle.

»Ihr habt die Masche übrigens nicht zum ersten Mal durchgezogen. Schon auf eurer letzten Baustelle habt ihr einem alten Mann auf diese Weise fünfzig Euro gestohlen.«

»Beweisen Sie's!«

»Mensch Junge, hör endlich auf, uns für dumm zu verkaufen. Marek hat seine Fingerabdrücke auf dem Portemonnaie des Alten hinterlassen.«

Das war zwar noch nicht erwiesen, weil man noch keinen Abgleich hatte vornehmen können, doch war sich der Kommissar seiner Sache sehr sicher.

»Nur seid ihr einen Schritt zu weit gegangen, als ihr euch eine Woche darauf entschieden habt, den Alten wegen ein paar alter Briefmarken umzubringen.«

Piotr sah erst den Kommissar und dann Marek völlig entsetzt an. Dann sprang er auf, sagte irgendetwas auf Polnisch zu ihm, drehte sich wieder zu Brandauer um und flehte kleinlaut:

»Hören Sie, Herr Kommissar, wir haben dem Alten kein Haar gekrümmt. Ehrlich. Okay, wir haben auch ihm einen Fuffi geklaut, aber mehr war da nicht, ehrlich.«

Auch sein Kumpel verlor inzwischen die Contenance und redete auf seinen Kollegen lautstark in polnischer Sprache ein.

»Ich schlage vor, wir lassen euch für einen Moment allein, und ihr überlegt euch in aller Ruhe, wie ihr dazu Stellung nehmen wollt und ob ihr vielleicht einen Anwalt zurate ziehen möchtet.«

Brandauer erhob sich und gab seinen Kollegen ein Zeichen, gemeinsam mit ihm den Raum zu verlassen. Draußen stellten sie sich vor das Spiegelfenster, schalteten den Lautsprecher ein und hörten sich das Kammerspiel an, das die beiden hinter der Glasscheibe aufführten.

Brandauer schob sich eine Zigarette in den Mundwinkel, verkniff es sich aber, sie anzuzünden und sah die Neubert fragend an:

»Was erzählen die sich, Beate?«

»Die sind völlig von der Rolle. Entweder sind die beiden total ausgebufft und rechnen damit, dass jemand von uns Polnisch spricht und sie abgehört werden, oder sie haben mit dem Mord tatsächlich nichts zu tun, Franz.«

»Ich denke eher das Zweite, Beate. Das Ding mit den Briefmarken ist für die jungen Burschen einige Nummern zu groß. Guck dir diese Milchgesichter doch mal an. Das sind doch noch Lausbuben. Denen geht doch gerade der Arsch auf Grundeis.«

In der Tat zeigten sich die beiden völlig aufgelöst. Der kleine Marek hielt sich noch immer mit schmerzverzerrtem Gesicht die Hand vor die Brust und flennte, während Piotr wie ein Tiger auf und ab lief und sich die Haare raufte.

»Außerdem würde das überhaupt keinen Sinn machen. Die entwenden doch nicht im Wert von über einer Million Euro Briefmarken, um einige Wochen später das Risiko einzugehen, bei einem Diebstahl von fünfzig Euro erwischt zu werden.«

Jetzt fing auch Brandauer, die Hände tief in seinen Taschen vergraben an, vor dem Verhörraum hin und her zu tigern. Nach einer Weile sagte er:

»Komm, lass uns wieder reingehen. Das kann sich ja keiner mit ansehen.«

Sie hatten noch gar nicht alle den Raum wieder betreten, da schoss Piotr auf den Kommissar zu, packte ihn am Mantelärmel und gestand ihm unter Tränen:

»Okay, okay, wir haben auch dem Alten fünfzig Euro geklaut, aber mit einem Mord haben wir wirklich nichts zu tun, Herr Kommissar. Wir haben den Alten gar nicht angefasst. Ich schwöre.«

»Da wir eure Fingerabdrücke in der Wohnung gefunden haben, werdet ihr ein Problem haben, euch da rauszureden, Jungs.«

»Aber Marek hat auf der Suche nach Bargeld natürlich alles Mögliche angefasst, Herr Kommissar.«

»Und wie wollt ihr mir erklären, dass ihr zwei Wochen lang vor dem offenen Fenster auf dem Gerüst rumgeturnt seid, ohne den Erhängten registriert oder wenigstens den Verwesungsgestank wahrgenommen zu haben?«

»Wir waren ja auf der Seite längst fertig und haben die letzten Tage nur noch auf der anderen Seite des Hauses gearbeitet.«

Dies leuchtete dem Kommissar ein und deckte sich im Nachhinein auch mit seiner Erinnerung. Er fuhr ja täglich an dem Haus vorbei.

»Dann erwarten wir jetzt von euch ein vollumfassendes Geständnis.«

Und dann erzählte Piotr aus freien Stücken, dass sie den Trick mit der verletzten Hand schon einige Male durchgezogen hatten, immer nur bei alleinstehenden, alten Leuten, weil die in der Regel ein so schlechtes Gedächtnis hätten, dass sie selbst gar nicht wussten, was sie gerade im Portemonnaie hatten oder weil man ihnen spätestens bei einer Anzeige unterstellen würde, dass sie sich nicht mehr richtig erinnern würden.

Die Gefahr, erwischt zu werden, sahen sie demzufolge als eher gering an. Bislang war auch immer alles gut gegangen. Und es wären auch nie mehr als fünfzig Euro gewesen, die sie hatten mitgehen lassen.

Er unterbrach seinen freigiebigen Vortrag immer wieder mit der flehenden Bitte, Gnade walten zu lassen, verbunden dem Versprechen, es auch nie wieder zu tun.

Brandauer wurde allmählich weich. Am liebsten hätte er auch auf eine Anzeige wegen Einbruch oder Diebstahl verzichtet, weil es ihm schon vor der unvermeidbaren Zusammenarbeit mit den polnischen Behörden graulte.

»Wie alt seid ihr eigentlich?«

»Ich bin siebzehn und Marek ist sechszehn.«

‚*Oh Mann, noch halbe Kinder*‘, dachte Brandauer.

»Wenn ihr von mir ein Entgegenkommen erwartet, erwarte ich von euch vollste Unterstützung bei der Überführung der wahren Mörder, dass das klar ist.«

»Völlig klar, Herr Kommissar.«

Piotr übersetzte das Gesprochene für seinen Freund, der noch immer den Kopf hängen ließ, und verpasste ihm einen aufmunternden Klaps gegen den Oberarm, weil er die Hoffnung hatte, dass sie noch mit einem blauen Auge aus der Nummer rauskommen würden.

Brandauer beobachtete einerseits eine gewisse Erleichterung in ihren Gesichtern, andererseits machte Marek noch immer einen recht zerknirschten Eindruck.

»Hat sich dein Freund verletzt?«, erkundigte er sich.

Piotr gab die Frage weiter und erhielt eine Antwort auf Polnisch.

»Er glaubt, dass er sich einige Rippen gebrochen hat.«

»Dann sollten wir besser einen Krankenwagen holen«, schlug Brandauer vor.

»Das geht nicht, Herr Kommissar«, wiegelte Piotr ab. »Er ist nicht in Deutschland krankenversichert.«

»Aber ich kann nicht riskieren, dass der mir hier womöglich noch mit nem Pneumothorax kollabiert.«

Brandauer sah seine Kollegin fragend an.

»Ich kann mit ihm zu Dr. Albrecht rübergehen und ihn mal kurz draufgucken lassen.«

»Gute Idee, Beate, mach das. Und Hansen, Sie sind bitte so nett und geben der alten Dame die 50 Euro zurück. Ich hatte es ihr vorhin versprochen.«

Nachdem die drei den Raum verlassen hatten, führte der Kommissar sein Verhör fort.

»Wenn ihr selber nicht die Marken geklaut habt, habt ihr irgendjemandem von der Marke erzählt?«

Piotr sah den Kommissar entgeistert an und runzelte die Stirn.

»Von welcher Marke?«

»Von der *Blue Boy*.«

»Was für ner *Blue Boy*? Was erzählen Sie da?«

»Ihr habt doch den Jungen und den Striezel belauscht.«

»Hä? Wovon reden Sie, Kommissar? Wir haben niemanden belauscht.«

Brandauer sah sein Gegenüber prüfend an und fragte sich, ob der ihn gerade verarscht oder ob er völlig daneben lag mit seiner Theorie.

»Du willst mir also erzählen, dass du nichts von einer wertvollen Briefmarke weißt.«

»Ehrlich, ich hab keine Ahnung.«

Jetzt sprang der Kommissar auf und begann, wieder die Hände in den Hosentaschen vergraben im Raum auf und ab zu tigern, den Blick starr auf den jungen Burschen gerichtet.

»Und du erzählst mit hier keinen Scheiß?«

»Ehrlich, Mann, ich hab keine Ahnung, wovon Sie reden.«

»Wann ward ihr eigentlich das letzte Mal da?«

»Auf der Baustelle? An einem Samstag. Wir mussten an dem Wochenende unbedingt fertig werden und hatten es bis Freitag nicht geschafft.«

»War das Samstag, der 15.?«

»Kann sein.«

»Und wann habt ihr den alten Striezel zum letzten Mal gesehen?«

»Das war an dem Samstag. Er kam wahrscheinlich gerade vom Wochenmarkt, jedenfalls hatte er die Tasche voll Gemüse, und wollte in seinen Laden. Da fuhr ein Taxi vor und hielt mit quietschenden Reifen vor seinem Laden an. Ein Mann stieg aus und quatschte den Alten an.«

Brandauer wurde hellhörig, als er das hörte.

»War das ein Fahrgast oder der Fahrer?«

»Der Fahrer.«

»Kannst du ihn beschreiben?«

»Er war ziemlich kräftig. Hatte eine schwarze Lederjacke an und so eine Lederkappe auf.«

»Würdest du ihn wiedererkennen?«

»Nee, ich hab ihn ja nur von oben gesehen.«

»Und was passierte dann?«

»Er ging mit in den Laden und da haben sie laut gestritten. Nach einer Weile kam er wieder raus und knallte die Tür hinter sich zu. Wir dachten schon, die Scheiben würden rausfliegen.«

Brandauer freundete sich langsam mit dem Gedanken an, dass der Junge die Wahrheit sagte, was sein ganzes Gedankengebäude schlagartig wie ein Kartenhaus zusammenbrechen ließ. Er musste wieder ganz von vorn anfangen.

Eine ganz andere Sache war die, dass er nicht recht wusste, was er mit den beiden Burschen machen sollte. In jedem Fall mussten sie die Verantwortung für ihr Handeln übernehmen. Er versuchte sich vorzustellen, wie die Karriere der beiden Aussehen würde, wenn er alle Register einer Strafverfolgung ziehen würde.

»Wohnt ihr eigentlich noch zu Hause?«

»Ich wohne bei meiner Mutter, aber die ist nie da. Mein Vater ist gleich nach meiner Geburt abgehauen und meine Mutter schafft irgendwo in Frankfurt/Oder an. Die kommt nur ab und zu mal nach Hause. Und Marek ist von zu Hause abgehauen und wohnt seitdem bei mir.«

»Seid ihr schon mal mit dem Gesetz in Konflikt gekommen?«

»Mich hat man mal beim Mopedfahren ohne Führerschein erwischt, als ich vierzehn war«, erklärte Piotr bereitwillig.

‚Die würden vermutlich noch nach Jugendstrafrecht verurteilt werden und eine Strafe auf Bewährung

erhalten', dachte sich Brandauer, *, vielleicht verbunden mit irgendwelchen gemeinnützigen Aufgaben.'*

Er überlegte, ob er das ganze Verfahren und den damit verbundenen bürokratischen Aufwand nicht verkürzen könnte. Aber dazu gehörte nach seinem Verständnis auch, den beiden erst mal einen gehörigen Schrecken einzujagen.

»Ich überlege, was ich mit euch machen soll, Piotr. Ich denke, ich werde euch über Nacht hierbehalten müssen, um euch morgen dem Haftrichter vorzuführen.«

»Bitte nicht einsperren, Herr Kommissar, bitte nicht«, flehte ihn der Junge mit gefalteten Händen an. »Das überlebt Marek nicht. Der wurde als Kind ständig von seinem Vater eingesperrt. Tun Sie ihm das nicht an. Wir machen auch alles, was Sie wollen.«

Brandauer fand es irgendwie rührend, wie sich Piotr für seinen Freund einsetzte.

»Hierbleiben müsst ihr auf alle Fälle. Ich werde dann morgen entscheiden, was ich mit euch mache. Wenn meine Kollegin mit Marek zurück ist, bringen wir euch was zu essen in die Zelle.«

Kapitel 14

Auf dem Röntgenbild konnte man erkennen, dass Marek sich bei dem Aufprall auf den Briefkasten zwei Rippen angebrochen hatte. Dr. Albrecht meinte jedoch, dass die nur konservativ behandelt werden müssen, und verschrieb dem Jungen lediglich ein Schmerzmittel.

Als Hansen bei der alten Dame klingelte, um ihr die fünfzig Euro zu übergeben, dauerte es eine ganze Weile, bis er Schritte auf dem Flur hörte. Dann vernahm er ihre Stimme:

»Augenblick, ich kann nicht so schnell.«

Als er merkte, wie sie durch den Spion sah, stellte er sich so ins Sichtfeld, dass sie ihn und seine Uniform gut erkennen konnte, und nahm Haltung an. Sie öffnete die Tür einen Spalt weit und schenkte ihm ein freundliches Lächeln.

»Ach, der Herr Inspektor. Das ist ja reizend, dass Sie vorbeischauen. Sie wollen mir doch nicht etwa mein Geld zurückgeben?«

Hansen ließ den Inspektor mit augenfälligem Stolz durchgehen, klemmte seine Dienstmütze unter die Achsel und ließ den Brustkorb anschwellen.

»Doch, doch, liebe Frau. Genau das möchte ich.«

»Das ist ja nett. Kommen Sie doch rein. Kann ich Ihnen was anbieten?«

Sie geleitete ihn ins Wohnzimmer, brauchte dafür aber einige Zeit, weil sie etwas humpelte und sich an der Wand abstützte.

»Nein danke, ich hab leider wenig Zeit. Man braucht mich auf dem Revier wieder. Aber sagen Sie, warum hinken Sie heute?«

»Ach, das ist eine dumme Sache. Ich habe mir vorhin das Knie verdreht. Eigentlich müsste ich zum Arzt. Aber ich weiß nicht, wie ich da hin kommen sollte.«

»Soll ich Ihnen einen Krankenwagen rufen?«

»Ich glaube, so schlimm ist es nun wieder auch nicht. Ich werde das Bein wohl einfach eine Weile schonen müssen.«

»Wie Sie meinen.«

Er öffnete sein Portemonnaie, entnahm ihre fünfzig Euro und überreichte sie feierlich.

»Ich habe den Dieb persönlich gestellt, wenn ich mir die Bemerkung erlauben darf.«

»Wirklich? Ach das ist ja toll. Na dann muss ich Ihnen doch wenigstens einen kleinen Schnaps anbieten.«

Hansen winkte freundlich ab.

»Vielen Dank, aber ich bin im Dienst. Außerdem trinke ich kein Alkohol.«

»Nicht mal so nen Kleinen?«

Sie griff zu einer Likörflasche, die auf dem Tisch stand, füllte ein Schnapsglas und hielt es ihm unter die

Nase. Der Polizeimeister wehrte noch einmal freundlich ab.

»Wirklich nicht. Vielen Dank gnädige Frau.«

»Na dann muss ich mich wohl opfern.«

Sie zuckte enttäuscht mit den Schultern, setzte das Glas an den Mund und kippte es hinter.

Hansen verbeugte sich mit den Worten:

»Es war mir ein Vergnügen, Frau Winkler. Setzen Sie sich ruhig und schonen Sie Ihr Knie. Ich finde allein den Weg nach draußen.«

Hansen ging ab und war zwanzig Minuten später wieder auf dem Revier.

Bei allem Unglück kam Brandauer diese Entwicklung durchaus zupass. Er verdonnerte die beiden Eindringlinge nach zunächst wüsten Androhungen dazu, der alten Dame, bis sie wieder gehen konnte, zweimal wöchentlich im Haushalt zu helfen: Müll runterbringen, kleine Einkäufe erledigen und dergleichen. Er selber würde es überwachen und sich jeden Tag erkundigen, ob sie sich daran hielten.

Sie ließen sich darauf ein und auch Frau Winkler war damit einverstanden, als der Kommissar ihr versicherte, dass er die Aktion persönlich begleiten wird.

Die beiden jungen Burschen hätten ihm fast die Füße dafür geküsst, als sie hörten, dass die alte Dame unter diesen Umständen bereit war, von einer Anzeige abzusehen.

Der Fall Striezel hingegen bereitete den Kommissaren weiterhin einiges Kopfzerbrechen. Sie standen wieder ganz am Anfang ihrer Ermittlungen.

»Wir werden wohl als nächstes Freddys Vater einbestellen müssen, Beate. Die Beschreibung des Mannes, der am Tag seiner Ermordung mit ihm in seinem Laden gestritten hatte, deutet eindeutig auf ihn hin, findest du nicht?«

»Sehe ich auch so, Chef. Soll ich ihn anrufen?«

»Nee, lass mal, mach ich selbst.«

Brandauer griff zum Telefon und hatte Herrn Kowalski kurz darauf an der Strippe. Der war gerade mit dem Taxi unterwegs und sagte ihm zu, bei nächster Gelegenheit im Kommissariat vorbeizuschauen. Der Kommissar beendete das Gespräch mit dem Hinweis, dass er seinen Wagen ruhig auf dem Hof parken könne.

»Seit wann können Besucher bei uns auf dem Hof parken, Chef? Das sind ja ganz neue Sitten«, bemerkte die Neubert erstaunt.

»Ich dachte mir, besonderen Besuchern gebührt auch ein besonderer Empfang, Frau Oberkommissarin.«

Oft, wenn er sie mit ihrer Amtsbezeichnung anredete, signalisierte er damit, dass er etwas im Schilde führte. Doch sie kam noch nicht dahinter, was es sein könnte. Die Sache wurde noch mysteriöser, weil er anschließend kommentarlos das Büro verließ und erst nach zehn Minuten wieder zurückkam.

»Ich denke, wir sollten das Gespräch hier oben bei uns führen, oder? Ist ja schließlich kein Verhör, sondern nur eine Befragung.«

»Soll ich für unseren hohen Besuch schon mal Kaffee kochen, Herr Hauptkommissar?«

»Ich bitte darum, liebe Kollegin.«

Die Neubert war mit den entsprechenden Vorbereitungen gerade fertig, da klopfte es und die Tür ging auf.

»Herr Kowalski, ich grüße Sie!«, Brandauer war aufgesprungen und hatte dem Gast die Hand zur Begrüßung gereicht, um es im gleichen Augenblick auch schon zu bereuen. Den Händedruck sollte er so schnell nicht vergessen.

»Schön, dass Sie es einrichten konnten«, zwängte er durch die geschlossenen Zähne. »Wie läuft das Geschäft?«

»Na ja, schweigen wir von was anderem.«

»Dann will ich versuchen, Sie nicht länger als unbedingt nötig von der Arbeit abzuhalten. Es geht, wie Sie sich wahrscheinlich denken können, um Herrn Striezel. Wie gut kannten Sie sich eigentlich?«

Kowalski hatte sich breitbeinig auf den Stuhl gesetzt, den der Kommissar ihm beim Eintreten bereitgestellt hatte. Seine Lederkappe hatte er aufbehalten.

»Wir hatten wenig miteinander zu tun.« Er zuckte mit den Schultern und machte eine gelangweilte Schnute. »Eigentlich gar nichts. Unser Sohn war oft bei ihm.«

»Und war das für Sie okay? ... Ich meine, dass er so viel Zeit mit ihm verbrachte?«

Brandauer sah ihm tief in die Augen und wartete gespannt auf seine Antwort. Kowalski jedoch mied jeden Blickkontakt. Er sah an sich herunter und wischte sich mit einer Geste der Verlegenheit einen Fussel oder was auch immer mit dem Handrücken von der Cordhose.

»Es war für meine Frau und mich sehr hilfreich, weil wir dann nicht immer mittags zu Hause sein mussten. Schließlich sind wir beide berufstätig.«

»Darf ich fragen, was Ihre Frau macht?«

»Die arbeitet in der Stadtbücherei.«

»Sie wissen, dass Sie wahrscheinlich der Letzte waren, der mit Herrn Striezel gesprochen hat?«, spekulierte Brandauer.

Kowalski zuckte leicht zusammen und fragte verunsichert zurück:

»Nein? Wie kommen Sie darauf?«

Der Kommissar war sich seiner Sache so sicher, dass er noch einen Schritt weiter ging.

»Nun, es gibt Zeugen, die beobachtet haben, wie Sie am Samstag mit Ihrem Taxi vor dem Laden vorfuhren, Herrn Striezel in seinen Laden begleiteten und dort mit ihm sprachen.«

»Okay, und wer sagt, dass danach niemand mehr bei ihm war?«

»Das wissen wir allerdings nicht.« Brandauer kratzte sich verlegen lächelnd an der Stirn. »Da haben

Sie natürlich recht. Nur ist uns niemand bekannt, der uns das bestätigen könnte.«

»Und warum erzählen Sie mir das alles, Herr Kommissar?«

»Weil ich gern von Ihnen erfahren würde, worüber Sie mit Herrn Striezel gesprochen haben.«

Plötzlich grätschte seine Kollegin dazwischen, um sich zu erkundigen, ob der Besucher gern einen Kaffee hätte. Brandauer hätte sie für das beschissene Timing würgen können, weil es ihn interessiert hätte, wie die spontane Antwort auf seine letzte Frage ausgefallen wäre.

Kowalski lehnte dankend ab und wandte sich wieder dem Kommissar zu.

»Wie war noch mal Ihre letzte Frage, Herr Kommissar?«

»Ich hatte Sie gebeten, mir zu sagen, welchen Anlass Ihr Besuch bei Striezel hatte«, wiederholte er und warf der Neubert dabei einen bitterbösen Blick zu. Die zog schuldbewusst den Kopf ein und versuchte vergeblich, sich unsichtbar zu machen.

»Ach so, ja, ich wollte mich bei ihm bedanken, dass er sich so rührend um Freddy kümmerte. Ist ja nicht selbstverständlich.«

Dem Kommissar fiel auf, welche Betonung Kowalski in das Wort *rührend* legte. Er speicherte seine Beobachtung ab, ging aber nicht darauf ein.

»Es ist aber auch nicht selbstverständlich, dass man sich dabei anschreit.«

»Wer behauptet das?«

»Nun, es gibt Menschen, die das beobachtet haben wollen.«

»Dann haben sich diese Menschen getäuscht. Ich hatte lediglich meine Stimme erhoben, weil Herr Striezel schwerhörig ist. Und wenn ich meine Stimme erhebe, ist es eben schnell laut«, grinste er.

»Sie meinen also, es gab keinen Grund, ihn anzuschreien?«

Er hob die Schultern und machte ein erstauntes Gesicht.

»Ich wüsste nicht, welchen.«

»Waren Sie jemals in seiner Wohnung?«

»Nein, nur ein, zwei Mal im Laden, um Freddy abzuholen.«

»Überlegen Sie noch mal gut. Waren Sie wirklich *nie* in seiner Wohnung?«

Kowalski runzelte die Stirn und schien sichtbar verärgert.

»Neiiin, verdammt! Was soll die Fragerei?«

Jetzt wusste Brandauer, was er gerade meinte, als er sagte, es würde schnell laut werden, wenn er seine Stimme erhebt. Kowalski wurde langsam ungehalten und rutschte unruhig auf seinem Stuhl hin und her. Im gleichen Augenblick klingelte das Telefon. Die Neubert machte einen langen Arm, um das Gespräch entgegenzunehmen, doch der Kommissar kam ihr zuvor.

»Ja? ... Okay, danke!« Er legte wieder auf. Dann wählte er Brömels Nummer und bat ihn, nach oben zukommen. Es lag eine für alle fühlbare Spannung in der Luft, die sich jeden Augenblick zu entladen drohte.

»Wo waren wir doch gleich? Ach ja, Sie behaupten also, nie in seiner Wohnung gewesen zu sein. Auch am 15. März nicht?«

»Nein, verdammt, ich war nur unten im Laden!«, reagierte er gereizt.

»Herr Kowalski, ich würde gern ab jetzt alles, was Sie sagen, aufzeichnen. Dazu müssten wir jedoch die Räumlichkeiten wechseln. Allerdings müssen wir dafür auch gewisse Maßnahmen ergreifen, damit Sie uns auf dem Weg dorthin nicht abhandenkommen.«

Kowalski sprang so schwungvoll auf, dass sein Stuhl bedenklich kippelte, bevor er sich doch entschied, stehen zu bleiben.

»Was soll der Quatsch? Wovon reden Sie da?«

Die Neubert rollte mit ihrem Stuhl instinktiv ein Stück zurück und sah ihren Chef verängstigt an. Offensichtlich hatte sie die Befürchtung, dass die Situation jeden Augenblick eskalieren könnte.

Doch Kowalski hatte die Frage noch nicht vollständig ausgesprochen, da ging die Tür auf und Brömel erschien. Er hatte eine Hand am Holster und in der anderen Hand Handschellen für den Besucher. Brandauer kommentierte das Erscheinen seines Kollegen entschlossen mit den Worten:

»Herr Kowalski, ich nehme Sie wegen des dringenden Tatverdachtes, Herrn Striezel ermordet zu haben, vorübergehend fest.« Und an Brömel gerichtet: »Bist du so nett und führst unseren Gast in den Salon.

Ich komme gleich nach. Ach, und lies ihm doch bitte schon mal seine Rechte vor.«

»Geht klar, Boss!«

Brömel legte dem lamentierenden Kowalski die Handschellen an und führte ihn ab. Anfängliche Versuche, sich der Festnahme zu erwehren, gab er unter Brömels fachmännischem Griff Gott sei Dank schnell auf. Der Kollege verschwand mit dem Mordverdächtigen und ließ einen erleichterten Kommissar und eine leicht verwirrte Kommissarin zurück. Als beide den Raum verlassen hatten, meinte die Neubert:

»Nur gut, dass Brömel so schnell zur Stelle war. Aber was macht dich so sicher, dass Kowalski unser Mann ist?«

»Wie willst du mir sonst erklären, dass seine Fingerabdrücke in der Wohnung zu finden waren?«

»Waren sie das?«

»Jup! Er hat seine Visitenkarte unter anderem am Lichtschalter hinterlassen. Ich denke, das sollte ausreichen, ihn zu überführen, nachdem er mehrfach behauptet hat, nie in seiner Wohnung gewesen zu sein.«

»Und woher weißt du, dass dem so ist?«

»Die KTU hat mich gerade informiert.«

»Und woher wissen die, dass die Fingerabdrücke von ihm sind?«

»Die Kollegen sind, als sie über den Hof gingen, mit einem ihrer Klebestreifen versehentlich an der Heckklappe seines Wagens hängengeblieben«, grinste er süffisant. »Upps! Plötzlich waren da seine Fingerabdrücke drauf. Ein Abgleich mit den Abdrücken in der Wohnung zeigte anschließend Übereinstimmung.«

Die Neubert musste in dem Augenblick an Staatsanwalt Winkelmann denken, weil sie genau wusste, dass derlei Methoden ihn zur Weißglut trieben. Brandauer würde sich wieder was anhören müssen, war ihr sofort klar.

»Und was glaubst du, hatte er für ein Motiv?«

»Offensichtlich hatte ihm Freddy doch von der Marke erzählt. Kommst du mit?«

Bevor der Kommissar und seine Kollegin den Verhörraum betraten, warfen sie einen Blick durch das Spiegelfenster. Kowalski war allein im Raum. Er saß am Tisch. Die Ellenbogen aufgestützt, die Hände vor der Stirn und den Blick nach unten gerichtet. Das rechte Knie wippte im Staccato auf und ab.

Was mochte jetzt in seinem Kopf vorgehen? Ließ er noch einmal die Tat Revue passieren? Wie überhaupt war es dazu gekommen? Hatte Freddy ihm von der Blue Boy erzählt? War Kowalski der Typ Mensch, der jemanden aus Habgier umbringen konnte? Warum hat er dann bis jetzt damit gewartet? Warum hatte er nicht schon längst jemanden überfallen und ausgeraubt? Oder hatte er? Warum ausgerechnet jetzt und dann noch jemanden, dem er eigentlich dankbar hätte sein müssen? Der erheblich dazu beigetragen hatte, dass sein Alltag entspannter ablief. Der es ihm ermöglichte, sich auf seinen Job zu konzentrieren, während er seinen Sohn wohl aufgehoben wusste. War er bei Striezel wohl aufgehoben?

Das alles waren Fragen, die Brandauer durch den Kopf schossen, als er Kowalski wie ein Häufchen Unglück da sitzen sah. Er war gespannt, was der ihm gleich erzählen würde.

»Ich finde, er sieht ganz schön verzweifelt aus, Chef. Findest du nicht?«, bemerkte die Neubert nur.

»Tja, würde mir wahrscheinlich nicht anders gehen, wenn ich jemanden umgebracht hätte.«

Brandauer stupste sich eine Zigarette aus der Packung, die er vorsorglich eingesteckt hatte und steckte sie in den Mundwinkel.

»Ich geh erst noch eine rauchen, Beate. Muss mir noch überlegen, wie ich die Sache am besten angehe.«

Beide ließen von dem Fenster ab und gingen den Flur entlang bis zum Hinterausgang, der zum Hof hinaus führte. Als sie draußen waren, zündete sich Brandauer seinen Glimmstängel an, lehnte sich an die Hauswand und dachte nach.

Die Neubert schlenderte mit verschränkten Armen gemächlichen Schrittes zum Taxi, das Kowalski auf einem der Parkplätze für Mitarbeiter abgestellt hatte, und sah es sich eine Weile an. Die Kante der Heck-klappe und der Bereich um den Griff der Fahrertür zeigten noch deutliche Spuren der Spusi, die hier Fingerabdrücke genommen hatte.

Schmunzelnd kam sie zu Brandauer, der seine Zigarette fast aufgeraucht hatte, zurück und sagte:

»Der Aufkleber auf der Heckklappe ist ja lustig. Als hätte er geahnt, dass man da mal Fingerabdrücke nehmen würde.«

»Warum? Was klebt denn da?«, wollte der Kommissar wissen.

»*Finger weg!* ... *Wenn Sie unbedingt die Klappe halten wollen, tun Sie's während der Fahrt!*«

»Den Aufkleber hat er garantiert aus Berlin. Das ist echte Berliner Schnauze. Hab ich da schon auf vielen Taxis gesehen. Damit wollen die Fahrer verhindern, dass ihre Fahrgäste selbst am Kofferraum rumhantieren. Hat es der Spusi vermutlich etwas einfacher gemacht. Weil alle Fingerabdrücke wahrscheinlich von ihm selbst waren.«

Brandauer ließ seine Kippe fallen und trat sie aus, was die Neubert dazu veranlasste, sich zu bücken, sie demonstrativ mit spitzen Fingern zu greifen und in den Aschenbecher zu legen, der für die rauchenden Kollegen vor Kurzem auf das Fensterbrett gestellt worden war.

Der Kommissar hatte es im Augenwinkel mitbekommen und entschuldigte sich halbherzig:

»Sorry! Ich machs nie wieder!«

»Glaub ich dir nicht!«, quittierte sie sein leeres Versprechen lakonisch.

Als beide im Verhörzimmer vis-à-vis des Beschuldigten Platz genommen hatten, hatte der seine Haltung noch immer nicht geändert. Brandauer rückte das Mikro, das auf dem Tisch stand etwas mehr in die

Mitte und betätigte den Aufnahmeknopf. Er kommentierte die Aktion mit den Worten:

»Herr Kowalski, wir werden unser Gespräch aufzeichnen.«

Gleichzeitig signalisierte ein kleines rotes Lämpchen an der Deckenkamera, dass das Verhör auch visuell festgehalten wurde.

»Haben Sie sich entschieden, ob Sie einen Anwalt zurate ziehen wollen?«, eröffnete Brandauer das Gespräch.

»Ich brauch keinen Anwalt.«

»Wir könnten Ihnen einen stellen, falls Sie keinen haben.«

»Ich brauch keinen, hab ich gesagt!«

»Okay, dann seien Sie doch bitte so gut und erzählen Sie uns, was am Samstagabend nach 20 Uhr in der Wohnung von Erwin Striezel passiert ist.«

»Woher soll ich das wissen?«

»Nun, Sie waren einer der Hauptdarsteller, wenn ich mich nicht irre.«

»Ich hab es Ihnen schon mal gesagt. Ich war nie in der Wohnung!«

»Dann erklären Sie mir doch bitte mal, wie Ihre Fingerabdrücke in die Wohnung gekommen sind.«

Die Stille, die diese Behauptung erzeugte, machte deutlich, dass Kowalski völlig überrascht war. Brandauer entschied sich, sie wirken zu lassen.

»Wo wollen Sie da Fingerabdrücke gefunden haben?«, fragte der Beschuldigte nach einer Weile.

»Ach, Sie meinen, weil Sie die überall so gründlich abgewischt haben?«

Wieder sagte für einige Sekunden niemand etwas.

»Wie wollen Sie überhaupt wissen, dass es meine sind. Sie haben doch meine Fingerabdrücke überhaupt nicht.«

»Da muss ich Sie enttäuschen, Herr Kowalski. Es gehört bei uns mit zum Service, dass die Fahrzeuge, die auf unserem Hof parken, einer speziellen Reinigung unterzogen werden. Das schließt auch den Griff der Fahrertür mit ein. Man hat mich soeben davon in Kenntnis gesetzt, dass man damit fertig ist.«

»Dürfen Sie so was überhaupt?«

»Sie können nachher gern eine schriftliche Beschwerde einreichen. Damit kann ich gut leben.«

»Und wo wollen Sie meine Fingerabdrücke in der Wohnung gefunden haben?«

»Das werden Sie gleich hören, wenn wir gemeinsam den Abend rekonstruieren. Soll ich Ihnen dabei helfen?«

»Na, da bin ich ja mal gespannt.«

Der Kommissar lehnte sich zurück, verschränkte die Arme und begann zu erzählen, wie er sich den Verlauf des Abends des 15. März in Striezels Wohnung vorstellte. Er war sich durchaus darüber im Klaren, dass seine Version der Handlung mehr als spekulativ war. Doch erhoffte er sich damit, Kowalski zu einer Reaktion zu provozieren, die ihn voranbringen würde.

»Als Sie von Ihrem Sohn erfahren hatten, welchen Wert die Blue Boy hat, hatte Sie der Gedanke nicht mehr losgelassen, sie in Ihren Besitz zu bringen.«

Kowalski verzog das Gesicht, als hätte er auf eine Zitrone gebissen, sah den Kommissar konsterniert an und sagte:

»Hä? Was faseln Sie da? Meinen Sie den bekloppten Kater von dem Striezel?«

»Nein, ich rede von der Marke.«

»Was für ner Marke?«, fragte er mit immer noch dem gleichen, völlig entgeisterten Gesichtsausdruck. Der war so überzeugend, dass Brandauer irritiert zurückwich und hilfesuchend die Neubert anstarrte. Plötzlich sprang er auf und verließ den Raum. Seine Kollegin war so perplex, dass sie noch einen Moment sitzen geblieben war, bis sie sich entschloss, ihm zu folgen.

»Was ist los? Was hast du, Franz?«

»Ich krieg ne Krise, Beate. Ich muss hier im Minutentakt meine Theorien über Bord werfen. Heute früh war ich mir noch sicher, dass die beiden jungschen Bauarbeiter den Striezel auf dem Gewissen haben. Bis eben war ich noch davon überzeugt, dass unser Täter – wer immer es auch sei –«, Brandauer ruderte hilflos mit den Armen, »es auf diese *Blue Boy* abgesehen hatte. Jetzt will plötzlich niemand was von dieser Marke gehört haben.«

Er war mit der Zeit immer lauter geworden, breitete seine Arme aus und schien in seiner Verzweiflung den Herrgott anzuflehen.

»Bist du dir denn sicher, dass Kowalski die Wahrheit sagt?«

Brandauer zeigte mit ausgestrecktem Arm auf das Fenster zum Verhörraum. »Das eben war zu überzeugend, Beate, um nicht wahr zu sein! Es hatte mich ehrlich gesagt auch schon gewundert, dass der Junge seinem Vater von der Marke erzählt haben soll.«

»Aber was sonst hätte er für ein Motiv haben sollen, ihn umzubringen?«

»Tja, Beate, das weiß wohl nur er.«

Brandauer riss die Tür auf, ging mit forschen Schritten auf den Tisch zu und setzte sich wieder. Die Neubert war draußen geblieben und verfolgte das Gespräch, das jetzt folgen sollte, vom Fenster aus. Kowalski hatte wieder die Ellenbogen aufgestützt und seinen Kopf in die Hände gelegt. Auch das Knie zitterte wieder. Aber er sagte kein Wort.

»Kowalski, ich sags Ihnen frei heraus: Sie kommen aus der Nummer nicht mehr raus. Wir haben Ihre Fingerabdrücke auf dem Lichtschalter gefunden, obwohl Sie mir mehrfach bestätigt haben, dass Sie nie in der Wohnung waren. Wie erklären Sie sich das?«

Er saß wie versteinert da. Brandauer wartete gespannt darauf, welche Geschichte er ihm gleich auftischen würde. Aber es kam nichts.

»Erklären Sie mir das!«

Es dauerte noch eine ganze Weile, bis sich Kowalski entschied zu reden.

»Okay, ich geb's zu.« Der Kommissar wollte sich schon entspannt zurücklehnen, aber Kowalski war noch nicht fertig.

»Ich war in der Wohnung ... aber da war er bereits tot!«

Brandauer glaubte, seinen Ohren nicht zu trauen, und starrte sein Gegenüber mit offenem Mund an.

»Das ist jetzt nicht Ihr Ernst, Kowalski. Sie wollen mir nicht weismachen, dass Sie bei Striezel nur deshalb eingebrochen sind, weil er vergessen hatte, das Licht auszuschalten. Halten Sie uns für bekloppt? Hatten Sie sich Sorgen um seine Stromrechnung gemacht, oder was?«

»Natürlich nicht, Herr Kommissar.«

Der Wechsel im Tonfall und die Tatsache, dass er jetzt deutlich ruhiger wirkte, signalisierte Brandauer, dass der Beschuldigte langsam unsicher wurde und bereit war, seine konfrontative Haltung zugunsten eines kooperativeren Umgangstons aufzugeben.

»Sondern?«

Jetzt lehnte der Kommissar sich doch zurück und ließ sein Gegenüber zusammenhängend erzählen.

Kapitel 15

Kowalski holte tief Luft und gab eine Geschichte zum Besten, die sich durchaus glaubwürdig anhörte.

Freddy sei schon seit einigen Monaten, in immer kürzer werdenden Abständen, mit größeren Mengen Briefmarken nach Hause gekommen, holte er weit aus.

Er hatte sie gegen einzelne Marken seines Großvaters eingetauscht, behauptete er. Anfangs waren es kleine Umschläge mit fünf bis zehn Marken, die er stolz präsentierte. Dann wurden die Umschläge größer, bis er eines Tages mit einem dicken Album voll Briefmarken in der Tür stand.

Seine Eltern überlegten sich, ob das mit rechten Dingen zuging oder ob sie Freddy vielleicht einmal darauf ansprechen sollten. Schließlich fragte sein Vater ihn tags darauf beim gemeinsamen Abendessen eher beiläufig:

»Welche Marke hast du ihm eigentlich für das tolle Album gegeben, Freddy?«

»Es war eine ziemlich neue Marke mit einer Schauspielerin drauf«, erwiderte er freimütig, während er umständlich versuchte, ein Stück von seiner Pizza abzuschneiden.

Kowalski griff nach seinem Bier, nahm einen Schluck aus der Flasche, stellte sie wieder ab und hakte scheinbar beiläufig nach:

»Was heißt ziemlich neu?«

»Ich glaube, zwanzig Jahre oder so.«

Da sich sein Vater nicht vorstellen konnte, dass eine Marke, die gerade einmal zwanzig Jahre alt war, einen Wert haben sollte, der einen Tausch mit einem ganzen Album rechtfertigen würde, wurde er hellhörig und bohrte weiter nach.

»War das eine deutsche Marke?«

»Klar! Opa hatte ja nur Marken aus Deutschland gesammelt.«

»Hat er gesagt, warum ihm die Marke ein ganzes Album wert war?«

Freddy kämpfte noch immer mit seiner Pizza und zuckte mit den Schultern.

»Keine Ahnung. Er hatte sie, glaube ich, noch nicht.«

Kowalski sah den Kommissar mit bösem Blick an und sagte:

»Er hat ihn beschissen, Herr Kommissar! Verstehen Sie? Beschissen!«

»Sie haben die Marke dann gegoogelt«, vermutete der Kommissar, »und gesehen, was sie tatsächlich wert war, und sind am nächsten Tag zu ihm hin und haben sie zurückgefordert.«

Kowalski stieg auf die Version ein und strickte sie möglichst glaubwürdig weiter.

»Er wollte sie aber nicht sofort rausrücken und da habe ich ihm bis zum Abend Bedenkzeit gegeben.«

»Und abends sind Sie dann noch mal hin.«

»Richtig, aber er machte nicht auf. Und da bin ich durchs Fenster rein.«

»Und dass er sich erhängt hatte, wollen Sie erst gesehen haben, als Sie schon im Zimmer standen?«, fiel der Kommissar ihm ungläubig ins Wort.

»Genau. Plötzlich habe ich Angst bekommen, dass mich vielleicht jemand beobachtet haben könnte, und hab in meiner Panik das Licht ausgeschaltet und die Wohnung sofort wieder auf dem gleichen Weg verlassen. Fragen Sie meine Frau, die wird es Ihnen bestätigen, Herr Kommissar.«

»Wie jetzt? Die war dabei?«

»Nein, natürlich nicht, aber der hab ich's erzählt.«

»Das glaub ich Ihnen gern, dass Sie auch Ihrer Frau diesen Bären aufgebunden haben, irgendwas mussten Sie ihr ja schließlich erzählen, nachdem sie von Striezel zurückkamen.«

Brandauer sprang auf und wurde lauter:

»Aber die Geschichte ging leider etwas anders, Kowalski. Und das wissen Sie.«

Der Kommissar sah ihn durchdringend an und versuchte, seine innere Verfasstheit zu analysieren.

»Als Sie durch das Fenster stiegen, war Striezel noch bei bester Gesundheit. Er saß gerade beim Abendbrot. Im Hintergrund lief der Fernseher, was Sie als störend empfanden, weshalb Sie ihn ausschalteten.«

Brandauer machte eine kurze Pause. Es gab kein Dementi. Das war schon mal gut. Kowalski reagierte nicht.

»Auch auf dem Ausschaltknopf haben Sie einen wunderschönen Fingerabdruck hinterlassen, will ich Ihnen nur sagen.«

Kowalski sah ihn mit großen Augen an.

»Dann erpressten Sie von ihm die Kombination seines Safes und entnahmen ihm alles von Wert. Und damit es nicht sofort auffiel, legten Sie irgendwelche Münzen und Marken rein, die Sie gerade greifen konnten. Dann schlossen Sie den Tresor wieder und wischten ihn fein säuberlich ab.«

Brandauer merkte, wie Kowalski drauf und dran war, sich auch hierfür noch eine hanebüchene Geschichte zu überlegen und winkte sofort ab.

»Verschonen Sie mich bitte mit weiteren Abenteuergeschichten, Kowalski. Wir konnten auch auf den Münzen im Tresor Ihre Fingerabdrücke sicherstellen. Außerdem hat man an den Knoten des Seils noch DNA gefunden, die vermutlich demjenigen gehört, der die Knoten gemacht hat ... Ich denke, wir beide kennen den Knotenmacher.

Wenn Sie gestatten, werden wir uns nachher mal kurz Ihre Zahnbürste für einen DNA-Abgleich ausborgen. Die kann Ihre Frau nämlich gleich rumbringen. Sie sind heute Nacht unser Gast. Und überlegen Sie sich beim Einschlafen, welche Geschichte Sie uns morgen erzählen wollen.«

Brandauer erhob sich wieder und war schon fast an der Tür, da hörte er die weinerliche Stimme Kowalskis sagen:

»Warten Sie!«

Brandauer drehte sich zu ihm um. Er saß noch immer in der gleichen Position. Allerdings hatte er seine Brille abgelegt und bedeckte seine Augen mit den Innenflächen seiner Hände. Der Kommissar ging an seinen Platz zurück, setzte sich wortlos und wartete. Nach einer gefühlten Ewigkeit nahm Kowalski die Hände langsam runter, griff mit der Rechten nach seiner Brille, setzte sie wieder auf und begann kraftlos zu erzählen.

»Ich war gar nicht wegen der Marken da. Die waren mir scheißegal!«

Brandauer stutzte. Was würde jetzt für eine Geschichte folgen? Beide sahen sich lange an.

»Wir hatten den Verdacht, dass Freddy das Album nicht im Tausch gegen eine Marke erhalten hatte«, Kowalski sah dem Kommissar tief in die Augen, » ... sondern dass er dem alten Striezel dafür andere Gefälligkeiten erweisen musste.«

Noch immer sahen sich beide Männer an. Mehr hätte Kowalski eigentlich nicht sagen müssen. Der Kommissar wusste sofort, was er meinte. Schließlich hatte er zwischendurch den gleichen Verdacht. Dennoch fuhr Freddys Vater nach einer Weile mit müder Stimme und unter Tränen fort:

»Wir fragten Freddy am Vorabend beim Abendessen, ob er uns etwas verheimlichte. Mit der Ungewissheit gingen wir schon einige Zeit schwanger, verdrängten sie jedoch immer erfolgreich, weil es so bequem war, Freddy bei Striezel untergebracht zu wissen. Freddy schüttelte damals den Kopf, ohne aufzusehen.«

Und nun bekam Brandauer die Version zu hören, die den Tathergang schon glaubwürdiger beschrieb. Kowalski begann seine Geschichte noch einmal mit der Beschreibung dessen, was sich am Vorabend der Tat beim gemeinsamen Essen ereignete.

»Sieh mich an Freddy, wenn ich mit dir rede« fuhr sein Vater ihn beim Abendessen an. »Gibt es da irgendetwas, dass du uns erzählen solltest?«

Der Junge sah noch immer nicht auf, sondern kämpfte weiter mit dem zu harten Pizzaboden.

»Sieh mich an, hab ich gesagt!«, schrie sein Vater ihn inzwischen entnervt an, schlug mit der flachen Hand auf den Tisch und wurde sofort von seiner Frau dafür gemaßregelt.

»Ich darf es nicht sagen, ich habs versprochen«, gab Freddy unter Tränen zurück. Er warf sein Besteck auf den Tisch und fing an, bitterlich zu weinen.

Das war für die Eltern Beweis genug, dass an ihrer Befürchtungen etwas dran sein musste.

»Und wie ging es dann weiter?«, hakte der Kommissar nach.

»Ich sah meine Frau erschrocken an. Die war aufgestanden, um Freddy zu trösten, wurde jedoch von ihm weggestoßen. Er stand auf, rannte in sein Zimmer und warf die Tür hinter sich zu.

Da auch meine Frau Freddys Reaktion auffällig fand, überlegten wir, ob wir zur Polizei gehen sollten. Nur hatten wir für unsere Befürchtungen leider überhaupt keine Beweise. Deshalb beschlossen wir, dass ich Striezel gleich am nächsten Tag zur Rede stellen sollte«, erzählte er weiter. »Nach einer unruhigen Nacht und einem Frühstück, bei dem niemand etwas sagte, stürmte ich an jenem Samstagvormittag aus dem Haus, sprang in mein Taxi und fuhr zu Striezel. Der kam gerade vom Wochenmarkt, als ich mit dem Taxi vorfuhr. Ich zerrte ihn in seinen Laden und konfrontierte ihn mit unserem Verdacht.

Der Alte tat völlig entsetzt und leugnete, den Jungen jemals angefasst zu haben. Schließlich erhob er seinen Krückstock gegen mich und warf mich wütend aus dem Laden.«

»Sie glaubten ihm nicht, oder?«, hakte Brandauer nach.

»Ich wusste nicht, ob ich eher meinem Gefühl oder dem Alten glauben sollte. Ich stieg wieder ins Taxi und versuchte mich mit Arbeiten abzulenken. Allerdings war an diesem Samstagvormittag so wenig in der Stadt los, dass ich mehr rumstand, als fuhr. Sodass ich viel Zeit zum Nachdenken hatte.

Im Laufe des Tages wuchs die Überzeugung, dass Striezel meinen Sohn missbraucht hatte, zu einem wuchernden Geschwür an und ich entschied, ihn am gleichen Abend noch einmal zur Rede zu stellen.«

»Aber er machte nicht auf.«

»Richtig. Ich ging zum Auto, nahm wütend ein Messer und Klebeband aus meiner Werkzeugtasche, die ich im Kofferraum hatte. Dann schnitt ich ein Stück von dem Seil ab, das vom Gerüst herunterhing, und stieg kurz entschlossen durch das offene Fenster bei ihm ein.«

Er machte erneut eine Pause und sah Brandauer lange an.

»Striezel war in der Tat gerade beim Abendbrot. Im Hintergrund lief in übertriebener Lautstärke der Fernseher, was mich zunächst dazu nötigte, selbst laut zu werden. Dies nervte mich jedoch schnell so sehr, dass ich den Fernseher einfach ausschaltete und das Fenster schloss, um die Nachbarschaft nicht auf uns aufmerksam zu machen.

Ich hatte lange überlegt, ob ich den Alten windelweich prügeln sollte, um ihm ein Geständnis zu entlocken, doch dann hatte ich mich anders entschieden. Ich wollte ihn leiden sehen. Er sollte Todesangst verspüren und Schmerzensgeld zahlen.«

In Erwartung eines umfassenden Geständnisses konfrontierte er Striezel dann mit den Beschreibungen der üblichen perversen Praktiken, die Pädophile Kindern oft abverlangten, erzählte er weiter. Striezel aber hatte kein Wort gesagt und ihn nur wütend angesehen.

Irgendwann fing Kowalski dann an, seelenruhig das Seil zu knüpfen. Der Alte jedoch ließ sich durch nichts provozieren, sondern ließ das in seinen Augen absurde Theater teilnahmslos über sich ergehen.

Der Aufforderung, ihm die Marke mit der Schauspielerin zu zeigen, kam er erst nach, als Kowalski ihm den Strick um den Hals gelegt hatte und ihm damit drohte, ihn daran hochzuziehen. Er öffnete den Safe, gab ihm die Marke, setzte sich und verfiel wieder ins Schweigen.

Als Kowalski die Marke in den Händen hielt, schien sie ihm so belanglos und unauffällig, dass er glaubte, sie eher schon Hunderte Male gesehen zu haben, als dass sie eine Marke von absoluter Seltenheit und entsprechend hohem Wert sein könnte. Er war fest davon überzeugt, dass der Alte ihn auf den Arm nehmen wollte.

Das bestärkte ihn noch einmal darin, dass er mit seiner Befürchtung richtig lag. Gleichzeitig wurde ihm klar, dass er mit seinen Drohgebärden bereits zu weit gegangen war, als dass es noch ein Zurück hätte geben können.

Wenn er jetzt nach Hause ginge, stünde eine halbe Stunde später die Polizei vor seiner Tür, war er sich sicher. Ihm war auch klar, dass ihm niemand glauben würde. Und stichhaltige Beweise für einen Missbrauch gab es nicht.

»Ich weiß genau, dass Freddy uns was verheimlicht«, sagte er zu Striezel. »Er hat es uns nämlich eingestanden«, startete er einen letzten Versuch. »Auch, dass Sie ihm verboten haben, darüber zu reden. Geben Sie es endlich zu!«, schrie er Striezel an.

»Es stimmt, dass wir beide ein Geheimnis hatten, ... aber es ist nicht das, was Sie meinen. Ich habe ihn nie angerührt und werde ihn nie anrühren.«

»Da haben Sie wohl recht, und zwar, weil ich höchstpersönlich dafür sorgen werde.«

Kowalski hatte keine Lust, sich noch länger zum Narren halten zu lassen. Striezel musste sterben, hatte er beschlossen! Die Vorstellung, dass die Polizei ihn aufgrund fehlender Beweise laufen lassen würde, war für ihn unerträglich. Er wollte allerdings sicherstellen, dass man nicht so schnell nach ihm suchte. Deshalb suchte er nach einem Blatt Papier. Er fand einen Skizzenblock hinter der Staffelei, aus dem er vorsichtig ein Blatt löste. Dann ließ er ihn den Text mit der Ladenschließung schreiben und brachte ihn an der Tür an. Striezel hatte er zu diesem Zeitpunkt längst mit Gaffaband an den Stuhl gefesselt.

Als er sich den Skizzenblock genauer angesehen hatte, waren auch seine letzten Zweifel verblasst. Er legte das Seil, das Striezel schon um den Hals hatte, kurzerhand in den Haken und zog sein Opfer, noch auf dem Stuhl gefesselt und geknebelt, unter Aufwendung all seiner Kraft bis zu dem Punkt hoch, wo er nur noch das vorbereitete Auge in den Haken einlegen musste.

Er löste das Klebeband von Mund und Füßen, kürzte das Seil ein und platzierte den Stuhl so, dass es nach Selbstmord aussah.

Das Opfer zappelte noch eine Weile, bis auch der letzte Rest Leben aus dem alten Körper gewichen war. Kowalski sah aus dem Fenster und vergewisserte sich, dass niemand die Aktion mitbekommen hatte. Aber andere Bewohner, die etwas hätten gehört haben können, gab es in dem Haus nicht mehr und auf der gegenüberliegenden Straßenseite war nur der Flachbau der Feuerwache.

Er ging noch einmal hinunter in den Laden und plünderte den Tresor. Schließlich waren da auch die Marken zu finden, die Freddy einmal gehört hatten. Die Briefe rührte er nicht an. Um jedem Verdacht auf ein Kapitalverbrechen die Grundlage zu entziehen, griff er wahllos in die Schubfächer und entnahm ihnen Münzen und Briefmarken, die er anschließend in den Tresor legte. Er schloss ihn und wischte alle Fingerabdrücke mit einem Tuch ab, dass er immer in seiner Jackentasche hatte, um gegebenenfalls sich bildenden Wrasen an seiner Windschutzscheibe im Wagen zu entfernen.

Dann stieg er die Treppe wieder hoch, überlegte noch einmal, wo er überall Fingerabdrücke hinterlassen haben könnte, und wischte alles ab. Er löschte das Licht und verschwand auf dem gleichen Weg, auf dem er gekommen war.

Wieder zu Hause angekommen, musste er feststellen, dass weder Frau noch Kind da waren. Auf dem Küchentisch lag ein Zettel, mit dem Hinweis, dass sie spazieren gegangen seien, was Kowalski für die späte Zeit auffällig fand.

Erst jetzt sah er sich die Beute aus dem Tresor genauer an. Er fuhr seinen Rechner hoch, googelte die *Hepburn*-Marke, die ihm Striezel gegeben hatte und erschrak. Auch die ‚*Kerstfest*'-Marke und die Marken aus der Zeit der Weimarer Republik von seinem Schwiegervater, die im Safe lagen, fand er schnell. Allesamt Raritäten im Gesamtwert von etwa einer halben Million Euro.

Striezel hatte seinen Sohn nicht nur missbraucht, sondern ihn auch noch übers Ohr gehauen, war er sich jetzt sicher. Für so viel Geld würde er lange auf dem Bock sitzen müssen.

Er hatte seinen Zorn gerade halbwegs im Griff, da ging die Tür auf und seine Frau und sein Sohn erschienen. Freddy rannte direkt in sein Zimmer und schlug die Tür hinter sich zu.

»Ich glaube, er hat sich an ihm vergangen, Reiner. Freddy hats zwar nicht zugegeben, aber er verhält sich so merkwürdig. Was hat Striezel dir gesagt?«

Kowalski schlug die Faust auf den Tisch und fuhr sich mit beiden Händen durch die Haare.

»Nichts!«

»Was heißt ‚*nichts*'?«

»Er hat sich umgebracht.«

»Wie – umgebracht?«, fragte sie fassungslos nach.

»Ich wollte über sein Fenster zu ihm rein, weil er nicht aufmachte, da hing er vor mir – hatte sich einfach erhängt, das Schwein, um seiner Strafe zu entgehen.«

»Und? Hast du schon die Polizei benachrichtigt?«

»Ich bin doch nicht verrückt. Nachher glauben die noch, dass ich es war.«

Kapitel 16

»Nun wissen Sie Bescheid«, beendete Kowalski seine ausführliche Schilderung des Tathergangs.

»Hm, was die Sache mit dem Geheimnis angeht, muss ich Ihnen leider sagen, dass Sie wahrscheinlich falschlagen mit Ihrer Vermutung«, sagte Brandauer.

»Glaub ich nicht!«

»Ich will Ihnen gestehen, dass ich eine Zeit lang Ähnliches befürchtet hatte. Aber vermutlich hatten Sie ein ganz anderes Geheimnis.«

»Dann haben Sie die Bilder nicht gesehen.«

»Welche Bilder meinen Sie?«

»Er hatte ihn gemalt. Es gibt einen Skizzenblock. Freddy war seine Muse. So sagt man, glaube ich, in Künstlerkreisen. Ich würde das anders nennen. Wenn Sie sich die Zeichnungen ansehen, werden Sie mir recht geben.«

Brandauer antwortete nichts darauf. Was hätte er auch sagen sollen. Er hatte den Skizzenblock nicht gesehen. Würde es nachholen müssen. Allerdings erinnerte er sich jetzt daran, dass seine Kollegin ihn darauf hingewiesen hatte, dass Freddy sein Cappy auf die gleiche Art und Weise trug wie der Junge am Strand.

Jetzt kam er nur seiner Pflicht als Polizeibeamter nach und sagte:

»Herr Kowalski, ich denke, wir müssen Sie unter diesen Umständen leider hierbehalten. Ich werde Sie morgen dem Haftrichter vorführen. Soll ich Ihre Frau verständigen, oder möchten Sie es gern selbst tun?«

Er überlegte einen Moment, dann sagte er mit einem resignierten Unterton:

»Machen Sie's bitte.«

Hansen legte Kowalski, der ihm schon bereitwillig die Hände entgegenstreckte, wieder die Handschellen an und wollte ihn schon abführen, da fiel Brandauer noch eine letzte Frage ein:

»Ach, was ich Sie noch fragen wollte: Woher können Sie eigentlich Seemannsknoten?«

Kowalski sah ihn versonnen an. »Mein Großvater ... Mein Bruder und ich waren als Kinder oft bei ihm in den großen Ferien. Er lebte an der Ostsee. Hatte einen kleinen Angelkahn. Im Wohnzimmer hing ein Brett mit allen Knoten. Er übte sie mit uns jeden Tag. Wir wetteiferten irgendwann darum, wer sie schneller und besser hinbekam. *‚Man kann nie wissen ...‘*, sagte der Alte immer, *‚wofür man das im Leben mal brauchen kann‘.*«

»Vielleicht hätte er Ihnen besser das Morsen beigebracht«, fiel Brandauer dazu nur ein. »Dann hätten Sie rechtzeitig ein S-O-S absetzen können.«

Er wandte sich zum Gehen um und hatte den Türknauf schon in der Hand, da fiel ihm noch etwas ein.

»Hatten Sie eigentlich auch einen einzelnen Brief mit einer kleinen blauen, runden Briefmarke aus dem Tresor genommen?«

Kowalski zog eine Schnute und schüttelte den Kopf. »Nee, die Briefe, die da lagen, habe ich nicht angefasst. Aber ich hätte da auch noch eine Frage, Herr Kommissar: Wird Freddy die wertvollen Marken, die ich im Tresor gefunden habe, eigentlich behalten können. Ich meine, es waren ja wahrscheinlich alles seine.«

»Das kann ich Ihnen nicht sagen, Herr Kowalski. Das wird wohl ein Richter entscheiden müssen. Ich vermute, Sie oder besser gesagt, Ihre Frau, wird die Marken wohl einklagen müssen.«

»Wahrscheinlich werden wir dann einen Nachweis erbringen müssen, dass sie vorher in unserem Besitz waren«, vermutete Kowalski durchaus richtig.

»Ich denke, da werden Sie sich bei Ihrem Opfer noch nachträglich bedanken dürfen. Striezel hat nämlich über alle Einnahmen akribisch Buch geführt.«

Als Brandauer und seine Kollegin wieder zurück im Büro waren und hinter ihren Schreibtischen saßen, räumten sie alle Unterlagen, die sich im Laufe der Zeit zum Fall Striezel angesammelt hatten, zusammen und legten sie in einen Karton. Unter ihnen waren auch die Liebesbriefe von Elvira. Die Neubert ließ sie noch ein letztes Mal durch ihre Finger gleiten und sagte:

»Wenn die mal ausrangiert werden, würde ich sie gern haben wollen, Franz.«

»Ich weiß nicht, wie alt du dann sein wirst, Beate.«

Die Neubert sah sich die Briefe noch einmal genauer an und sagte:

»Weißt du, was ich gerade feststelle, Chef?«

»Ich denke, du wirst es mir gleich erzählen.«

»Es sind gar nicht sieben. Es sind acht.«

Die Kommissarin hielt die Briefe hoch. Brandauer hörte mit dem Kramen auf und sah sie an. Es waren tatsächlich acht. Die wundersame Briefvermehrung schien zunächst unerklärlich, aber bei genauerer Betrachtung der Schriftstücke konnte man erkennen, dass einer der Briefe etwas kleiner war und sich in den Faltungen eines der anderen versteckt hatte.

»Das heißt ...?« Brandauer sah seine Kollegin verstört an. »Das heißt, es fehlt gar keiner?«

»Sieht so aus, Chef!«

»Dann hat Kowalski also nicht gelogen. Das würde ja bedeuten, dass wir die ganze Zeit einem Hirngespinst aufgesessen waren.«

»Du meinst, es gab nie einen frankierten Brief?«

Er stemmte die Fäuste in die Hüften und sah wie hypnotisiert aus dem Fenster. Nach einer Weile sagte er:

»Unfassbar! ... Was mittels Autosuggestion so alles möglich ist, meine ich ... Versprich mir bitte, dass du mich das nächste Mal rechtzeitig ausbremst, wenn ich wieder einen Abzweig in irgendwelche Parallelwelten nehme, die es nur in meinem kranken Gehirn gibt, Beate.«

»Och komm, Chef«, versuchte sie zu beschwichtigen und übergab die Briefe schwungvoll dem Karton, der vor ihr stand. »Das wär doch langweilig. Da kann ich ja gleich alte Akten digitalisieren. Außerdem hat das Schicksal in unserer Welt leider versäumt, an den Weggabelungen des Lebens Schilder anzubringen, die einen auf Sackgassen hinweisen.«

Brandauer drehte sich verstohlen zu dem Aktenwagen um, der noch genauso jungfräulich in der Ecke stand, wie Hansen ihn vor einer Woche dort abgestellt hatte. Rolex, der neben dem Wagen lag, hob den Kopf, in der Annahme, dass der Blick ihm gegolten hatte. Dann sah auch er kurz zum Aktenwagen und anschließend voller Anteilnahme zu seinem Herrn. Der sah seine Kollegin an und sagte:

»Ich glaube, der Aktenwagen muss noch warten. Ich könnte jetzt einen Grappa gebrauchen, Beate. Gehen wir zu Mario?«

Epilog

Carl-Edward Hooff, der seinen Namen nach der Rückkehr nach Deutschland im Zuge seiner Firmengründung eingedeutscht hatte und fortan ‚Huf‘ hieß, trat das Erbe an. Vier Wochen später bekam er aus Amerika einen Karton mittlerer Größe mit besagtem Inhalt zugeschickt und konnte ihn beim Zoll gegen eine stattliche Gebühr in Empfang nehmen. Den Schmuck, den seine Frau nach ausgiebiger Begutachtung als nicht mehr zeitgemäß diskreditierte, ließ er von einem Juwelier für sie umarbeiten. Die Briefe, die einst an die Mutter seiner Urgroßtante Jannett gerichtet waren und von der er zuvor noch nie gehört hatte, hatte er sofort weggeworfen. Doch das nostalgische Faible seiner pubertierenden Tochter Elvira zwang ihn dazu, sie doch wieder aus dem Müll zu holen. Seitdem hütete Elvira Huf die Schriftstücke, die mit einer roten Kordel zusammengehalten waren, in einem kleinen Schuhkarton auf dem Hängeboden ihrer Zweizimmerwohnung. Erst kurz vor ihrem Tod erinnerte sie sich wieder an die Briefe und hinterließ sie noch auf dem Sterbebett ihrem Nachbarn Erwin Striezel. Eine Zeit lang machte das Gerücht in der Stadt die Runde, dass einer der Briefe frankiert gewesen war, mit einer kleinen blauen runden Briefmarke mit dem ausgefallenen Namen *Blue Boy*. Doch hatte es einen solchen Brief wahrscheinlich nie gegeben.